Olšany-Friedhof

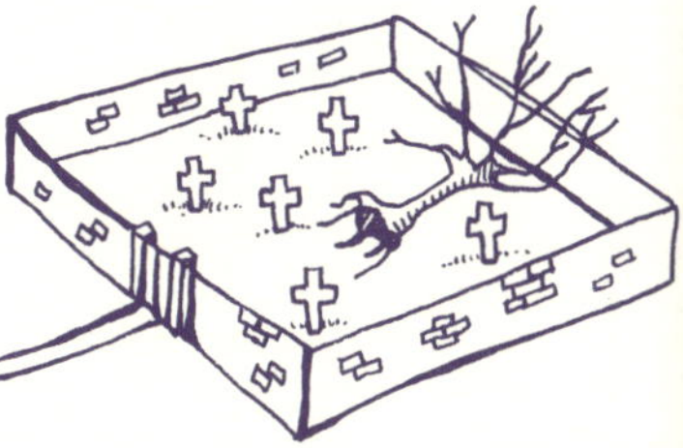

Kongress-
zentrum

Prager Burg

1 Schwarzer Turm

2 St.-Veits-Dom

3 Goldene Pforte

4 Alter Königspalast

5 Erster Burghof

6 Zweiter Burghof

7 Dritter Burghof

8 St.-Georgs-Platz

Der Fluch der Krone

Irmgard Lindner

Der Fluch der Krone

Thienemann

Allen lieben Menschen,
mit denen ich in Prag leben und arbeiten durfte.

Der Indianer

Das Kopfsteinpflaster vor ihm glänzte nass, fettig wie Teer. Ein leichter Wind bog die Bäume in dem kleinen Park und aufgeplusterte, weiße Plastiktüten bauschten sich ihm raschelnd entgegen. Trotz des sanften Sommerregens roch es immer noch nach allem, was ihm verhasst war. Nach Autos, nach Menschen in fremden Kleidern, nach Müll, nach Essensdünsten.

Die Straße führte leicht bergan. Es war mühsam. Nicht das Gehen, keine Bewegung brachte ihn mehr außer Atem. Aber dass er hier unten am Boden bleiben musste, anstatt zu schweben, dass er die Richtung halten und sich konzentrieren musste, fiel ihm schwer. Dass er sich nicht einfach wieder auflöste und sich unten an der Moldau verkroch, tief hinein in die Ufersteine, weit genug weg, damit er den Lärm der Wagen, der Presslufthämmer, der Baumaschinen, der Menschen nicht hörte. Sodass er sich zurückträumen konnte in seine Welt, in endlose Prärien, bevölkert von Tieren, die es hier nicht gab und die er langsam vergaß, ihr Aussehen, ihren Geruch, ihre Bewegung unter einer Sonne, die auch anders gewesen sein musste als die hier, die er mied. Aber er konnte sich immer weniger an seine Welt erinnern, nur die Weite war noch da und das Licht und der Wind, der durch die hohen Gräser fuhr, und seine Sehnsucht danach. Auch wie er in diese fremde Stadt gekommen war, meilenweit entfernt von den Seinen, stieg manchmal in Bildern in ihm auf. Der Weiße, der ihn angesprochen und ihm Reichtümer versprochen hatte; Geld oder Gold, Flinten oder Pferde. Er wusste es nicht mehr, es bedeutete schon lange nichts mehr. Er war mitgegangen, war auf ein Schiff verladen worden mit anderen Indianern. Die entsetzliche Überfahrt tief unten im stinkenden Bauch des Dampfers, zusammengepfercht wie Vieh lagen sie auf den schwankenden Planken. Dann die Steinwüsten der Weißen, die er nicht unterscheiden konnte. Irgendwo mitten in ihnen war ein Zelt aufgeschlagen, eine Koppel, johlende Massen, vor denen sie ihre Kunststücke auf Pferden mit Flinten und Pfeil und Bogen vorführten. Und schließlich diese Stadt hier – die wievielte es war, hatte er damals schon nicht mehr gewusst –, in der er krank geworden war, ein Leiden, das ihm den Atem nahm, das tief in seiner Lunge saß und sich schmerzhaft Luft machte, der Husten, der ihm schier die Eingeweide zerriss. Buffalo Bill war mit seiner Wildwestshow schon längst weitergezogen, als er hustend und spuckend im feuchten Keller einer Kneipe lag und starb. Weil er kein Christ war, hatten ihn die Einwohner dort unten an der Moldau verscharrt. Sein Körper war schließlich zu Staub zerfallen, nur die Sehnsucht hielt etwas von ihm wach, das träumte noch von der Prärie, von Büffelherden und Zelten und Menschen seiner Art.

Aber jetzt musste er sich konzentrieren, er durfte nicht wieder anfangen zu schweben und an den Hauswänden entlangfließen. Er musste sich hier unten halten. **Sie** hatte es ihm eingeschärft, **sie** hatte ihm etwas mitgegeben. Das war das Schwierigste, dass er dieses Harte, Viereckige, Kantige festhalten musste, mit seinen Geisterhänden, die doch nicht dafür geschaffen waren, etwas Wirkliches zu umklammern. Wichtig sei das, hatte **sie** gesagt. Ein Wort aus einer anderen Welt, wichtig. Er wollte ja auch alles richtig machen, aber sein Wollen war recht schwach, und so richtig hatte er nicht begriffen, worum es ging. Es hatte mit etwas zu tun, was lange nach seinem Tod ge-

schehen war. Es war viel passiert in dieser Stadt, seit er gestorben war. Einiges davon hatte ihn gestört. Es war laut geworden, die Pferde waren verschwunden, stattdessen röhrten Autos und ratterten Straßenbahnen, der Lärm der Maschinen, die vielen Menschen. Und irgendwann hatte es eine Zeit gegeben, da krachten Lederstiefel auf das Pflaster und Schüsse knallten durch die Straßen, Menschen starben, zusammengepfercht in Lagern. Es war wie alles andere an ihm vorbei- und durch ihn hindurchgezogen. Jetzt schwebte er schon wieder um eine dieser Straßenlaternen, das gefiel ihm immer, wenn er um das warme Licht langsam kreisen konnte. Hier oben war es ruhiger und es stank nicht so und man konnte im gelben Schein der Lampe so wundervoll träumen. Fast hätte er sich aufgelöst und das Papier verloren, das er dort unten überbringen musste. Er straffte sich, so fest es ihm möglich war, und stand wieder auf dem nassen Pflaster. Es war noch dunkel, das beruhigte ihn. Dort vorne rechts neben der Straßenlaterne, da war das Haus, in dem er seine Botschaft abgeben musste. Es konnten nur noch wenige Meter sein, aber diese zwanzig Schritte waren das Anstrengendste, was er in den letzten hundert Jahren hatte tun müssen.

Café Vikadlo

Pavla verbeugte sich mit den anderen und konnte es immer noch nicht glauben. Die Menschen klatschten. Klatschten und riefen Bravo. Unten saßen ihre Freunde, ihre Eltern und Großeltern, Geschwister und Lehrer. Aber trotzdem. Es war nicht selbstverständlich, dass sie klatschten, dass sie an den richtigen Stellen gelacht hatten, dass keiner von den sechs Schauspielern seinen Text vergessen hatte, dass Marek auf die richtigen Knöpfe gedrückt und Musik und Stimmen in der richtigen Reihenfolge eingespielt hatte.

Wir sind gut gewesen, wir sind wieder einmal richtig gut gewesen, dachte Pavla, als sie mit den anderen die Stufen hinunterstieg, um sich von ihren Eltern und von Großvater und Großmutter abküssen und umarmen zu lassen. Pavla fühlte sich, als hätte sie eine ganze Flasche Sekt alleine getrunken. Wie in einem Karussell wirbelten Gesichter an ihr vorbei, Freunde, Verwandte, Lehrer. Schulterklopfen, Küsschen, anstoßen, über das Haar streichen.

Pavla liebte das kleine Theatercafé mit der winzigen Bühne, auf der sie sich schon zu sechst auf die Füße traten, auch wenn Pan Klíček behauptete, hier hätten zwanzig Schauspieler Shakespeare gespielt. Sie liebte die Einrichtung, die fünfzig Stühle, von denen keiner dem anderen glich, die runden, ovalen oder eckigen Tische, die lindgrün gestrichenen Wände, an denen Schwarz-Weiß-Fotos von berühmten tschechischen Schauspielern hingen. Die Fenster, die oben direkt unter der Decke waren und durch die man die Beine der Passanten sah.

Aus den Augenwinkeln beobachtete sie die anderen sechs. Marek erklärte mit großer Geste seinen Mitschülern die Feinheiten der Technik. Václav wurde gerade von seiner älteren Schwester gelobt und ein bisschen zurechtgezupft. Neben ihnen stand der Graf, lächelnd und schweigsam. Leger gekleidet mit Jeans und Pullover, während Pavlas Oma ihr bestes Kleid und der Großvater seinen Theateranzug trug, dreiteilig und mit Krawatte natürlich.

Das war der Unterschied zu einem aus dem Exil zurückgekehrten Grafen. Das heißt, nicht der Graf, dessen Schlösser und Häuser und Kunstsammlungen die Nationalsozialisten geraubt und die Kommunisten nochmals gestohlen hatten, sondern sein Enkel beugte sich jetzt zu Václav, ganz Amerikaner, lässig und selbstbewusst. Der Graf hatte ihnen etwas Geld zugesteckt für die Requisiten und Kostüme, aber sie hatten ohnehin alles selbst gebastelt und genäht. Das Geld würden sie in die nächste Produktion stecken. Wie der Graf nur auf sie gekommen war? Er wolle die tschechische Kultur fördern und Künstler unterstützen, hatte er gesagt. Na ja, Künstler. Schüler waren sie und nächstes Jahr würden sie Abitur machen.

Dann sah Pavla Lukasch, der neben einem elegant gekleideten Herrn, der ihm väterlich die Hand auf die Schulter gelegt hatte und auf ihn einredete, an der Bar lehnte. Lukasch verzog das Gesicht zu einem angestrengten Grinsen. Er sah aus, als würde er die Hand am liebsten abschütteln und weglaufen, und Pavla begriff, dass der Herr Lukaschs Onkel sein musste, der reiche und einflussreiche

Radek Rajský, der jetzt Lukasch noch einmal auf die Schulter klopfte und sich quer durch das überfüllte Theatercafé zu Václav durchkämpfte. Er wechselte ein paar Worte mit dem Grafen, klopfte auch Václav auf die Schulter, der das nickend über sich ergehen ließ, und strebte der schmalen Wendeltreppe zu, die nach oben zum Ausgang führte.

Der Herr Direktor redete mit der Lehrerin, die Regie geführt hatte, offensichtlich auch lobend, denn Frau Kaufmannová strahlte und strahlte. Auch Aneta, Bara und Markéta drückten sich dort herum und wurden von ihrer Regisseurin umsorgt und umschmeichelt.

Jemand hielt Pavla ein Glas Bier hin, das wievielte? Und sie sah Marek ins Gesicht, der fast so heftig strahlte wie Frau Kaufmannová, und mit Pavla anstieß. Er schwankte leicht. Pavla lachte, und Marek zeigte mit dem Finger auf Tschako, mit dem er immer gespielt hatte, wenn sie auf der Bühne geprobt hatten und er als Techniker gerade nicht gebraucht wurde. Der Papagei saß brav und etwas beleidigt auf seiner Stange oben in der Ecke am Eingang und zerrte mit seinem Schnabel an etwas herum, das er in den Krallen hielt. Ihre Regisseurin hatte befürchtet, er würde während der Vorstellung kreischen oder durch das Café fliegen, denn er durfte sich hier frei bewegen, darauf bestand Pan Klíček. Wo war der eigentlich? Pavla blickte über die Köpfe hinweg. Natürlich wuselte Pan Klíček wieder um den Grafen herum, den er schon umtänzelt hatte, als der für zehn Minuten auf einer der Proben erschienen war, irgendwann vor ein paar Wochen, und ihnen tausend Kronen geschenkt hatte.

Tschako aber hatte sich während ihrer Aufführung nicht von seiner Stange gerührt, und auch jetzt verhielt er sich ruhig, wahrscheinlich waren ihm immer noch zu viele

Menschen hier, obwohl sich die Reihen langsam lichteten. Die Eltern und Großeltern hatten sich bereits verabschiedet, fast alle Lehrer waren verschwunden und auch der Herr Direktor und Frau Kaufmannová wandten sich nun zum Gehen. Ihre Regisseurin winkte ihnen noch zu und stöckelte dann hinter dem Herrn Direktor die Wendeltreppe hoch zum Ausgang.

Dort schwang die Tür auf und ein kühler Luftzug wehte durch den verrauchten, stickigen Raum. Jetzt kreischte Tschako auf, sein roter Kamm schwoll an, er spreizte sein graues, seidiges Gefieder, flog über die Köpfe der Gäste hinweg diagonal durch den kleinen Saal und ließ sich auf seiner zweiten Stange neben der Bühne nieder. Dort schimpfte der Papagei weiter, aber nicht einmal Pan Klíček unterbrach sein Gespräch mit Václav und dem Grafen. Inzwischen saßen die drei an einem der großen runden Tische, auch Bara, Aneta und Markéta hatten dort Platz genommen. Wahrscheinlich unterhielten sie sich wieder über das magische Prag, über seine geheimnisvolle Architektur, über die verschiedenen Stile, die sich seit Jahrhunderten in dieser Stadt mischten. Zumindest waren das die Lieblingsthemen Václavs und Pan Klíčeks, die Lieblingsthemen des Grafen kannte Pavla nicht. Pavla beschloss sich dazuzugesellen und blinzelte Marek zu, der ihr folgte, und selbst Lukasch trennte sich von seinen Freunden, die sich nach oben begaben, und kam zu ihnen. Pavla lehnte sich auf ihrem Stuhl zurück und nahm einen Schluck Bier.

Sie hörte Václav und Herrn Klíček zu und gleichzeitig Marek und Bara, die über die Aufführung sprachen und alle gelungenen Momente noch einmal Revue passieren ließen.

Lukasch sang leise vor sich hin und flüsterte mit Markéta. Sie prusteten in ihre Gläser und erzählten sich Witze, Wortspiele, Unsinn. Nur Aneta sagte nichts. Nicht dass sie traurig gewesen wäre, das wusste Pavla, Aneta war einfach nur erschöpft. Sie war so angespannt und nervös gewesen vor der Vorstellung und noch so wirr von all den Küssen und Gratulationen, dass sie nun einfach nur hier sitzen und schauen wollte. Pavla lächelte ihr zu und sie beobachteten beide Lukasch, der jetzt einen ihrer Deutschlehrer nachmachte und mit schnarrender Stimme »Ruhe« brüllte. Auch Václav hatte sein Gespräch mit Herrn Klíček und dem Grafen unterbrochen und sich Lukasch zugewandt.

Schon lange war Lukasch nicht mehr so fröhlich und ausgelassen gewesen. Das Theaterspielen tat ihm gut und für seine Plakate und die Bühnendekoration war er sehr gelobt worden. Von ihrer Regisseurin sowieso, aber auch von den Lehrern und Eltern und von der Jury in České Budějovice. Dort hatten sie sogar einen Preis gewonnen. Womöglich hatte ihn heute sogar sein Onkel gelobt, aber darauf schien er keinen Wert zu legen. Die Schule vertrug er immer schlechter. Das Auswendiglernen, die Prüfungen, den Zwang, jeden Morgen pünktlich zu sein. Manchmal, so hatte er Pavla erzählt, komme er sich vor wie ein kleines Zahnrad, das zwischen riesigen anderen Zahnrädern stecke und sich mitdrehen müsse, obwohl es das gar nicht wolle.

»In Prag«, hörte Pavla Herrn Klíček sagen, »sind alle Zeiten gegenwärtig. Von der sagenhaften Fürstin Libussa*, die prophezeit hat, dass die Stadt Prag entsteht, bis zum Sturz der Kommunisten. Karl IV*. ist hier und Jan Hus*, die sie-

* Die mit Sternchen gekennzeichneten Begriffe sind im Glossar erklärt.

benundzwanzig hingerichteten protestantischen Adeligen* des Jahres 1621 und Jan Palach*, der sich 1968 aus Protest gegen den Einmarsch der sowjetischen Soldaten verbrannte. Alles ist gleichzeitig da, nichts geht verloren. Alles, was Menschen im Guten wie im Schlechten getan haben, bleibt. In den Häusern, im Pflaster, in den Steinen. Wenn wir ganz leise und aufmerksam sind, hören wir sie sprechen.«

Marek flüsterte Pavla zu, dass er in die nächste Mathematikprüfung einen Pflasterstein mitnehmen werde, vielleicht verrate der ihm die Lösung. Pavla kicherte und fühlte sich wohl neben Marek.

»Weil Sie gerade von der Geschichte dieses Landes sprechen. Die Geschichte meiner Familie ist sehr eng mit ihr verknüpft, und wir versuchen alles, was wir wiederbekommen haben, zu restaurieren und zu bewahren. Ich würde den jungen Künstlern gerne das neu renovierte Palais und unsere Kunstschätze zeigen. Wie wäre es am nächsten Sonntag, gegen drei Uhr?«

Die sieben nickten höflich. Václav allerdings sah man an, dass er von der Einladung richtig begeistert war. Er interessierte sich für alles, was mit tschechischer Geschichte, mit Geschichte überhaupt, zu tun hatte.

Pavla musste grinsen. Nicht dass sie das Palais nicht auch gerne gesehen hätte, nur über Václav wunderte sie sich ein wenig. Er hatte über den Grafen nicht allzu schmeichelhaft gesprochen, natürlich nur, wenn der Graf nicht dabei gewesen war. Václav warf den Vorfahren des Grafen vor, dass sie von den Habsburgern mit Gütern und Ländereien belohnt worden waren, welche die Habsburger den Familien der hingerichteten protestantischen Adeligen weggenommen hatten, unter anderem jenen siebenundzwanzig, von denen Pan Klíček zuvor erzählt hatte. Als Markéta Václav darauf hingewiesen hatte, dass dies fast vierhundert Jahre her sei, hatte ihn das überhaupt nicht beeindruckt. Wie sagte Pan Klíček? Alles bleibt, nichts geht verloren.

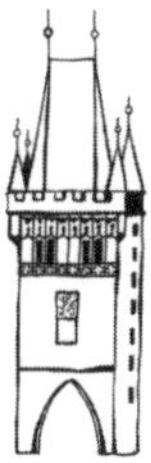

Die Botschaft

Pavla nahm einen Schatten oben an der Wendeltreppe wahr. Als sie den Kopf wandte, bemerkte sie, dass nur noch ihr Tisch besetzt war. Alle anderen Besucher der Theatervorstellung waren verschwunden. Aber wer sollte sich um diese Zeit noch hierher verirren? Pavla überlegte, wie spät es sein konnte, denn sie trug nie eine Uhr. Sie hasste Uhren. Aber es war auch egal. Tschako krächzte ungehalten und flog über ihre Köpfe zurück zur ersten Stange. Marek versuchte ihn anzulocken, streckte den Arm aus und rief ihm Koseworte zu, aber Tschako beachtete ihn gar nicht, sondern flatterte ungerührt weiter und ließ sich auf seinem Stammplatz nieder. Pavla strich sich über die Augen, aber der Schatten in der Eingangstür war immer noch da. Er bewegte sich, und es war auch kein Schatten, sondern ein Mann mit einem weiten Umhang. Die Kapuze hatte er tief in die Stirn gezogen, sodass Pavla sein Gesicht nicht sehen konnte. Wer trägt in einer warmen Sommernacht einen Umhang mit Kapuze? Hatte es zu regnen begonnen?

Die Eingangstür stand immer noch offen, aber Pavla konnte nicht ausmachen, wie das Wetter draußen war. Die Straßenlampe oben vor dem Café gab nicht genug Licht.

Mit unsicheren Schritten stakste der späte Gast die Stufen zum Schankraum hinunter. Die anderen unterbrachen ihre Gespräche und folgten Pavlas Blick. Der Unbekannte steuerte leicht schwankend ihren Tisch an. Der schwarze Umhang verdeckte vollständig seine Figur. Als er vor ihnen stand, rutschte seine Kapuze nach hinten und zum Vorschein kamen lange blauschwarze Haare und ein bronzefarbenes Gesicht.

Eine Frau, dachte Pavla zuerst, aber das Gesicht mit den kohlschwarzen leblosen Augen war eindeutig das eines Mannes. Pavla schrak zusammen, als sie versuchte in diese fremdartigen Augen zu sehen, die weder sie noch sonst irgendetwas wahrnahmen. Ihre Freunde, Pan Klíček und der Graf starrten den Mann an und brachten keinen Ton heraus.

Auch der Unbekannte blieb stumm. Er griff in seinen Umhang und zog aus einer Innentasche eine Zeitung hervor. Pavla blickte entsetzt auf die braune, lederne Haut, die sich über den Knochen spannte. Das ist die Hand eines Skeletts, er muss halb verhungert sein.

Die Zeitung lag direkt vor Václav, und ehe sich auch nur einer von ihnen gefasst und das Wort an den Fremden gerichtet hatte, war er mit stolpernden Schritten zurück zur Treppe gewankt, hatte sie erklommen und war in der Nacht verschwunden.

Václav strich sich das halblange blonde Haar aus der Stirn, sein ordentlicher Pferdeschwanz hatte sich im Laufe der Nacht aufgelöst, und beugte sich über die Zeitungsseite. Er wurde magisch angezogen von allem Gedruckten, egal in welcher Sprache.

»Das sind ja nur Buchstaben«, sagte er enttäuscht.

»Sag bloß«, spottete Marek. »Eine Zeitung, die mit Buchstaben arbeitet. Hat man so was schon gehört.«

Kleine spitze Dolche schossen aus Václavs braunen Augen. Eine fordernde Handbewegung holte Marek von der gegenüberliegenden Seite des runden Tisches. Marek kam der Aufforderung gleichmütig nach, auch die anderen erhoben sich oder beugten sich über die Zeitung.

»Das ist Gulasch«, stellte Markéta fest, die neben Václav saß und das Blatt etwas näher zu sich herangezogen hatte. Pan Klíček zog seine Lesebrille aus der Hemdtasche und begann sie umständlich zu säubern. Pavla stellte sich neben Marek, der sich auf Václavs Schulter stützte.

Auf den ersten Blick sah das Blatt aus wie jede andere Zeitung auch. Spalten, fett gedruckte Überschriften, Kästen, Balken, aber als Pavla versuchte, einen Artikel zu lesen, gelang ihr das nicht. Zwar waren die Buchstaben zu Wörtern oder – besser gesagt – zu Klumpen angeordnet, auch Punkte und Kommas gab es, aber all das ergab keinen Sinn.

»Was ist das wohl für eine Sprache?«, murmelte Lukasch versonnen.

Václav schüttelte den Kopf. Tschechisch, Deutsch und Englisch konnten sie alle, das schied aus.

»Welche Sprache könnte es noch sein?« Václav wandte sich höflich an den Grafen. Der schüttelte nur lächelnd den Kopf. Der Graf sprach hauptsächlich Englisch.

»Italienisch?«

Václav sah Bara fragend an. Sie hatte seit zwei Jahren einen privaten Italienischkurs belegt.

Bara verneinte und fügte hinzu: »Spanisch und Französisch auch nicht. Das würde ich erkennen.«

Pan Klíček hatte seine Brille endlich aufgesetzt und schob seinen Oberkörper an Václav vorbei zu Markéta hinüber, die ratlos auf die Buchstabensuppe blickte.

»Ich glaube nicht, dass das eine Sprache ist.«

»Diese Zeitung habe ich noch nie gesehen«, murmelte Aneta nachdenklich. Aber das musste nichts heißen. Alle paar Wochen erschienen neue kostenlose Blätter, die an den Eingängen zur U-Bahn verteilt wurden.

»Was soll man denn mit einer Zeitung, in der nur Gulasch ist?«, rief Marek ungehalten.

»Vielleicht ist es ein Code, der eine geheime Botschaft enthält?«, murmelte Pavla versonnen.

»Es gibt keine Bilder«, stellte Lukasch verwundert fest.

»Blätter doch mal um«, schlug Aneta vor.

»Umblättern ist gut«, erwiderte Václav. »Die Zeitung hat nur eine Seite.«

Und er drehte das Blatt um. Sie starrten auf die Rückseite. Auch hier schwarze Lettern wie in milchiger Brühe. Ein Kasten jedoch stach ihnen allen fast gleichzeitig in die Augen. Aneta sog hörbar die Luft ein, als sie erfasste, was da in klarem Tschechisch stand:

Wenzelskrone verschwunden

Wie aus gut unterrichteten Kreisen verlautet, befindet sich die Krone des heiligen Wenzel nicht mehr an ihrem Platz in der Kronkammer im St.-Veits-Dom auf der Prager Burg. Womöglich weiß nur Fürst Wenzel, wo sie sich zurzeit befindet.

Eine Weile sagte niemand etwas. Es schien sogar, als ob keiner von ihnen mehr atmete.

Die Wenzelskrone ist das wertvollste Kleinod des Landes. Kostbar nicht wegen der Summe, die man dafür bezahlen müsste, denn die ist unvorstellbar. Allein der Gedanke, dass es Menschen gab, die für diese Krone Euros, Kronen oder Dollar boten, jagte den späten Gästen des Cafés einen Schauer über den Rücken. Es ging nicht um Geld, sondern darum, dass die Krone verknüpft war mit Fürst Wenzel*, dem Schutzpatron des Landes. Dass die Krone Wenzelskrone heißt, aber mit Sicherheit nie vom Fürsten Wenzel getragen worden war, spielte dagegen überhaupt keine Rolle. Wenzel hatte im 10. Jahrhundert gelebt, die Krone war aus der Zeit Karls IV., und den hatte sie bei seiner Krönung im Jahre 1347 geschmückt. Alle Schreckenszeiten und auch die weniger schrecklichen, die glanzvollen und die halbwegs angenehmen waren mit dieser Krone verbunden. Sollte das Land je in großer Gefahr sein, so würde Wenzel der Sage nach wiederkehren und die Tschechen retten. Aber so weit war es bislang nicht gekommen, auch wenn manche Zeitgenossen Dinge erlebt hatten, bei denen man sich schon fragen konnte, ob es nicht an der Zeit gewesen wäre, dass der Fürst eingriff.

Der Graf erhob und verabschiedete sich, aber die sieben und auch Pan Klíček waren in die seltsame Zeitung vertieft und ihre Gedanken kreisten panisch um die Nachricht, sodass sie das Verschwinden des Grafen gar nicht mitbekamen. Automatisch murmelten sie Abschiedsworte und wandten sich sofort wieder dem Blatt zu.

»Ich habe sie gesehen«, sagte Bara tonlos.

»Wie lange hast du Schlange gestanden?«, fragte Václav.

Bara zuckte mit den Schultern.

»Vier Stunden, fünf Stunden? Ich weiß es nicht mehr. Ich war ja noch klein, zehn oder elf. Die Menschen standen vom Palais Lobkowicz bis zur Moldau hinunter.«

»Jetzt übertreibst du aber«, brummte Lukasch.

»Nur ein bisschen«, erwiderte Bara. »Sie war wunderschön.«

Alle nickten. Daran gab es keinen Zweifel. Sie ist wunderschön. Leider kann man sie nur zu ganz besonderen Gelegenheiten sehen.

»Aber das gibt es doch nicht!«, rief Václav und schlug mit dem flachen Handrücken auf die Zeitung mit dem Buchstabengulasch. »Wie kann sie verschwinden? Sie liegt in der Kronkammer! Die ist versiegelt und kann nur mit sieben Schlüsseln geöffnet werden.«

»Und wer hat die Schlüssel?«, fragte Pan Klíček und blinzelte listig. Eigentlich war das gar keine richtige Frage. Er wollte nur herausfinden, ob die jungen Leute wussten, was man wissen musste.

Die sieben brachten die Verwahrer der sieben Schlüssel auch rasch zusammen: Je einen hat der Präsident der tschechischen Republik, der Erzbischof, der Ministerpräsident, der Kanzleramtsminister, der Vorsitzende des Senats, der Vorsitzende des Parlaments und der Bürgermeister Prags.

Pavla war nicht mehr richtig bei der Sache, eine ganze Weile schon nicht mehr. Sie starrte über Václavs Schulter hinweg auf den mysteriösen Artikel und sah den geheimnisvollen Besucher vor sich, der die Zeitung gebracht hatte. Sein bronzefarbenes Gesicht mit den leblosen, schwarzen Augen. Pavla fröstelte. Sie wandte sich ab, griff gedankenverloren nach einem Glas Bier und trank einen Schluck. Sie wussten schon längst nicht mehr, wem welches Glas gehörte. Das war auch egal. Die letzten zwei Runden waren ohnehin aufs Haus gegangen, also auf Herrn Klíček, der mit ihrer Vorstellung, vor allem mit dem damit verbundenen Umsatz, sehr zufrieden gewesen war wie auch mit der Tatsache, dass der Graf und der reiche Herr Rajský sein bescheidenes Café besucht hatten.

»Wer weiß, ob das stimmt«, murmelte Marek und zeigte auf die Zeitung mit dem Buchstabensalat. »Vielleicht ist das ja nur ein dummer Scherz und die Krone ist gar nicht weg. Man müsste nur herausfinden, ob die Krone noch an ihrem Platz ist.«

»Das ist ganz einfach«, erklärte Václav. »Wir rufen den Präsidenten an und fragen ihn!« Er griff in seine Hemdtasche und zog ein Mobiltelefon hervor.

»Meine Güte, Vaschek! Es ist vier Uhr morgens! Und was wirst du sagen? Entschuldigen Sie, Herr Präsident, aber könnten Sie nicht mit den übrigen sechs Herren mal kurz die Kronkammer aufschließen und nachsehen, ob die Wenzelskrone noch da ist? Außerdem traue ich nicht einmal dir zu, dass du die Direktwahl des Präsidenten hast.«

»Nicht direkt«, gab Václav zu und grinste.

Lukasch nahm Václav das Telefon ab und steckte es ihm zurück in die Hemdtasche.

»Aber ich würde schon gerne herausbekommen, ob das stimmt!« Václav deutete auf die geheimnisvolle Zeitung.

»Dann solltet ihr endlich jemanden fragen, der ganz sicher weiß, wo die Krone ist«, erklärte Pan Klíček bedeutungsvoll und nahm seine Brille ab. »Hier steht es doch auch.« Und ihr Impresario klopfte mit dem Zeigefingerknöchel auf die Zeitung und las vor, was sie alle längst auswendig konnten: »›Womöglich weiß nur Fürst Wenzel, wo sie sich zurzeit befindet.‹ Eben! Wer sollte besser wissen, wo die Krone ist, als Fürst Wenzel selbst.«

Ehe einer oder eine der sieben zu diesem praktikablen Vorschlag etwas sagen konnte, rief Pavla laut und vernehmlich in die Stille: »Der Indianer! Der Zeitungsbote! Der, der die Zeitung gebracht hat! Das war der Indianer!«

»Du kriegst kein Bier mehr«, sagte Marek und nahm Pavla das Glas aus der Hand.

»Pavlička«, murmelte Markéta, trat von hinten an Pavlas Stuhl heran und legte den Arm um ihre Schultern. »Wovon redest du? Ist dir nicht gut? Was für ein Indianer?«

»Pavla hat recht, glaube ich«, sagte Pan Klíček. »Das war der Indianer.«

Marek überlegte, ob er auch Herrn Klíček das Bier wegnehmen sollte, aber das wagte er dann doch nicht.

Und Pan Klíček erzählte die Geschichte vom Indianer, der Anfang des 20. Jahrhunderts mit Buffalo Bills Wildwestshow nach Prag gekommen und dort an einer Lungenentzündung gestorben war. Noch heute geistere er herum, fügte Pan Klíček hinzu, und wer ein Knöchelchen oder sonst einen Gegenstand finde, der ihm gehört habe, und diesen Gegenstand nach Amerika bringe, der werde den Indianer erlösen, sodass sein Geist in die ewigen Jagdgründe eingehen könne.

»Genau«, sagte Pavla. Die Übrigen sagten nichts. Markéta hielt Pavla im Arm und strich ihr über das Haar. Václav starrte auf das Zeitungsblatt. Lukasch hatte die Hände vors Gesicht geschlagen und gab mühsam unterdrückte Laute von sich. Marek tippte sich leicht mit dem Finger an die Stirn, aber so, dass es Pan Klíček nicht sah, und warf Bara und Aneta fragende Blicke zu. Bara hob die Augenbrauen und Aneta zuckte mit den Schultern.

Marek drückte Pavla das Bierglas wieder in die Hand. Wenn Pan Klíček solche Geschichten erzählte, konnte Pavla genauso gut weitertrinken. Als er den Blick wieder hob, sah er oben am Eingang einen Schatten.

Marek war in fünf Sätzen am Fuß der Treppe, nahm drei Stufen auf einmal und stand auf dem Gehsteig. Rechts von ihm führte die Vinohradská den Hügel hinunter bis zum Nationalmuseum und zum Wenzelsplatz. Links gelangte man bergauf zu den Friedhöfen, und wenn man dort links abbog und nach einer Weile rechts, käme man zur Schule. Aber Marek wollte weder zur Schule noch zum Nationalmuseum. Er wollte dieses Gespenst, das Pavlas Geist so verwirrt hatte, am Genick packen und kräftig durchschütteln. Marek suchte den gegenüberliegenden Park mit den Augen ab und glaubte, schattenhafte Figuren zu sehen, die hin und her huschten. Er rieb sich die Augen und starrte wieder hinüber. Die Fahrbahn glänzte nass im weißen Schein der Straßenlaternen, die Vögel zwitscherten. Es war völlig windstill, und über Marek stand eine Mondsichel wie aus dem Märchen, von Wolken halb bedeckt.

Er wusste nicht, was er tun sollte, zu sehen war nichts, deshalb betrachtete er das schadhafte Pflaster zu seinen Füßen. Den aufgesprungenen Asphalt, den Sand daneben, einzelne viereckige Steine, die irgendwann einmal eingesetzt, aber schon längst wieder locker geworden waren. Der eiskalte Hauch, der seinen Nacken streifte, traf ihn völlig unvorbereitet. Es war, als schiebe sich Schnee durch seine Blutbahnen, als umklammere eine Eishand sein Herz. Marek bekam keine Luft und riss den Mund auf, um zu atmen, um zu schreien. Aber weder das eine noch das andere war möglich. Er stand unbeweglich da und starrte auf den Sand, auf den Stein, auf den aufgebrochenen Asphalt. Nun hörte er etwas metallisch aufklopfen, rhythmisch brutal auf den Straßenbelag stampfen. Er erkannte das Geräusch sofort, obwohl er es mit Sicherheit noch nie gehört hatte. Es war eine Erinnerung, nicht seine, sondern die seiner Großeltern, auch die seiner Eltern. Ob man Geräusche weitergeben kann, so wie man Geschichten weitererzählen kann?

Dann war es vorbei. So schnell und überfallartig, wie es gekommen war, war es verschwunden. Die Eishand gab Mareks Herz wieder frei und die Stiefeltritte verklangen.

Eine rot-weiße Straßenbahn ratterte vorbei, hell erleuchtet. Marek sah zwei Männer hintereinander auf den Einzelsitzen, die Köpfe ans Fenster gelehnt. Die Vögel zwitscherten lauter und Autos fuhren vorbei. Es dämmerte und die Straßenlaternen erloschen.

Die Wenzelskapelle

Ein eleganter junger Mann, die Hände in den Taschen seiner dunkelblauen Hose, ein Bein angewinkelt, lehnte an der Mauer der Neuen Galerie und betrachtete den St.-Veits-Dom.

Wolkenlos wölbte sich der Himmel über der Kathedrale, tiefblau im nachmittäglichen Licht. Dieses Licht müsste man malen – nicht das Licht, das ging ja nicht –, aber die Farben, die es genau so satt, und die Konturen, die es genau so scharf nur gab, wenn im Sommer die Sonne genau so stand und die Luft dennoch frisch war, weil es zuvor geregnet hatte. Viel muss zusammenkommen, damit der Dom genau in diesem Licht erscheint, das die Figuren und Türmchen und Bögen und Spitzen, die Sockel und Halbbögen, die Balustraden und Wasserspeier so plastisch und überdeutlich aus der Fassade hervortreten lässt.

Lukasch strich sich über die Stoppeln seiner schwarzen Haare. Einen Zentimeter waren sie schon wieder nachgewachsen, seit er sie sich von Marek hatte abrasieren lassen. Radikal, bis der blanke Schädel das Licht der Glühbirne im Waschraum gespiegelt hatte. Die Mädchen hatten sich geweigert, ihm dabei zu helfen. Aber er musste es tun, nur so konnte er den Boxer so spielen, wie er ihn gespielt hatte. Und hatten sie bei den Theatertagen in České Budějovice nicht einen Preis gewonnen? Vielleicht nicht nur wegen seines kahlen Schädels, aber deswegen, weil alles perfekt gewesen war. Auch ihre Regisseurin war eine Perfektionistin, alle Künstler sind das. Aber als sie ihn gesehen hatte, kahl rasiert, zwei Stunden vor der Premiere, war ihr Gesicht kalkweiß geworden, noch weißer, als ihr Gesicht ohnehin schon war.

Vom Obelisken her schlenderte Václav auf ihn zu. Etwas größer als Lukasch, genauso schlank. Die dunkelblonden Locken wieder zum Pferdeschwanz gebändigt. Zwanzig Schritte hinter ihm Markéta. Die seidige dunkelbraune Lockenpracht nachlässig zusammengebunden, in einem bunten Sommerrock mit schwarzem Shirt und eine große Umhängetasche an den Trägern hin und her schwenkend. Markéta strahlte, als führe sie in Urlaub oder ginge zum Abiturball oder beides. Václav sah nur kurz an Lukasch vorbei, als kenne er ihn nicht, und nickte knapp zu den Türmen des Doms hinüber. Auch Markéta kam nicht auf ihn zu, sondern wippte weiter in ihren schwarzen Ballerinas hinüber zur Kirche.

So war es ausgemacht. Sie mussten hinein. Getrennt. Um fünf Uhr schloss der Dom, eingelassen wurde man noch eine halbe Stunde vorher. Unauffällig sollten sie sich in das Kirchenschiff begeben und sich einschließen lassen. Eine Schwachsinnsidee, dachte Lukasch, absoluter Irrsinn. Er löste sich langsam von der Wand und wandelte wie ein Tourist über den Platz. Markéta und Václav waren schon hinter der hohen Tür verschwunden. Lukasch schritt ebenfalls hindurch und sah erst einmal gar nichts. Es dauerte eine Weile, bis sich seine Augen von der gleißenden Helligkeit draußen an die Dunkelheit im Inneren gewöhnt hatten. Immer noch tanzten vor seinen Lidern die Farben des späten Nachmittags. Man müsste das festhalten können.

Fotografieren. Nein. Keine Kamera der Welt konnte dieses Licht wirklich einfangen. Die hübschesten Postkarten waren eben nur hübsch, die lebendigen Farben gaben sie nicht wieder. Lukasch wandte sich nach links zu dem Fenster, das Alfons Mucha gestaltet hatte. Das Spiel des Lichts, das durch die bunten Scheiben fiel, faszinierte ihn. Die Farben waren leuchtend und klar. Vielleicht konnte man das, was er draußen gesehen hatte, nur künstlich wiederholen, wenn Sonnenlicht auf ein Fensterbild fiel, vielleicht funktionierte es nur mit Glas, Farben auf Glas.

Lukasch schritt weiter und sah dem Licht zu, das in Bündeln und einzelnen Strahlen von den hohen bunten Fenstern in das Innere des Doms sickerte und helle Streifen auf die Säulen und den Boden malte.

Um ihn herum scharrte und murmelte es. Touristen in Gruppen und Grüppchen standen oder schlurften herum. Aber der Dom war nicht so überfüllt wie an den Vormittagen. Fast verloren wirkten die Menschen in der riesigen Halle, deren schlanke, hohe Pfeiler sich weit oben in der Ewigkeit zu treffen und zu verlieren schienen.

Vor dem Mausoleum der Habsburger blieb Lukasch kurz stehen. Die hatten ihn weder tot noch lebendig besonders interessiert. Nein, das stimmte gar nicht. Man konnte ihnen nicht entkommen, wenn man sich nur ein wenig mit Geschichte beschäftigte. Lukasch warf einen Blick auf die geflügelten Marmorengel, die den ewigen Schlaf Ferdinands I. nebst Gattin und Sohn bewachten, und er sah Marek nicht an, der drei Meter von ihm entfernt die Treppe zur reich verzierten Kanzel anhimmelte.

Fehlten noch Bara, Aneta und Pavla. Es wurde Zeit, dass er sich nach einem Versteck umsah.

Lukasch schritt an der Kanzel vorbei wieder zurück zum

Haupteingang. Über ihm strahlte die Rosette im Abendlicht. Er blieb stehen und sah zu, wie das Licht hindurchperlte. Das Murmeln und Scharren war leiser geworden. Eine Gruppe Japaner bewegte sich schnatternd und knipsend auf den Ausgang zu. Und Lukasch fragte sich, was jemand, der vom anderen Ende der Welt kam, hier in diesem Dom sah und begriff. Was würde er selbst von einem Schintoschrein begreifen, was von den Statuen und Malereien? Er müsste sich monatelang vorbereiten, lesen und nachdenken, Bücher wälzen, seine Lehrer fragen, sofern die etwas wussten, ehe er um den halben Erdball fliegen konnte. Andernfalls blieb doch alles, was er sehen würde, nur Pappmaschee.

Lukasch ließ seinen Blick noch einmal durch den riesigen Raum schweifen. In diesem Augenblick ertönte auch schon die blecherne Durchsage, die alle Besucher bat, den Dom zu verlassen. Lukasch wusste von Václav, der in seiner Freizeit als Stadtführer arbeitete, dass zwei Angestellte einen Rundgang durch den Dom machten, sobald die hohen Flügel des Haupteingangs geschlossen waren.

Lukasch musste sich nun wirklich beeilen. Er stand wie auf dem Präsentierteller mitten im Kirchenschiff, das sich bis auf wenige Grüppchen, die sich vorne unter der Rosette stauten, in den letzten Minuten rasant geleert hatte. Vor ihm huschte Pavla durch die Balustrade, die den vorderen Teil vom rückwärtigen trennte, und hastete die kleine Treppe hinunter in die Krypta.

Das nicht, dachte Lukasch, das ist nichts für mich. Aber er hatte zu lange gezögert. Hinter und vor ihm dehnte sich der leere Kirchenraum. Die kleinen Kapellchen in den Seitenschiffen waren zu weit entfernt. Es wäre aufgefallen, wenn er nun, da sich die Gruppe vor dem Haupteingang langsam auflöste, quer durch den Raum gestürzt wäre. Ob die anderen alle dort unten in diesem Gewölbe steckten?

Lukasch gab sich einen Ruck und war mit fünf Schritten an der schmalen Treppe; in wenigen Sekunden war er unten und wollte sofort wieder zurück. Aber da packte ihn eine vertraute Hand und zog ihn den schwach erleuchteten Gang entlang.

Es ist zu eng hier, dachte Lukasch, und die Decken sind zu niedrig. Nicht dass er sich den Kopf angestoßen hätte, darum ging es nicht. Er wollte hier raus. Sofort. Ans Licht. Auf eine freie, unbebaute Fläche mit einem hohen Himmel ohne Begrenzung. Aber er wurde weitergezogen, um Ecken bugsiert. Markéta war vor ihm, hinter ihm seufzte Pavla. Die Mädchen schoben ihn in ein noch niedrigeres Zimmerchen. Nicht das auch noch. Das halte ich erst recht nicht aus. Wie kommen die beiden dazu, mich in so ein Verlies zu schleppen, sie wissen doch ganz genau, dass …

»Runter«, flüsterte Pavla. Alle drei knieten hinter einem Steinsarg in einer Ecke auf dem Boden. Auf roh behauenen Quadern, uneben, hart und staubig. Muffig war es, zum Ersticken. Die weiße Deckenleuchte gab gerade genug Licht, dass er die Steinsärge schemenhaft erkennen konnte. Stimmen, tief und hallend, ertönten. Sie schienen über ihm zu schweben, körperlos. Der Kegel einer Taschenlampe irrlichterte durch den Raum. Schlurfende Schritte, knirschender Kies, wieder die Stimmen. Jemand fragte: »Gehst du noch mit auf ein Bier?«

Die Antwort hörte Lukasch nicht, stattdessen dröhnte es durch den Raum, dass er glaubte, sein Kopf bräche entzwei. Schließlich Stille. All das hatte ihn etwas abgelenkt. Aber Lukasch wusste, dass er das hier nicht lange aushalten würde. Nicht lange? Keine fünf Sekunden. Das Deckenlicht erlosch. Tintenschwarz wurde es ringsumher. Eingemauert in der Tiefe. Lukasch riss die Augen auf. Nichts. Natürlich nicht. Wie sollte er zehn Meter unter der Erde in einer Gruft etwas sehen? Es kroch in ihm hoch, langsam, gallenbitter und unabwendbar. Gleich würde er schreien, um sich schlagen. Sein Mund war staubtrocken. Er müsste etwas trinken. Kalter Schweiß lief ihm über die Stirn und in den Nacken. Seine Hände waren eiskalt, als hätte er sie in ein Schneeloch gesteckt. Sein Herz hämmerte schmerzhaft gegen seinen Brustkorb.

Lukasch spürte Markétas warme Hand, die über seinen Unterarm strich. Das nützt nichts, dachte Lukasch. Es war das Letzte, was er denken konnte, dann kippte sich die Angst über ihn aus und verklebte sein Hirn und sein Herz. Von ihm blieb nichts mehr übrig. Nur noch die Panik. Licht wollte er. Sofort. Luft und Weite. Freiheit. Auf ihm lastete die tonnenschwere Decke der Gruft und mit ihr der St.-Veits-Dom mit all seinen wuchtigen Streben und Pfeilern. Da war kein Entkommen vor diesem Wust aus Geröll und Steinen, Quadern und Streben.

Eine sanfte Hand strich über seine nachwachsenden Stoppeln. Finger steckten ihm etwas in den Mund. Seine Tabletten, seine Tabletten für Notfälle. »Trink«, flüsterte eine Stimme. Pavla oder Markéta? Dann glitt eine kühle, lindernde Flüssigkeit durch seine Kehle. Die Angst bekam einen hauchdünnen Riss, durch den er Pavlas und Markétas Hände spürte.

Die Zeit dehnte sich. Ein tiefer schwarzer See, in dem Lukasch versank. Markétas warme weiche Hand strich über seinen Arm. Pavlas dünne, kühle Hände lagen auf seinem Kopf, schützend wie luftige Flügel. Mit seiner Angst blieb er jedoch allein, auch wenn er die Berührungen spürte, die Worte hörte und dankbar dafür war.

Er kniete immer noch auf dem harten Stein. Vorsichtig richtete er sich auf und setzte sich. Seine Knie schmerzten und in seinen Handflächen steckten winzige Kiesel. Sein Atem ging jetzt ruhiger. Markéta nahm seine Finger und wärmte sie mit ihren Händen. Lukasch konnte wieder denken, über die Angst hinweg oder unter ihr hindurch. Und er dachte daran, dass er tief unter der Erde saß und dass der Dom sich über ihm auftürmte. Aber das war kein guter Gedanke, die Angst hob ihre riesigen schwarzen Hände und zermalmte sein Gehirn. Lukasch wollte sich verbieten, an die Massen von Gestein über sich zu denken, aber das ging schon nicht mehr. Sein Herz hämmerte wieder wild gegen den Brustkorb. Er rang nach Luft.

Ein Lichtkegel tastete sich am Boden entlang auf ihn zu. Die Angst ließ Lukasch für eine Sekunde aus ihrem eisernen Griff, und er konnte sich fragen, was der helle Kegel, der die Kiesel und Steinchen am Boden gelb färbte, zu bedeuten habe.

Václav richtete die Taschenlampe auf sich selbst, und ein hell beschienener Václav-Kopf schwebte über ihnen. Markéta und Pavla lachten. Es war ein angespanntes Lachen. Die Angst ließ Lukasch wenigstens den Kopf heben und grinsen und auch wieder ein wenig denken, aber sein Herz hatte sie noch fest in ihrer Eisenfaust. Václav nahm Pavla an der Hand, die packte seine, und Markéta bildete den Schluss. So zogen sie durch die engen Gänge. Die Taschenlampe schnitt Tortenstücke aus den Platten am Boden.

»Wo sind die anderen?«, fragte Lukasch. Das konnte er fragen, weil die Angst es zuließ. Die Tabletten begannen zu wirken. Seine eiskalten Hände wurden von den warmen der Mädchen etwas aufgetaut. Das Herz hämmerte immer noch gegen seine Rippen, aber es schmerzte nicht mehr.

»Marek, Aneta und Bara sind schon vorne«, flüsterte Václav.

Wo vorne? Wo war hier vorne? Lukasch durfte nicht daran denken, wo er war, sonst biss die Angst wieder schärfer zu. Er betrachtete Václavs Rücken, der in einem hellen Hemd mit dünnen blauen Streifen steckte, und den Pferdeschwanz, der direkt vor seinem Mund hin und her baumelte. Ich könnte zubeißen, dachte Lukasch, und der Gedanke gefiel ihm so gut, dass er leise kicherte. Die Tabletten hatten die Eisenfinger der Angst geöffnet.

»Vorsicht Stufen«, murmelte Václav. Von oben wehte ganz sacht ein frischer Lufthauch heran. Unsicher setzten sie die Füße auf die Steintreppe und schoben sich langsam hinauf. Es war nicht richtig hell dort, wo sie herauskamen, aber zumindest nicht mehr stockfinster wie in der Gruft. Durch die hohen Glasfenster fiel kein Sonnenlicht, sondern etwas Weißes, Gespenstisches, das sich Lukasch nicht erklären konnte. Er wollte sich auch gar nichts erklären, er wollte die Arme ausbreiten, den Kopf in den Nacken legen und sich mehrmals um die eigene Achse drehen. Und das tat er auch und atmete tief und langsam. Die Angst war weg. Verschwunden. Nicht mehr da.

»Stoß dich nicht«, sagte Bara, die mit Marek und Aneta in einer Kirchenbank saß und ihn beobachtete. Während Lukasch sich drehte, erkannte er, dass die weißen Strahlen, die durch die schlanken Glasfenster sickerten, von der Beleuchtungsanlage der Burg stammen mussten. Sie mussten Stunden dort unten gewesen sein. Nicht dass Lukasch das erstaunte. Nach seinem Gefühl hatte er sein halbes Leben in dieser Gruft verbracht. Aber sein Gefühl spielte hier keine Rolle. Er wusste, dass sein Zeitempfinden völlig gestört war, wenn die Angst ihn packte. Nur hätte es ihn weniger erstaunt, wenn sie nur einige Minuten dort unten gewesen wären. Lukasch setzte sich zu Markéta in eine Kirchenbank. Sie lächelte ihn an. Er legte sich hin, seinen Kopf in ihren Schoß. Zart strich sie ihm über die weichen Stoppeln. Gleich würde er einschlafen. Die Tabletten.

»Und jetzt?«, fragte Marek leise. Václav, der neben ihm saß, zuckte mit den Schultern. »Wir müssen warten, bis es Mitternacht ist.«

Eine blödsinnige Idee, dachte Marek. Pan Klíček und seine mysteriösen Geschichten. Das magische Prag! Das einzig Magische an Prag waren die Preise, die in einer Weise stiegen, dass man wirklich an Zauberei glauben konnte.

Václav legte Marek eine Hand auf die Schulter und lud ihn zu einer Führung durch den nächtlichen Dom ein. »Sehr erhellend«, murmelte Marek und starrte in die Finsternis.

Als die beiden vor dem Eingang standen, sahen sie links in einer Kapelle flackernde Kerzen und hörten geflüsterte Worte, die hohl durch das düstere Kirchenschiff hallten. Marek schrak zusammen und umklammerte Václavs Oberarm, aber der schüttelte grinsend den Kopf.

»Nur unsere Hexen bei der Beschwörung von Macbeths Unglück.«

Auf Zehenspitzen schlich Václav vorwärts und lugte in die St.-Ludmilla-Kapelle. Dort saßen Bara, Pavla und Aneta und lasen im Schein der flackernden Kerzen, die sie sich von der Heiligen Ludmilla ausgeliehen und vor sich auf den Boden gestellt hatten.

Václav beugte sich zu den drei Mädchen hinunter und

machte »Buh!«. Ohne zusammenzuzucken nahm Bara das Buch, klappte es zu und schlug Václav damit leicht auf den Kopf.

»Au!«, sagte Václav.

»Was lesen unsere Schönen denn?«, fragte Marek höflich und duckte sich in Erwartung eines Schlags. Bara hielt ihm wortlos die Titelseite entgegen.

»Das passt ja«, rief Marek. »*Roman für Frauen* von Michal Viewegh. Männer dürfen das wohl nicht lesen?«

Ehe Bara etwas erwidern oder ihm das Buch auf den Kopf schlagen konnte, ertönte ein tiefer hallender Ton. Václav spürte, wie sich die feinen Härchen auf seinen Unterarmen aufstellten. Tief in seinem Magen schwangen die Töne nach.

»Zwölf«, sagte Marek. Bara klappte das Buch zu und stopfte es in ihre Umhängetasche.

»Jetzt fragen wir den Fürsten Wenzel, wo er seine Krone hat«, sagte Václav. Es sollte munter klingen, aber seine Stimme hörte sich brüchig an.

Sie schlichen das Seitenschiff entlang nach vorne, wo sich Markétas und Lukaschs Silhouetten gegen das weiße Licht abhoben, das durch die Glasfenster drang.

Rechter Hand lag die Wenzelskapelle neben dem früheren Haupteingang, der Goldenen Pforte, die nur zu besonderen Gelegenheiten aufgeschlossen wird. Betreten darf man die Kapelle tagsüber nicht. Zwar sind beide Türen geöffnet, aber ein schweres Seil hindert die Touristen, in die Kapelle hineinzuschlurfen.

Die sieben wagten es in dieser Nacht auch nicht, über das Tau zu steigen, sondern drängten sich vor der Tür neben der Goldenen Pforte und lugten angestrengt in die mit Edelsteinen und polierten Platten aus Amethysten, Chrysoprasen und Jaspisen verkleidete Kapelle. Rechts von ihnen war die Tür mit den sieben Schlössern, deren Schlüssel die Würdenträger von Staat und Kirche verwahren. Und hinter dieser Tür, das wusste Václav, auch wenn er sie nie geöffnet hatte und das auch nie tun würde, führte eine Wendeltreppe nach oben zur Kronkammer und in dieser Kronkammer lag die Krone – oder auch nicht.

Es musste eine Lichtquelle geben, denn die Edelsteine und die vergoldeten Fugen zwischen den Platten aus Halbedelsteinen sowie der kleine goldene Schrein in der linken Ecke schimmerten und funkelten, obwohl es in der Außenwand keine Fenster gab.

»Aber wir sind doch gar nicht in der Kapelle«, murmelte Pavla. Pan Klíček hatte erzählt, man müsse um Mitternacht in die Wenzelskapelle gehen und könne dann direkt mit dem heiligen Wenzel sprechen.

»Das ist egal«, behauptete Václav, der es nicht über sich bringen konnte, seine Beine über das Seil zu schwingen. »Es muss auch so gehen.«

Dann sprach keiner von ihnen mehr. Sie ließen ihre Blicke wandern über die kleinen Altäre, die vergoldeten Pfeiler, den großen Lüster, der von der Decke weit herunterhing, und über die Fresken, die oberhalb des Altars zu sehen waren. Heilige und Engel und in der Mitte – aber nicht gemalt, sondern als Statue – der Fürst Wenzel mit Lanze und Schild. Eine zwei Meter hohe Statue aus Stein von Heinrich Parler, mit Farbe überzogen. Der Fürst als junger, edler, eleganter Ritter. Den schönen Kopf mit dem halblangen braunen Haar neigte er freundlich zu seiner Kapelle herab.

Es bewegte sich etwas in dem Raum. Vielleicht hatten sie es sich aber auch nur eingebildet. Ihre Augen waren übermüdet von der Nacht im Dom und vom angestrengten

Starren in finstere Räume. Die Lanze. Womöglich hatte sich die Lanze bewegt. Schließlich ertönte ein Räuspern, tief und hohl. Es klang ein wenig wie »Und?«.

Marek stupste Václav vorsichtig an. Es war überhaupt keine Frage gewesen, wer sprechen sollte. Václav führte ohnehin immer das Wort. Egal ob jemand einen ihrer Lehrer überzeugen sollte, ob jemand gar mit dem Herrn Direktor verhandeln musste. Und in diesem Fall gab es sowieso keine andere Möglichkeit. Denn Václav war schließlich der Namensvetter des Fürsten Wenzel.

Auch Václav war das klar und er hatte nicht das Geringste dagegen. Er verhandelte gern, er redete gern, er überzeugte gern. Das war alles nicht das Problem. Es hatte ihm auch nicht die Sprache verschlagen, weil er in einer dunklen Kapelle mit einem Wesen sprechen sollte, das mit Sicherheit kein Mensch war, zumindest kein lebender. Das Problem war: Wie spricht man einen Nationalheiligen an? Mit Eure Heiligkeit? Das ging wohl nicht. Václav erinnerte sich dunkel daran, dass dies dem Papst in Rom zustand und dem Dalai-Lama. Hoheit? Das klang seltsam. Majestät? Aber Fürst Wenzel war kein König gewesen. Eure Exzellenz? Etwas zu schäbig für einen Nationalheiligen. Durchlaucht? Wo hatte er das denn her? Wen sprach man damit an?

Marek berührte wieder Václavs Oberarm und Václav gab sich einen Ruck.

»Verehrter Fürst Wenzel«, begann er, und das konnte so falsch nicht gewesen sein, denn die Bodenplatten unter ihm öffneten sich nicht und folglich fiel er auch nicht in die Tiefe.

Ein Geräusch wehte heran, das mochte so klingen wie »Hm«.

»Verehrter Fürst Wenzel«, wiederholte Václav. »Wir haben Sie aufgesucht, weil wir sehr besorgt sind um …« Václav stockte, er hatte sagen wollen »Ihre Krone«, aber da war ihm eingefallen, dass diese Krone niemals das Haupt des Nationalheiligen geziert hatte, ja, dass es sie zu seinen Lebzeiten noch gar nicht gegeben hatte.

»Weil wir sehr besorgt sind um die Wenzelskrone.« Václav hatte seinen Satz tapfer beendet, denn so hieß die Krone nun einmal, mochte sie Fürst Wenzel auf dem erlauchten Haupt getragen haben oder nicht.

»Ježíše«, sagte eine Stimme, und es klang, als sei der Fürst schwer erkältet. »Deswegen seid ihr hier? Ich schaue mir seit über tausend Jahren an, was hier geschieht. Glaubt ihr etwa, ich komme wegen jeder Kleinigkeit mit meinen Wenzelsrittern aus dem Berg Blaník? Bin ich gekommen, als Jan Hus als Ketzer auf dem Scheiterhaufen verbrannt wurde?«

Die Antwort auf die Frage erübrigte sich, nicht nur weil jedes Kind sie kannte, sondern weil es den sieben jungen Menschen jetzt doch die Sprache verschlagen hatte, selbst Václav. Sie schüttelten nur stumm den Kopf.

»Bin ich gekommen, als die siebenundzwanzig protestantischen Adeligen von den Habsburgern geköpft wurden?«, donnerte der Fürst. »Bin ich gekommen, als dieser Windischgraetz* im Jahre 1848 Prag beschießen ließ? Bin ich gekommen, als die Deutschen 1939 einmarschierten und sogar die Burg für sich beanspruchten? Bin ich gekommen, als die sowjetischen Panzer im Jahre 1968 auf den Wenzelsplatz fuhren?«

Die sieben kamen aus dem Kopfschütteln gar nicht mehr heraus, und die Stimme des Fürsten klang mit jedem Ereignis, das er aufzählte, erschöpfter.

Himmelherrgottsakra, dachte Václav, darum geht es doch gar nicht.

»Verehrter Fürst Wenzel«, hub Václav wieder an, als die Stimme des Fürsten verklungen war und nur das geheimnisvolle Licht die Statue aus der Dunkelheit holte.

»Wir wollten doch nur wissen, ob die Krone …«

»Das müsst ihr schon selber regeln!«, polterte der Fürst. »Für alles auf der Welt soll ich zuständig sein! Wozu seid ihr denn da, wenn ihr nicht einmal die Krone schützen könnt? Ihr glaubt doch nicht ernsthaft, dass ich diesen Irren auch nur anspreche, geschweige denn ihm auf die ekelhaften Finger klopfe? Schließlich ist er gestorben, weil er es gewagt hatte, sich die Krone mit seinen blutverschmierten Händen auf den Kopf zu setzen. Mehr kann man von einem ordentlichen Fluch nicht verlangen.«

Der Fürst schwieg, dann folgte noch ein halber Satz, nicht mehr ganz so ungehalten: »Alles Gute!«

Václav holte Luft, aber er wusste, dass es keinen Sinn mehr hatte, etwas zu sagen. Das Licht in der Kapelle wurde schwächer, die Statue des Fürsten verschwamm mit den Fresken und Streben und Verzierungen zu einer dunklen Masse. Die Audienz war beendet.

»Der hat Nerven«, murmelte Marek und setzte sich im Hauptschiff auf eine Bank.

»Wenn du dir tausend Jahre tschechische Geschichte hättest ansehen müssen, hättest du auch Nerven oder gar keine mehr«, erwiderte Václav, und es klang ein wenig so, als hätte er selbst die tausend Jahre an sich vorüberziehen sehen und nicht sein Namenspatron.

»Die Krone ist also tatsächlich weg, wenn ich das richtig verstanden habe«, murmelte Markéta. »Aber wer ist der Irre, wer ist damit gemeint?«

Pavla strich sich mit den Händen über die Unterarme. Sie fror, aber nicht nur, weil es in dieser Kirche kalt war, sondern weil sie wusste, wen Fürst Wenzel gemeint hatte. Aber sie wollte das nicht hier erzählen, nicht auf der Burg, nicht in der Nähe der Wenzelskapelle. Es würde ohnehin nicht lange dauern, bis die anderen auf die Lösung kamen. Pavla blinzelte zu Václav hinüber, der an seiner Unterlippe nagte und nach oben in das Gewirr von Pfeilern und Streben blickte, als könne er dort eine Antwort finden. Pavla sah, wie etwas über sein Gesicht zuckte. Sein Blick traf den Pavlas, und beide wussten, dass sie es begriffen hatten, aber unmöglich laut aussprechen konnten. Pavla zitterte inzwischen sichtbar und Marek legte ihr seine schwarze Lederjacke um die Schultern.

In diesem Augenblick machte vor den hohen Fenstern etwas »Klick!«. Auch wenn dieses »Klick« nicht wirklich zu hören war. Aber die Plötzlichkeit, mit der das diffuse weiße Licht erlosch, musste von einer Art »Klick« begleitet sein. Die Lampen, welche die Burganlage nachts anstrahlten, waren erloschen, und nun hüllte eine undurchdringliche Finsternis die sieben ein. Václav knipste geistesgegenwärtig seine Taschenlampe an.

»Dann ist es jetzt eins«, murmelte Bara.

»Noch acht Stunden«, sagte Lukasch, und in seiner Stimme schwang eine Nervosität, die Markéta hellhörig machte. Sie hatte eine zweite Tablette dabei, aber die sollte er nicht unbedingt auch noch nehmen müssen.

Acht Stunden in dieser Finsternis, nein, gegen fünf würde es hell werden. Sie hatten es gewusst, sie hatten gewusst, dass sie bis neun würden warten müssen, bis der Dom wieder geöffnet würde. Dann wollten sie sich unauffällig unter die ersten Touristen mischen und die Kirche wieder verlassen. Aber hier noch vier Stunden in dieser grauenvollen Dunkelheit zu sitzen war etwas anderes, als sich in einer Kneipe einen abenteuerlichen Plan zu überlegen.

Václav holte eine Thermoskanne aus seinem Rucksack und schenkte heißen Tee ein. Der Becher kreiste und Václav erklärte, dass es wohl das Beste sei, wenn sie schliefen, einfach die Dunkelheit verschliefen. Aber er sah im Schein seiner Taschenlampe, dass den anderen nicht nach Schlaf war, nicht hier, nicht nach dem, was sie gehört hatten, und ihm auch nicht.

Der Organist

Er fühlte sich nicht mehr wohl hier, obwohl er immer noch gerne auf der Orgel spielte. Die Töne waren wie Träume, die ihn an sein Leben erinnerten, oder an die Träume, die er geträumt hatte. Aber seit ***er*** *hier aufgetaucht war, halfen auch die Töne nicht mehr.* ***Er****, der um den Dom geisterte, der seine Stiefel immer noch auf das Pflaster knallen ließ, als ob all das nicht schon längst vorbei sei. Der Organist wollte ihm nicht begegnen, dem Todfeind und Schlächter seiner Urenkel. Die Christen erzählten über den Organisten, dass er Jude gewesen und zum Christentum übergetreten sei, aber weil er kurz vor seinem Tode wieder zum Glauben seiner Väter zurückgekehrt und auf dem jüdischen Friedhof beigesetzt worden sei, müsse er nun zur Strafe jede Nacht zurück in den St.-Veits-Dom und auf der Orgel spielen. Aber das war keine Strafe, er spielte gerne. Reine Töne, in denen er etwas wiederfand von der Schönheit des Lebens, von der Schönheit des Geistes. Nur seit* ***er*** *draußen sein Unwesen trieb, konnte sich der Organist nicht auf die Schönheit konzentrieren, gerieten ihm die Töne nicht mehr so, wie er sie sich erträumte, und er war schon lange nicht mehr im Dom gewesen, um zu spielen.*

Aber ***sie*** *hatte ihn gebeten, hierherzukommen, hatte ihm versucht zu erklären, was er tun musste und warum er es tun musste. Der Organist hatte das schon verstanden, schließlich wusste er, wer* ***er*** *war und was* ***er*** *zu seinen Lebzeiten verbrochen* *hatte. Besser wohl als all die anderen, die durch Prag geisterten. Führe sie aus dem Dom und schicke sie zur Moldau, hatte* **sie** *gesagt, und achte darauf, dass* **er** *ihnen nicht zu nahe kommt. Die ersten beiden Aufträge waren zwar schwierig, aber das konnte er bewerkstelligen. Sie vor* **ihm** *zu schützen, das stand nicht in seiner Macht, aber das musste* **sie** *doch wissen, womöglich konnte nicht einmal* **sie** *die jungen Lebendigen vor* ihm *bewahren.*

Im Dom

Václav legte den Arm um Pavla. Da lag zwar schon Mareks Arm, aber das störte ihn nicht weiter, und Pavla wirkte so, als könne sie gar nicht genug Arme auf ihren Schultern spüren.

»Keine Angst«, flüsterte Václav in die Dunkelheit, die Taschenlampe hatte er ausgeschaltet, um die Batterien zu schonen. »Uns kann nichts passieren, es ist doch nur ein …« Ihm fiel nicht recht ein, was es war. »Ein Märchen«, fuhr er fort, war jedoch von seiner Wortwahl nicht ganz überzeugt.

»Aber kein schönes«, erwiderte Pavla ganz nah an seinem Ohr, sodass nur er es hören konnte.

Ein voller Ton wölbte sich plötzlich über ihren Köpfen und zersprang hoch oben in den Pfeilern. Aufgeschreckt wandten sie den Kopf nach links zur Orgel. Dort irrlichterte etwas. Václav sprang auf, knipste die Taschenlampe an und richtete sie auf den Gang zur Empore. In ihren Schein trat etwas, schlurfte heran, eine Gestalt in einer dunklen Kutte, das Gesicht unter der Kapuze verborgen. Unbeeindruckt vom Licht schritt es weiter, direkt an ihnen vorüber, aber keiner von ihnen schrie oder sagte etwas. Mit einer kaum wahrnehmbaren Bewegung legte das Wesen ein Stück Papier auf die Kirchenbank, wallte weiter, an der Wenzelskapelle vorbei. Václav schickte ihm den Strahl der

Taschenlampe hinterher, sich zu rühren oder dem Wesen zu folgen wagte er nicht. Und dann verschwand die Gestalt in der Goldenen Pforte. War einfach weg.

Pavla atmete erleichtert aus, aber sie spürte, dass die Freunde starr vor Schreck vor ihr standen. Sie dagegen war fast froh, dass das, was da vorbeigewallt war, nicht der andere gewesen war. Derjenige, von dem Fürst Wenzel gesprochen hatte.

»Das war nur der irrende Organist«, erklärte Pavla. Und auf das verwirrte Schweigen, das ihren Worten folgte, schickte sie die Sage vom irrenden Organisten hinterher und erzählte noch, dass der Organist Punkt eins den Dom verlassen müsse.

»Da ist er aber heute etwas spät dran«, murmelte Marek. Ihn beruhigte Pavlas Geschichte überhaupt nicht.

Er hatte endgültig genug von diesen Gespenstern, er wollte hier raus. Ins Licht, in die warme Sommernacht, in eine Kneipe. Dass Václav nach dem Zettel griff, der auf der Kirchenbank lag, und ihn ins Licht der Taschenlampe hielt, sah er noch aus den Augenwinkeln. Die Briefe und Texte dieser Gespenster interessierten ihn nicht mehr. Ehe die anderen begriffen, was er vorhatte, war Marek an der Wenzelskapelle vorbei auf die Goldene Pforte zugestürzt und riss eine der beiden Glastüren auf, die in einem rechten Winkel zueinander standen und mit den beiden Türflügeln der Goldenen Pforte eine Raute bildeten. Marek wunderte sich nicht einmal, dass sich die Glastür öffnen ließ. Aber vor ihm war jetzt noch das hohe, aus rotem Holz bestehende zweiteilige Tor, beschlagen mit metallenen Verzierungen. Marek tastete daran herum, irgendwo musste doch eine Klinke oder so etwas sein. Fündig wurde er hoch über seinem Kopf, da bekam er glattes, kühles Eisen zu fassen und drückte den riesigen Griff nach unten. Er war schwer, verdammt schwer.

Václav entzifferte mit den anderen inzwischen den Zettel, auf dem in sauberen Druckbuchstaben stand: Fischklub. Es war die Visitenkarte eines Restaurants an der Moldau.

»Helft mir mal«, hallte Mareks Stimme durch den Raum. Die anderen sprangen herbei, glaubten zwar nicht so recht, dass sie hier vor der Zeit herauskommen würden, aber immerhin stand eine der Glastüren offen. Václav und Lukasch hängten sich an die riesige Klinke, alle drei keuchten. Die Mädchen hatten sich von den Schrecken der Nacht etwas erholt und feuerten die drei an, nicht ohne dabei zu kichern und zu prusten und die drei als neue Schwarzeneggers und Rambos zu bezeichnen.

Wartet nur, ihr Schönen, dachte Václav, euch wird das Lachen noch vergehen, wenn wir die Tür aufbekommen. Dann werdet ihr uns dankbar sein.

Das waren die Mädchen tatsächlich, aber es dauerte ziemlich lange, bis die drei den Türflügel so weit nach innen aufgezogen hatten, dass sie einer nach dem anderen hindurchschlüpfen konnten. Draußen standen sie vor einem schmiedeeisernen Gitter mit kunstvollen Verzierungen.

»Ah, nein«, stöhnte Václav. Er hätte es wissen müssen, schließlich hatte er nicht nur eine sehr lange und anstrengende Prüfung zum Stadtführer für den St.-Veits-Dom abgelegt, sondern auch schon zweimal Touristen durch den Dom und die Burg gelotst. Marek zögerte keinen Augenblick, sondern riss sofort wieder an einer der Türen, die in das Gitter eingelassen waren, aber diesmal passierte nichts. Sie gab nicht nach wie die anderen beiden. Das Gitter war nicht sehr hoch, aber man musste beim Klettern aufpassen, dass man an den kleinen Spitzen, die oben aufgesetzt waren, nicht hängen blieb.

»Na, ihr Schönen«, sagte Václav, »jetzt wird nicht mehr gekichert, jetzt braucht ihr uns.«

Markéta warf Václav einen Blick zu, der mindestens so spitz war wie die eisernen Dornen auf dem Gitter.

»Das schaffen wir auch ohne euch!«

»Selbstverständlich«, lenkte Václav sofort ein, der Markétas Blick noch auf der Stirn fühlte, »mit unserer Hilfe ist es aber wohl einfacher.«

Und daraufhin ließen sich die Mädchen widerspruchslos von Václav, Marek und Lukasch über das Gitter heben. Dahinter war nur noch eine bequeme, flache Treppe, die auf den dritten Burghof führte.

Marek atmete tief durch, als er die Treppenstufen hinuntersprang. Lukasch war neben ihm und bekam wieder seinen Drehfimmel. Breitete die Arme aus und tanzte um sich selbst. Aber das war in Ordnung. Marek hätte am liebsten gesungen vor Erleichterung. Erleichtert darüber, dass er nicht mehr so fror ohne seine Jacke, auch wenn er sie freiwillig und gern an Pavla abgetreten hatte. Erleichtert darüber, dass er nicht mehr in diesem finsteren Gewölbe eingesperrt war, und erleichtert darüber, dass es hell war. Zumindest strahlten noch so viele Lampen, dass er das Pflaster und die Gebäude erkennen konnte, und es gab hier keine Gespenster.

Den Bruchteil einer Sekunde später spürte Marek genau wie am vergangenen Morgen den eiskalten Hauch im Nacken. Es war wie ein Fallbeil, das unterhalb des Haaransatzes in seinen Hals schnitt. Marek sah auf und suchte den

Blick der anderen. Die standen ebenso erstarrt da wie er und das Blut vereiste in ihren Adern. Anschließend hörte Marek wieder das Geräusch. Das Knarren und Knarzen des Leders. Das brutale Aufstampfen auf dem Pflaster. Es dauerte nur wenige Sekunden oder eine Ewigkeit. Schließlich war es verschwunden. Der Eisgriff ließ ihre Herzen los, und sie rangen nach Luft, schlugen mit den Armen um sich, um wieder warm zu werden.

»Habt ihr das gehört?«, fragte Marek atemlos. »Das war es. Genauso war es gestern Morgen vor dem Vikadlo. Habt ihr das gespürt?«

Sie nickten stumm. Marek hatte sein Erlebnis erzählt, als er zurück ins Café gestürzt war. So richtig hatten sie nicht begriffen, was er gemeint hatte. Übernächtigt, wie sie waren, hatten sie sein Erlebnis beiseitegewischt und Herrn Klíček gelauscht, der ihnen davon erzählt hatte, dass man um Mitternacht dem Fürsten Wenzel Fragen stellen konnte.

Instinktiv griffen sie nacheinander, packten sich an den Händen, damit sie etwas Warmes spürten, etwas, das lebendig war und pulsierte.

»Wir müssen hier weg«, sagte Václav, als ihre Herzen wieder im Takt schlugen. Sie rannten, hielten sich immer noch aneinander fest und liefen über den Burghof, in den Durchgang, auf den St.-Georgsplatz, weiter die Gasse zum Schwarzen Turm hinunter. Neben dem Schwarzen Turm stand ein kleines Gebäude mit einem halbrunden Tor aus Holz. Hier kamen tagsüber Tausende von Besuchern hindurch, um die Burg, den Dom, die Galerien und die Ausstellungsräume zu besichtigen. Aber nachts war die Anlage geschlossen.

Zögernd trat Václav an das massive und wuchtige Tor

heran und zog an dem hölzernen Balken, der beide Türflügel verband und abschloss. Wieder mussten Marek und Lukasch mithelfen, und nur gemeinsam gelang es ihnen, den Balken Zentimeter für Zentimeter herauszuziehen. Václav holte tief Luft und zog mit aller Kraft an einem der Türflügel. Der schwang nach innen auf und krachte gegen die Mauer des Durchgangs.

»Schscht«, machte Bara automatisch.

»Du weckst noch den Präsidenten auf«, kicherte Marek.

Aber sie wussten natürlich, dass der Präsident auf der Burg nur arbeitete und abends nach Hause in seine Villa fuhr.

Václav schloss die Tür sorgfältig hinter ihnen, den Riegel wieder hineinschieben konnte er natürlich nicht, und dann rannten sie weiter die Alte Schlossstiege hinunter.

Unter ihnen schimmerten und flirrten tausend Lichter, spiegelten sich in der Moldau, tanzten auf den Wellen. Prag schlief nie. Zumindest nicht ganz. Irgendwo gab es immer Licht, einen geheizten Raum, ein Bier und eine warme Suppe.

Es tat gut zu laufen in dieser lauen, wunderbaren Sommerluft, die nach Blumen und Abgasen, nach Moldauwasser und ein bisschen nach Fisch roch. Ein leichter Wind fuhr ihnen durch die Haare, legte sich um ihre steifen Schultern und kalten Oberarme. Lukasch fühlte sich, als habe er sein halbes Leben in einer Gruft verbracht und sei eben freigelassen worden. Sie rannten weiter an der Moldau entlang zur Halbinsel Kampa. Der Fischgeruch wurde stärker, vom Wasser stieg ein kühler Hauch zu ihnen auf.

Im Fischklub

»Fischklub«, murmelte Marek, als sie unter der gelb schimmernden Laterne stehen blieben und das einstöckige, gelb gestrichene Haus betrachteten, aus dessen Fenstern noch Licht fiel. Marek wollte kein Lokal betreten, dessen Visitenkarte ein Gespenst hinterlassen hatte. Er wollte nur noch ein Bier und vielleicht eine Suppe und dann wollte er in sein Bett. Aber die anderen hatten ihn hierhergebracht. Die Karte sei ein Fingerzeig, ein Hinweis. Der würde ihnen weiterhelfen.

Der Weg über die Halbinsel Kampa führte erhöht an dem Fischrestaurant vorbei. Sie sprangen die Stufen zum Eingang hinunter, das Rauschen des Wassers war deutlich zu hören. Es stürzte das Wehr vor der Karlsbrücke herab, ehe es unter der Brücke wieder zur Ruhe kam.

Václav drückte entschlossen die Klinke hinunter, obwohl sich die Übrigen über die Touristenpreise beschwerten, nachdem sie die Speisekarte neben der Tür studiert hatten.

Eine weitere Treppe führte in den ersten Teil des Restaurants. Links stand ein langes Aquarium, darüber eine Theke mit der Bar. Sie umschloss ein Viereck, in dessen Mitte ein mürrischer Kellner stand. Oder der Wirt. Auf jeden Fall nickte er auf Václavs Frage, ob sie noch etwas zu trinken bekämen, und deutete auf eine Sitzgruppe aus braunen Bastmöbeln mit grünen Kissen. Zwei Sofas und zwei Sessel waren um einen schmalen Glastisch gruppiert. Halb verdeckt hinter einer hohen Topfpflanze saß ein später Gast neben der geöffneten Hintertür, die direkt auf einen gekiesten Vorplatz führte. Dahinter floss die Moldau, und man sah das gegenüberliegende Ufer, dessen warme Lichter sich im Wasser spiegelten.

Václav setzte sich auf eines der Sofas, sodass er die Hintertür im Blick hatte. Auf dem Sofa lag eine zusammengefaltete Zeitung, die er automatisch in die Hand nahm und zu lesen begann, und zwar jene kurze Meldung rechts unten, die mit Kugelschreiber angestrichen war. »Leiche im Hirschgraben«, las Václav, und: »Wie die Verwaltung der Burganlage berichtete, wurde einer ihrer Angestellten, der Wachmann Karel P., gestern Nacht tot im Hirschgraben aufgefunden. Die Todesursache ...«

Weiter kam er nicht, denn eine breite, blond behaarte Männerhand bemächtigte sich der Zeitung und zog sie ihm energisch aus der Hand. Václav mochte es überhaupt nicht, wenn man ihm etwas zu lesen wegnahm, aber als er den großen und kräftigen Wirt sah und dessen Blick auffing, protestierte er nicht.

»Entschuldigen Sie«, sagte der Wirt nun sehr höflich, und sein Blick wurde geschäftsmäßig. »Was möchten Sie trinken?«

Václav kannte die Zeitung, sein Vater hatte sie abonniert. Er würde den Artikel zu Ende lesen, auch wenn der Wirt offensichtlich genau das hatte verhindern wollen. Die sieben bestellten Bier und saßen eine Weile schweigend und benommen auf ihren grünen Kissen. Inzwischen war selbst Marek klar geworden, was Fürst Wenzel gemeint hatte, als er von jenem Irren gesprochen hatte, der sich die Wenzelskrone aufgesetzt hatte und daran gestorben war.

Es gab einen alten Fluch, nach dem derjenige, der sich unrechtmäßig die Krone aneignete, innerhalb eines Jahres sterbe, und mit ihm sein ältester Sohn. Während der deutschen Besatzung hatte sich Reinhard Heydrich*, der damalige sogenannte Stellvertreter des »Reichsprotektorats Böhmen und Mähren«, die Wenzelskrone kurz auf den Kopf gesetzt. Am 27. Mai 1942 verübten tschechische Widerstandskämpfer ein Attent auf Heydrich, an dessen Folgen er wenige Tage später starb. Außerdem war sein zehnjähriger Sohn ein halbes Jahr später bei einem Autounfall ums Leben gekommen. Viele Menschen glaubten, dass sich der Fluch der Krone an Heydrich erfüllt habe.

»Was ich nicht verstehe«, sagte Marek in die Stille, in der die sieben über ihren Biergläsern brüteten, »was hat diese alte Geschichte mit heute zu tun? Warum hat der Fürst von Heydrich gesprochen, als gäbe es ihn noch, als sei er noch, wie soll ich sagen, als sei er noch da?«

Die anderen schreckten hoch und sahen sich automatisch um. Hinter dem Tresen stand der Wirt, polierte emsig Gläser und schien mit seinen Gedanken ganz woanders. Aber Pavla und auch Václav spürten, dass seine Geschäftigkeit nur vorgetäuscht war. Pavla senkte die Stimme, ehe sie antwortete, und ihre sechs Freunde mussten sich weit über den Tisch beugen, damit sie verstanden, was sie sagte: »Es geht die Sage, dass Heydrichs Gespenst immer noch auf der Burg um die Wenzelskapelle, also eigentlich um die Kronkammer, geistert und sich die Krone aneignen will.«

Marek sträubten sich die Härchen im Nacken, und er erwartete jeden Augenblick, dass die Faust aus Eis wieder sein Herz zusammenpressen würde. Dennoch fragte er leichthin: »Und was will er damit? Was will ein Gespenst mit einer Krone?«

Pavla schauderte. Es hatte auch vor siebzig Jahren keinen Grund gegeben, die Tschechoslowakei zu besetzen und Menschen einzusperren, zu foltern und zu töten. Nur Macht und Wahn. Was, wenn dies körperlos übrig blieb? Ein Wahn, der weiterhin die Macht will, losgelöst von der Materie, die das einst versucht hatte.

»Aber das heißt doch, dass ein Gespenst die Krone hat«, murmelte Markéta.

»Behaupten zumindest diese seltsame Zeitung und der Fürst«, sinnierte Lukasch und spielte gedankenverloren mit den Bierdeckeln. »Aber das ist doch gar nicht möglich«, rief er ungehalten und warf die Untersetzer quer über den Tisch.

Marek betrachtete die über den Tisch verstreuten Vierecke aus Pappe, dann richtete sich sein Blick auf das gelb gestrichene Gewölbe, und von dort wanderte er weiter zur geöffneten Hintertür, vor der die Moldau träge dahinströmte. Dann bohrte sich ein Zeigefinger in sein Blickfeld und eine glucksende Stimme machte: »Ssst!«

Hinter der wuchernden Topfpflanze, die den zweiten Tisch verdeckte, lugte ein schmales Männergesicht hervor. Alt, mit Runzeln übersät und von grünbrauner Farbe. Der Zeigefinger bog sich und bedeutete Marek, an den Tisch zu kommen. Marek warf den Übrigen einen fragenden Blick zu. Die zuckten mit den Schultern, nur Pavla betrachtete aufmerksam das alte Gesicht, das neben den Zweigen des Ficus aufgetaucht war, und dann lächelte sie verträumt.

»Geh nur«, sagte sie. »Das ist bestimmt interessant. Er ist harmlos.«

Marek wurde stutzig. Was sollte das nun wieder heißen? Aber er stand auf und schritt auf den alten Mann zu.

Der trug einen grünschwarzen, altmodischen Gehrock,

der mit Flecken übersät war. Und als Marek vor dem Tisch stand, bemerkte er, dass die Füße des alten Mannes in einer Blechwanne steckten. Das Wasser schwappte hin und her, als er sie bewegte.

»Das ist auch schon egal«, dachte Marek resigniert. Sein Bier hatte er mitgenommen und davon trank er einen kräftigen Schluck. Auch wenn er, was die Gespenster Prags anging, bei Weitem nicht so beschlagen war wie Pavla, es auch gar nicht sein wollte, weil ihm diese Gespenster ganz entschieden auf die Nerven fielen, so erkannte er doch, wem er da gegenübersaß; vor allem als der Alte, dessen schwarze Haare ihm feucht in die Stirn hingen, die Flasche Bier zum Munde führte und ihm zuprostete. Sein altertümlicher Gehrock dampfte in der warmen Sommernacht und strömte einen Geruch nach toten Fischen und Brackwasser aus. Marek saß dem Wassermann Karoubek gegenüber und fuhr zusammen, als ein grünbrauner Finger ihn anstupste. Oder hatte er sich die Berührung nur eingebildet? Jedenfalls starrte ihn Herr Karoubek jetzt aus seinen schwarzen Knopfaugen an und hob wieder die Bierflasche zum Mund. Wenigstens hat er keine Schwimmhäute zwischen den Fingern, dachte Marek. Die Flasche hatte einen Schnappverschluss. Marek hatte nicht geglaubt, dass es diese Flaschen noch gab. Er kannte sie nur aus den Erzählungen seiner Eltern.

»Er gehört nicht zu uns.« Marek schrak zusammen. Der Wassermann hatte eine verwaschene, undeutliche Aussprache, so als ob er eher gurgeln als sprechen würde.

»Er gehört nicht zu uns«, wiederholte der Wassermann. »Er gehört nicht hierher. Von Anfang an nicht. Wir hatten nie etwas mit ihm zu tun. Und er nicht mit uns. Das, was er da oben tut, können wir nicht verhindern.« Und Herr

Karoubek nickte in Richtung Burg. »Aber ihr könnt es verhindern. Ihr könnt zurückholen, was er stehlen ließ. Verstehst du?«

Marek hatte nicht alles begriffen, aber er nickte in den Bann der schwarzen Knopfaugen hinein, die ihn gefangen hielten. Der Wassermann bewegte den Kopf zu einem knappen Gruß auf und ab, erhob sich, stützte sich mit beiden Fäusten auf den Tisch und stieg aus der Wanne. Platschende Geräusche quollen unter dem Tisch hervor. Dann drehte sich Herr Karoubek um und ging mit wiegenden Schritten aus der Tür. Er war barfuß und seine nackten Füße hinterließen feuchte Abdrücke auf den gelben Steinfliesen. Der Wassermann wiegte sich auf den Damm der Moldau zu. Marek folgte ihm mit seinen Blicken, soweit der warme Schein der Laternen es zuließ, bis Herr Karoubek im Dunkeln verschwand. Kurz darauf ertönte ein kräftiges Platschen, als sei etwas Wuchtiges in die Moldau gefallen.

Ehe Marek sich von der Begegnung erholen konnte, lag eine vertraute Hand auf seiner Schulter.

»Komm«, flüsterte Pavla. »Wir haben schon bezahlt und gehen jetzt.«

Marek rappelte sich verwirrt hoch und ließ sich von Pavla durch den Hintereingang führen. Sie begriff sofort, was der Wassermann erzählt hatte. Die Gespenster Prags distanzierten sich von Heydrich und wollten nichts mit ihm zu tun haben. Vor allem verurteilten sie, dass Heydrich die Krone gestohlen hatte, aber das hatten sie nicht verhindern können. Und die Gespenster wollten, dass die sieben Freunde die Krone nun zurückholten.

»Und wie sollen wir das anstellen?«, fragte Lukasch ungehalten.

»Das ist hier die Frage«, murmelte Václav und kickte ein Steinchen über den Weg. Er dachte an den Zeitungsartikel, den er nicht hatte zu Ende lesen können. Hatte der Wirt gewusst, dass der Wassermann in seinem Lokal saß? Ganz sicher, dessen Eigenheiten waren ja nicht zu übersehen. Außerdem hatte Herr Karoubek fast wie ein Stammgast gewirkt. Und hatte dieser Wirt gewusst, dass der Wassermann eine Nachricht für sie hatte, hatte er mitgehört? Nein, das hatte er nicht. Václav hatte ihn nicht aus den Augen gelassen, während Marek sich mit dem Wassermann unterhalten hatte. Der Wirt war hinter seinem Tresen geblieben und hatte bestimmt nichts von dem Gespräch verstanden, so wenig wie sie. Und als sich der Wirt unauffällig an ihnen vorbei zum Tisch Herrn Karoubeks und Mareks hatte schleichen wollen, da hatte er ihn herbeigerufen, um zu zahlen.

Der Aschanti

Natürlich hatte Karoubek die Sache nicht richtig gemacht. Das hatte er erwartet, das war das Bier, das der Wassermann ständig trank, wahrscheinlich seit es ihn gab oder seit es Bier gab. Und weil auch **sie** *Herrn Karoubek nicht ganz getraut hatte, hatte* **sie** *ihn ebenfalls beauftragt, die jungen Lebendigen aufzusuchen und ihnen die Botschaft zu überbringen. Er tat so etwas gerne. Er sah sich noch um in der Welt, in der er gelandet war, in der Stadt, in die es ihn verschlagen hatte vor über einem Jahrhundert, obwohl die Stadt und ihre Menschen nicht gut zu ihm gewesen waren. Nicht alle. Auf der Insel Štvanice hatte er gelebt, ein Jahr lang in einem von dem Weißen aufgebauten Dorf, das dem aus seiner afrikanischen Heimat glich. Glich. Es sah so aus, wie sich Europäer ein Aschantidorf vorstellten. Mit diesem Dorf waren er und andere, die der Weiße in Afrika zusammengekauft hatte, von Stadt zu Stadt gezogen und hatten als eine Art Menschenzoo die Europäer belustigt. Es war nicht immer nur unangenehm gewesen. Er war jung und stark gewesen, hatte in jeder Stadt rasch ein paar Worte, ein paar Sätze der Landessprache gelernt, hatte sich hier und dort etwas dazuverdienen können und gar nicht selten eine hübsche junge Frau erobert. Nur hier in Prag war er an die Falsche geraten. Nein, nicht sie war falsch. Sie war wunderhübsch gewesen. Weich und duftend waren ihre Haut und ihr Haar gewesen, braunes langes Haar, das sie wie alle Frauen damals aufge-*

steckt trug. In einem luftigen, bunten Kleidchen hatte sie vor ihm gestanden und musste sich auf die Zehenspitzen stellen, damit sie ihn küssen konnte, aber da hatte er sie schon hochgehoben und im Kreis herumgeschwenkt und fest an sich gedrückt. Und dabei hatte sie eines Tages ihr Verlobter erwischt. Metzger war er gewesen. Auf der Insel hatte er sich mit einem Beil im Gebüsch versteckt und dem Aschanti und der bildschönen Frau aufgelauert. Der Mond hatte seine silbernen Strahlen auf den Moldauwellen tanzen lassen, während der Aschanti seine Liebste noch ein letztes Mal küsste. Er hörte ihren gellenden Schrei und begriff überrascht, dass er sie gar nicht mehr in den Armen hielt. Dann kam der Schmerz, ein entsetzlicher, nicht auszuhaltender Schmerz im Kopf. Nachdem der Metzger ihm, dem schwarzen Fremden, ohne ein Wort zu verlieren das Beil in den Kopf gerammt hatte, versenkte er seine Leiche in der Moldau. Und da schwamm er nun oder stieg aus dem Wasser und legte sich im Sommer in die Sonne auf eine der Inseln und sah immer noch den Mädchen nach, wenn sie über die Brücken stolzierten, oder plauderte mit Herrn Karoubek, aber dessen Gegurgel war nicht besonders interessant. Doch jetzt musste er sich konzentrieren, jetzt musste er aus dem Wasser steigen und den jungen Menschen, die ***sie*** *ihm in einem Traum gezeigt hatte,* ***ihre*** *Botschaft überbringen.*

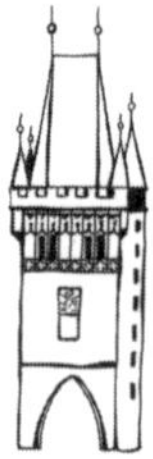

An der Moldau

Václav starrte in die Moldau. Auf einmal teilten sich die Fluten und eine schwarze Gestalt trat hervor. Ihr Oberkörper schwankte im Mondlicht, ehe das Wesen Tritt fasste und dann mit entschlossenen Schritten direkt auf ihn und seine Freunde zuhielt. Die waren starr vor Schreck, während der große, schwere Mann immer näher kam. Er hatte das Ufer nun erreicht und schritt über die Kiesel, als ob er sie nicht spürte. Im Licht der Lampen erkannte Marek, dass im Kopf des Dunkelhäutigen ein Beil steckte.

Ich kann nicht mehr, dachte Marek. Und ich will auch nicht mehr. Ich liebe diese Stadt, aber warum müssen ausgerechnet hier Millionen von diesen Schattenwesen herumgeistern und warum muss ausgerechnet ich ihnen begegnen?

»Ist einer von euch Metzger?«, fragte der Schwarze, der hoch aufgerichtet vor ihnen stand und seine Muskeln im silbernen Licht spielen ließ. Er überragte selbst Václav um Haupteslänge, und auch der musste sich erst gehörig räuspern, ehe er mit krächzender Stimme eine Antwort fand: »Nein, keiner von uns. Wir sind alle Gymnasiasten.«

Der Schwarze nickte anerkennend und lächelte breit.

»Herr Karoubek hat wieder die Hälfte vergessen. Das kommt von dem Bier, das er dauernd trinkt. Einer von euch jungen Herrschaften soll am Samstag um Mitternacht auf dem Vyšehrad sein, und zwar eine der jungen Damen.«

Und bei diesen Worten strahlte er Bara, Aneta, Pavla und Markéta gleichzeitig an und fuhr sich mit der Zunge genießerisch über die Lippen. Die vier Mädchen wären am liebsten schreiend davongelaufen, aber der Anblick des großen dunkelhäutigen Mannes mit dem Beil im Kopf nagelte sie auf dem Moldaukies fest. Ihre drei Begleiter hatten gute Lust, sich auf das grinsende Gespenst zu stürzen, ließen es aber klugerweise bleiben.

»Die junge Dame muss allein auf dem Vyšehrad erscheinen. So sollte ich die Nachricht weitergeben. Haben die jungen Herrschaften verstanden?«

Die sieben nickten benommen und nicht einmal Václav brachte noch einen Ton heraus.

»Ausgezeichnet«, sagte der Schwarze und winkte ihnen aufmunternd zu. »Und entschuldigen Sie bitte die Störung.«

Das Gespenst drehte sich um, watete in die Moldau zurück, tauchte unter und war im nächsten Augenblick in den Fluten verschwunden. Das Wasser kräuselte sich noch ein wenig an der Stelle, an der es hinabgetaucht war.

Lukasch begann zu lachen, so sehr, dass er sich die Seiten halten musste, während die anderen immer noch verschreckt ins Wasser starrten.

»Wieso hat er uns gefragt, ob einer von uns Metzger ist?«, fragte Marek entgeistert.

Pavla warf Lukasch einen strafenden Blick zu, aber der lachte immer noch, und während sie, etwas schwankend und benommen, an der Moldau entlang zur Karlsbrücke schlenderten, erzählte Pavla die Geschichte von den Aschanti auf der Insel Štvanice.

»Und der, den der Metzger mit dem Beil erschlug, das war unserer?«, fragte Marek.

»Ja, das war unserer«, bestätigte Pavla.

»Sakra, sakra«, murmelte Marek.

Schweigend stiegen sie die Treppe zur Karlsbrücke nach oben. Hinter ihnen erhob sich einer der Türme, welche die Brücke zu beiden Seiten abschließen, und vor ihnen schwang sich die elegante, sechshundert Jahre alte Brücke über die Moldau. Dort auf der anderen Seite griffen die ersten Sonnenstrahlen in den Himmel. Der gelbe Schein der Laternen verblasste und die Umrisse der Häuser traten deutlich hervor. Die Brücke war menschenleer.

»Schaut euch das an!«, rief Václav. »Keine Touristen. So schön seht ihr die Brücke nie mehr.«

»Außer in einer Januarnacht bei Schneesturm nachts um drei«, brummte Marek.

»Hier«, sagte Bara und blieb vor einer der Statuen stehen. »Das ist Bruncvik mit seinem Löwen und dem Zauberschwert.«

Sie umringten den sagenhaften tschechischen Fürsten, der sieben Jahre über die Meere gefahren war und dabei viele Abenteuer bestanden hatte. Einem Löwen hatte er das Leben gerettet und der folgte ihm seither überallhin bis zu des Fürsten Tod. Auch ein Zauberschwert hatte er errungen, das allen Feinden die Köpfe abschlug, wenn man nur rief: »Einer, zwei, drei, hundert Köpfe sind ab.« Und je nachdem, wie weit man zählte, tat das Schwert seine Arbeit.

»Mir ist das zu brutal, das Schwert«, murmelte Marek.

Dereinst, wenn Fürst Wenzel dem tschechischen Volk zu Hilfe kommen musste, wofür aus der Sicht Fürst Wenzels bislang kein Anlass bestanden hatte, würde sein Schimmel vor der Statue Bruncviks stolpern und das Schwert würde aus dem festgemauerten Sockel springen.

Die sieben schlenderten weiter und betrachteten ihre Stadt und die Moldau im Sonnenaufgang. Die ersten Strahlen hatten die goldene Krone des Nationaltheaters erreicht und ließen sie funkelnd aufblitzen. Der Himmel erhellte sich, kein Wölkchen war zu sehen. Ein heißer, traumhafter Sommertag wartete auf sie. Die Bäume und Büsche auf den Inseln legten das Grau der Nacht ab und färbten sich tiefgrün, und der Stein, auf den sie sich stützten, hellte sich auf.

Englische Laute rollten über die Brücke. Der Zauber zerstob und zehn Briten, gekleidet in grellbunte T-Shirts, mit Federn verzierte Hüte auf den verschwitzten Köpfen, schwankten über die Karlsbrücke. Hervorragend gelaunt und randvoll mit dem guten tschechischen Bier. Sie glotzten verständnislos die Statuen an, stolperten über das Pflaster und warfen ihre Hüte in die Moldau.

Der tote Wachmann

Marek schlief. Schlafen war etwas Wundervolles, das Schönste auf der Welt nach dieser Nacht im Dom und an der Moldau. All diese Gespenster und seltsamen Gestalten. Geträumt hatte er zum Glück nicht von ihnen, zumindest konnte er sich nicht daran erinnern.

Eigentlich schlief er schon eine ganze Weile nicht mehr, dazu war es viel zu hell und zu laut. Aus der Küche hörte er Geschirrklappern und Stimmen. Jemand kam an seiner Tür vorbei, rumorte im Wohnzimmer, in dem auch die Schlafcouch seiner Eltern stand, lief wieder zurück. Etwas Schweres wurde herumgewuchtet. Seine Eltern wollten auf die Datscha, schon seit ein paar Monaten musste er nicht mehr mit. Sehr gut, zumal sie sich heute Nacht auf dem Vyšehrad mit diesem Gespenst oder was immer es sein würde, treffen mussten. Er wollte eigentlich nicht mehr, sein Bedarf an Gespenstern war gedeckt. Aber er konnte seine Freunde nicht im Stich lassen, vor allem Pavla nicht.

Dann fiel ihm der tote Wachmann ein, von dem Václav auf dem Nachhauseweg von der Karlsbrücke erzählt hatte, das heißt nur das, was er hatte lesen können, ehe ihm der undurchsichtige Wirt die Zeitung aus der Hand gerissen hatte. Schlagartig war er hellwach. Das musste er noch erledigen, bevor sein Vater an diesem dienstfreien Wochenende auf die Datscha verschwand.

Marek sprang aus dem Bett und stöhnte. Sein Kopf schmerzte und alles drehte sich um ihn herum. Seine Bettcouch, der kleine Schreibtisch, der hellbraune Schrank und der bunte Teppich zu seinen Füßen. Dabei hatte er in der letzten Nacht fast nichts getrunken, nur ein Bier mit dem Herrn Wassermann. Aber zwei Nächte hintereinander hatte er kaum ein Auge zugetan, die Aufregung, das Theaterspielen, die durchwachte Nacht im Vikadlo, anschließend die im Dom.

Marek hielt sich am Schrank fest und stolperte ins Wohnzimmer. Dort standen schon zwei gepackte Koffer, drei Taschen und allerlei vollgestopfte Tüten. Es sah aus, als wollten seine Eltern Jahre auf der Datscha verbringen. Aber das täuschte, sie blieben nur bis Sonntagabend. All das schleppten sie mit, weil sie renovierten. Sie renovierten schon seit Jahren, und wenn alles nach Plan verlief, würde Marek die Datscha in ungefähr vierzig Jahren erben und weiterrenovieren.

Marek schwankte auf den Flur und von dort in die winzige Küche, in der sein Vater am Tisch unter dem Fenster saß und die Zeitung las. Aber nicht die von heute, das sah Marek sofort, sondern die vom Vortag. Dieselbe, die der Kellner Václav aus der Hand gerissen hatte.

Wusste ich es doch, dachte Marek. Sein Vater ließ das Blatt sinken und lächelte ihn an. Die Zeitung war an derselben Seite aufgeschlagen, und Marek entdeckte die Meldung rechts unten, wie von Václav beschrieben: »Leiche im Hirschgraben«. Aber das konnte er später lesen, die Zeitung würde nicht mehr wissen als sein Vater, der ihn immer noch anlächelte und graue Schatten unter den Augen hatte. Er hatte gestern Nacht Dienst gehabt und war wahrscheinlich noch später ins Bett gekommen als Marek.

»Guten Morgen, Söhnchen«, sagte Mareks Vater. »Auch schon unter den Lebenden? Na ja, lebendig siehst du nicht gerade aus! Was macht das Theater samt seiner Technik?«

»Alles bestens«, behauptete Marek.

»Habt ihr gestern noch einmal gespielt?«

Marek schüttelte den Kopf. »Nur noch einmal gefeiert.« Mit einer Menge Gespenster, fügte Marek im Geist bitter hinzu.

Sein Vater lachte. »Anstrengend, so ein Leben als Theatertechniker, was?«

Marek musste jetzt dringend das Thema wechseln, sonst würde womöglich noch vorher seine Mutter in die Küche stürzen und erklären, dass der Wagen abfahrbereit unten vor der Haustür stehe.

»Und wie geht es selbst, was macht der Dienst?«

Sein Vater warf ihm einen knappen Blick zu und sein Lächeln verschwand. Dann seufzte er sogar, was, soweit sich Marek erinnern konnte, bislang zumindest in seiner Gegenwart noch nicht vorgekommen war.

»Ich muss morgen Mittag schon wieder in Prag sein. Mama ist gar nicht begeistert.«

»Morgen Mittag?«, rief Marek. »Aber das lohnt sich doch gar nicht.« Marek zeigte mit dem Kopf in Richtung Flur und damit Wohnzimmer, in dem der halbe Hausstand der Familie Novak in Koffern, Taschen und Tüten steckte.

»Du sagst es, Söhnchen«, stöhnte sein Vater und fuhr sich mit der Hand über die müden Augen, »aber deine Mutter gibt mir nie wieder einen Kuss, wenn ich heute nicht mit ihr auf die Datscha fahre.«

Wunderbar, dachte Marek, das ergibt sich ja quasi von selbst, aber er schaute seinen Vater trotzdem nicht an, sondern rührte in seinem Kaffee, als er sagte: »Das muss aber ein sehr wichtiger Fall sein, wenn du dein einziges freies Wochenende in diesem Monat auch noch abkürzen musst.«

»Ja, ja«, murmelte sein Vater gedankenverloren. »Schrecklich, einfach schrecklich.«

»Geht es um den Wachmann?«, fragte Marek und zeigte auf den Artikel in der Zeitung, die immer noch vor seinem Vater lag. Der hob nun doch den Kopf und sah seinen Sohn misstrauisch an.

»Ich habe den Artikel gelesen«, log Marek. »Und mir überlegt, ob du vielleicht den Fall aufklären musst.«

»Ich ganz allein, ja«, brummte Herr Novak, »sicher, so ist das.«

»Das weiß ich doch, dass ihr immer mehrere seid, aber du arbeitest daran, oder?«

»Mhm«, machte Mareks Vater und nahm einen Schluck Kaffee.

»Und was ist so schwierig?«, bohrte Marek weiter. »Da liegt einer tot im Hirschgraben. Da muss man doch sofort sehen, woran der gestorben ist.«

»Klar«, erwiderte Herr Novak. »Der liegt da rum und hat einen Zettel in der Hosentasche, auf dem steht: Bin gestern von Herrn Vavrečka erschossen worden, weil der mich nicht ausstehen kann.«

Marek stöhnte. Er hatte gewusst, dass er aus seinem Vater kaum etwas herausbekommen würde. Immerhin war jetzt klar, dass sein Vater tatsächlich an dem Fall arbeitete. Aber ansonsten hätte er auch den Kühlschrank fragen können, ob der etwas wusste, der hätte mindestens so ausführlich geantwortet wie sein Vater.

»Ist er runtergesprungen?«, fragte Marek.

»Wer, wohin?«

»Na, der Wachmann von der Burg, wenn er schon im Hirschgraben liegt.«

»Wahrscheinlich«, antwortete Herr Novak zu Mareks Verblüffung, »wahrscheinlich hatte er einen Sohn, der zu viele Fragen stellte, und deshalb hat er sich aus purer Verzweiflung von der Burg in den Graben gestürzt.«

»Also, Jan, bitte!«, rief Mareks Mutter, die eben in die Küche kam. »Darüber macht man doch keine Witze. Ich habe auch so schon genug Angst um dich.«

Mareks Vater lächelte und strich seiner Frau über das Haar. »Aber nicht doch. Mir passiert schon nichts. Ich bin ein ganz einfacher Polizist, der seine Frau liebt und auch das Söhnchen, selbst wenn es merkwürdige Fragen stellt.«

Und damit stand sein Vater auf und schickte sich an, die Küche, seine Wohnung und Prag zu verlassen, um ein wenig die Datscha zu renovieren.

»Und die Krone?«, fragte Marek noch schnell.

»Welche Krone?« Sein Vater hängte sich das Sakko über die Schulter. Ja, dachte Marek, welche Krone wohl, wie viele Kronen haben wir denn?

»Die Krone, die auf der Burg in der Kronkammer über der Wenzelskapelle ist«, antwortete er dennoch geduldig.

»Was soll mit ihr sein?«

Marek holte tief Luft.

»Wenn ein Wachmann tot ist, könnte es doch sein, dass der gestorben ist, weil jemand die Krone stehlen wollte, und dass die Krone dann, als der Wachmann umgebracht worden ist, eben gestohlen wurde.«

Mareks Vater nickte so, als würde er angestrengt nachdenken, dann drehte er sich noch einmal ganz zu Marek herum, stützte die Arme auf den Küchentisch und sagte:

»Was lernt ihr eigentlich in der Schule? Dass vor der Kronkammer ein Wachmann steht und unter Einsatz seines Lebens jede Nacht die Krone gegen räuberische Überfälle verteidigen muss, oder wie?«

Marek schüttelte nur den Kopf und wagte nicht mehr, seinem Vater in die Augen zu sehen.

»Jan, kommst du endlich, wir müssen los!« Die Stimme seiner Mutter.

»Ich bin nicht blöd, Papa«, murmelte Marek noch. »Ich habe mir halt nur überlegt, was mit der Krone sein könnte.«

Mareks Vater strich seinem Sohn über das Haar.

»Du solltest etwas mehr schlafen, Söhnchen. Dann fällt dir auch nicht so viel Blödsinn ein. Mach dir um die Krone keine Sorgen. Die ist genau da, wo sie hingehört, und die sieben Herren haben ihre Schlüssel noch nicht an die Mafia verkauft.«

Damit war Herr Novak aus der Küche und Marek hatte doch etwas aus ihm herausbekommen. Marek lächelte und trank in großen Schlucken seinen Kaffee.

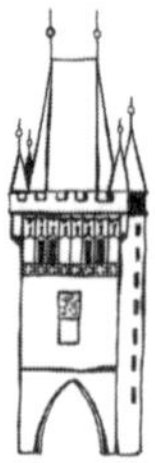

Im Kongresszentrum

Unter ihnen schimmerten die Lichter Prags. Sie konnten weit sehen, bis in die Vorstädte, deren riesige Hochhaustürme helle Pünktchen wie Glühwürmchen in die Nacht schickten. Dem Lokal hier oben im Kongresszentrum sah man immer noch an, dass es aus kommunistischen Zeiten stammte mit seinen Kugellampen, der Holzvertäfelung, einer verwaisten Tanzfläche in der Mitte des Raumes und einem Podest, auf dem früher die Kapelle gespielt hatte. Aber weder Mareks Eltern noch seine Großeltern waren wohl je in diesem Lokal gewesen, obwohl zumindest seine Großeltern gerne tanzen gingen, als sie noch etwas jünger waren. Aber hier oben war man nur mit Devisen hineingekommen. Auch jetzt war das Restaurant viel zu teuer für die meisten Prager und für ihn sowieso.

Lukasch hatte seine Freunde hier hochgeschleppt, weil er einen Kellner kannte; Nachbar oder entfernter Verwandter, so genau hatte Marek das nicht verstanden. Der wuselte jetzt um sie herum und drängte ihnen ein Bier auf, auf Kosten des Hauses, wie er sagte, Milosch heiße er, aber das hatte Lukasch schon erwähnt. Mittelgroß, schlank, sehr wendig. Ein wenig zu schick, ein wenig zu glatt, fand Marek. Der Kellner war ihm nicht ganz geheuer.

»Und was soll das heißen, die Krone ist gar nicht weg?«, fragte Václav halblaut, nachdem sich Milosch endlich zur

Bar zurückgezogen hatte, um ihre Getränke zu holen. Marek erzählte von dem Gespräch mit seinem Vater, er schilderte jedes Wort, jedes Detail, und er hoffte, Václav und die anderen davon zu überzeugen, das Rendezvous mit dem Geist oder Gespenst auf dem Vyšehrad einfach abzublasen und aufzustehen, den seltsamen Kellner Kellner sein zu lassen und hinunterzufahren, in eine nette Kneipe zu gehen, dort ein Bier zu trinken, über die Schule und die Lehrer und die Mitschüler zu tratschen und dann ausnahmsweise vor dem Morgengrauen ins Bett zu gehen und zu schlafen.

Václav schüttelte unwillig den Kopf. »Das heißt nicht, dass die Krone nicht gestohlen wurde. Das heißt nur, dass man noch nicht bemerkt hat, dass sie verschwunden ist.«

»Aha«, murmelte Markéta. »Und wie soll das gehen? Wie kann sie verschwinden, ohne dass es jemand bemerkt? Die Tür ist mit sieben Schlössern gesichert, ja? Und die sieben Schlüssel haben jene sieben Herren, die wir für Pan Klíček aufzählen mussten, richtig?«

Václav nickte widerstrebend.

»Es führt kein anderer Weg in die Kronkammer als die Wendeltreppe hinter jener Tür mit den sieben Schlössern, auch richtig? Und bis jetzt hat man nichts davon gehört, dass die Tür beschädigt wurde. Also wird die Krone kaum durch die Wand geflogen sein.«

Markéta sah Václav triumphierend an. Marek war begeistert. Genau, dachte er, genau so ist es. Die Krone ist, wo sie hingehört, alles ist in Ordnung, wir sind nur einem Spuk aufgesessen und können jetzt in eine ganz normale Kneipe gehen. Václav erwiderte erst einmal nichts, sondern wechselte nur einen Blick mit Pavla. Marek mochte diese Blicke nicht.

»Vielleicht gibt es eine völlig andere Möglichkeit, die wir uns nur nicht vorstellen können«, sagte Pavla leise.

Marek seufzte kaum hörbar. Er wusste genau, was sie meinte. Sein Herz erinnerte sich schmerzhaft an die Eisenfaust, die es umklammert hatte, und seine Ohren an das Stampfen auf dem Pflaster.

Václav blickte fragend in die Runde, fragend und bittend. Markéta atmete hörbar aus, dann nickte sie wie die anderen, wie Marek.

»Woher kennst du den eigentlich?«, fragte Václav und zeigte mit dem Kopf zur Bar, vor der Milosch geschäftig Gläser auf ein Tablett stellte.

Lukasch zuckte mit den Schultern. Milosch lebe in der Wohnung nebenan. Er kenne ihn schon, seit er klein gewesen sei. Mit seiner Mutter habe Milosch dort gewohnt, bis die vor ein paar Jahren an Krebs gestorben sei. Ja, und heute sei er Milosch zufällig im Treppenhaus begegnet, als er nachmittags vom Einkaufen nach Hause gekommen sei, und da habe Milosch gefragt, was er denn am Abend vorhabe, und er habe erzählt, er treffe sich mit Freunden auf dem Vyšehrad. Milosch habe gesagt, das sei ja prächtig, da könnten er und seine Freunde auf dem Weg dorthin hier oben vorbeischauen und noch etwas trinken.

»Prächtig, ja«, schnaubte Václav, aber er kam nicht weiter, weil Milosch mit einem Tablett voller Gläser erschien und ununterbrochen auf sie einredete und sie ausfragte, so kam es Marek zumindest vor. Was sie heute Abend noch vorhätten und wo sie hingingen. Václav war die Fragerei unangenehm, das bemerkte Marek, aber wie immer war er auch jetzt nicht um eine Ausrede verlegen und erzählte etwas von Klassenkameraden, die hier in der Nähe ein Haus mit Garten hätten und eine Sommernachtsparty veranstalteten. Etwas unglaubwürdig war das schon, denn alle vier Mädchen waren überhaupt nicht so gekleidet, als gingen sie auf ein Fest. Sie trugen Jeans, Pullover und Turnschuhe. Selbst Bara, die sonst nur mit eleganten hochhackigen Pumps durch Prag stöckelte. Aber über Baras Schuhvorlieben konnte Milosch nichts wissen, er hatte sie ja noch nie zuvor gesehen, ebenso wenig wie die anderen, außer Lukasch.

Der wurde jetzt auch ein wenig nervös, betrachtete Milosch aufmerksam und überlegte, wie lange er ihn eigentlich nicht mehr im Treppenhaus gesehen hatte, und das musste Monate, wenn nicht gar schon ein Jahr her sein. Besonders engen Kontakt hatte man nie gepflegt, nur als Miloschs Mutter Krebs hatte, da hatte sich seine Mutter um die schwer kranke Frau gekümmert. Als sie noch alle zusammenlebten, seine Mutter, sein Vater, seine Schwester und er. Vor zwei Jahren allerdings war seine Mutter mit der kleinen Schwester ausgezogen und seitdem lebten sein Vater und er allein. Lukasch verlor sich in den Erinnerungen an die Streitereien, die dem Auszug vorangegangen waren, an seine Angst und Einsamkeit, die ihn bis heute nicht verlassen hatten. Vielleicht bin ich deshalb krank, vielleicht wäre ich gesund und so selbstsicher und von mir überzeugt wie Václav, wenn ich eine andere Familie hätte. Wenn meine Eltern sich nicht getrennt hätten, wenn meine Nerven nicht durch das ständige Schreien und Zanken bloß lägen, wenn mein Vater nicht so ein Tyrann wäre und mich auf den Kunstzweig der Schule hätte gehen lassen anstatt in die Fremdsprachenabteilung. Er schüttelte den Kopf und trank einen Schluck. Alles Unfug: wäre, hätte, würde. Das half ihm nicht. Sein Blick fiel wieder auf

Milosch, der immer noch mit Václav redete, aber Lukasch hatte nicht mitbekommen, worüber.

Endlich winkte einer der wenigen Gäste, die außer ihnen in dem riesigen Saal saßen, und widerwillig löste sich Milosch von ihrem Tisch.

»Sag mal …«, fing Václav an.

»Ich weiß«, unterbrach ihn Lukasch, »irgendetwas stimmt hier nicht. Der schleicht um uns herum, als ob er uns überwachen muss. Ich kann mir aber überhaupt nicht erklären, was das soll. Milosch ist ein einfacher Kerl, der mal dies, mal jenes arbeitet und neben uns wohnt.«

Václav blinzelte, nickte und behielt Milosch im Auge, konnte sich aber auch nicht erklären, warum der Kellner so auffällig um sie bemüht war.

Wie Marek hatte Václav den Artikel zu Ende gelesen, den er im »Fischklub« gesehen und den ihm der Wirt aus der Hand gerissen hatte. Jener Mann, der tot im Hirschgraben gefunden worden war, hatte als Wachmann auf der Burg gearbeitet und sich selbst von der Mauer in die Tiefe gestürzt, so stand es zumindest in der Zeitung. Der Journalist, der den Artikel geschrieben hatte, war davon ausgegangen, dass der Mann Selbstmord begangen hatte.

Das ergibt alles keinen Sinn, dachte Václav. Wenn die Krone verschwunden ist, dann auf eine Art und Weise, an der Menschen nicht beteiligt sein können, sonst hätte man schon bemerkt, dass sie nicht mehr an ihrem Platz ist, da haben Markéta und Marek ganz recht. Dann aber haben weder der Wirt des »Fischklubs« noch dieser Milosch irgendetwas damit zu tun und ich sehe schon Gespenster. Václav musste grinsen; Gespenster hatten sie tatsächlich gesehen gestern Nacht, und nicht gerade wenige.

Václav konnte nicht weiter darüber nachdenken, weil Milosch schon wieder an ihrem Tisch stand und dieses Mal mit Lukasch sprach, aber der drehte jetzt den Spieß um, und anstatt sich darüber ausfragen zu lassen, was man heute Abend noch vorhabe und was man sonst so mache, wollte Lukasch wissen, wie es denn Milosch gehe und wo er in der letzten Zeit gearbeitet habe, seit wann er hier oben in diesem Lokal tätig sei und wie die Geschäfte gingen. Da wurde der Kellner sehr einsilbig und kurz angebunden, und nach sehr vagen Hinweisen, dass er hier und da gearbeitet habe und im Kongresszentrum erst seit Kurzem angestellt sei, verzog er sich rasch an die Bar. Václav nickte Lukasch anerkennend zu, der grinste vor sich hin und war ausnahmsweise mit sich und der Welt zufrieden.

»Wir müssen losen«, stellte Václav fest. »Oder tritt eine der Schönen freiwillig zurück?«

Die vier Mädchen schüttelten den Kopf. Sie waren übereingekommen, dass sie es dem Zufall überlassen wollten, wer von ihnen zu dem geheimnisvollen Treffen auf dem Vyšehrad gehen sollte, zu dem der unheimliche Aschanti mit dem Beil im Kopf geladen hatte.

Wir sollten keine auf den Vyšehrad schicken, dachte Václav, obwohl er zuvor dafür eingetreten war weiterzumachen und obwohl er davon überzeugt war, dass die Krone nicht mehr dort war, wo sie hingehörte. Trotzdem sollten wir dieses scheußliche Restaurant verlassen, unsere Schönen mitnehmen, runter nach Vinohrady fahren, zuerst ins »Pasticka« gehen oder im »Einstein« noch eine Pizza essen und uns anschließend Kneipe für Kneipe zur Burg hocharbeiten und auf alle geheimnisvollen Treffen mit Geistern oder Gespenstern oder Kronenklauern verzichten.

Marek hatte inzwischen vier Zündhölzer vorbereitet. Diejenige, die das kurze zog, würde dem Gespenst oder wer auch immer auf dem Vyšehrad wartete, begegnen müssen. Marek hielt die Hölzer mit den roten Köpfen über den Tisch und wünschte sich, alle vier wären gleich lang. Aneta, Pavla, Markéta und Bara sahen auf Mareks Hand und jede hielt die Luft an, aber immer noch machte keine von ihnen einen Rückzieher. Es wäre ihnen vorgekommen, als ließen sie einander im Stich.

Markéta zählte leise bis drei, dann schnellten vier Mädchenhände vor und griffen zu. Sie öffneten fast gleichzeitig die Hände und keiner der jungen Männer wagte zu atmen. Marek kniff die Augen zusammen, er wollte gar nicht sehen, wie das dumme Spiel ausgegangen war. Aber dann riss er doch die Lider hoch und sah, dass auf Pavlas Handteller das kurze Zündholz lag. Alle am Tisch, besonders aber Marek, dachten, dass es gerade so nicht hätte ausgehen dürfen, nicht Pavla. Hätte es jedoch Aneta, Bara oder Markéta getroffen, so hätten sie dasselbe gedacht. Pavla blies sich die halblangen dunkelblonden Haare aus der Stirn, lächelte und griff nach ihrem Glas.

»Was spielt ihr denn hier?«

Milosch stand schon wieder an ihrem Tisch und betrachtete neugierig die Streichhölzer auf der grünen Tischdecke. Václav warf Lukasch einen entnervten Blick zu, aber der zuckte mit den Schultern, und es blieb dieses Mal an Václav hängen, den Kellner vollzutexten. Während er das tat, dachte er nur daran, dass sie nun endlich aus dieser vermaledeiten halb leeren Touristenfalle müssten und diesen lästigen Ober loswerden, der ihnen nachstellte.

Václav erzählte Milosch vom Abiturball, der allerdings erst in einem guten halben Jahr stattfinden würde, und dass Pavla nun mit dem Klassenlehrer tanzen müsse, weil sie das kurze Streichholz gezogen habe. Das war absoluter Unfug, denn traditionell musste auf dem Abiturball jedes Mädchen einer Klasse mit dem Klassenlehrer tanzen. Das wusste auch Milosch noch. Denn so lange konnte sein Abiturball noch nicht her sein. Lukasch rechnete nach, wie alt Milosch ungefähr sein musste, kam auf Mitte zwanzig und schüttelte deshalb auch ausdauernd den Kopf, während Václav diesen Blödsinn erzählte. Er sagte aber nichts, ihm war schließlich auch nichts Besseres eingefallen. Milosch grinste nur schief und sah Václav lauernd an. Der hatte jetzt endgültig genug und stand abrupt auf, die Übrigen folgten sofort seinem Beispiel. Und während Václav schon auf dem Weg zum Aufzug war, rief er Milosch noch ein Dankeschön für das Bier zu. Sie drängten sich in die enge Kabine und bemerkten, dass ihnen Milosch verblüfft nachschaute und im selben Augenblick sein Mobiltelefon aus der Hosentasche zog und sich abwandte.

Libussa

Weit unter ihr floss die Moldau vorbei. Genau dort, wo sie am tiefsten war, hatte sie einst die goldene Wiege ihres Sohnes versenkt, auf dass sie viele Jahrhunderte später wieder aus den Fluten steigen und einem guten Herrscher sein ganzes Leben lang als Bettstatt dienen würde. Karl IV. war das gewesen, wenn sie sich recht erinnerte. Wenn das, was durch ihren Kopf wob wie die Wellen der Moldau, überhaupt Erinnerung war. Wenn sie, was ihr selbst manchmal fremd vorkam, je wirklich gelebt hatte. Sie lebte immer noch in den Sagen und Märchen, vielleicht aber hatte sie immer nur in Sagen und Märchen gelebt. Und alles, was in dieser Stadt, deren Glanz und Elend sie vorausgesagt hatte, alles, was an Schrecken und Freuden jahrhundertelang geschehen war, hatte sie gesehen, hatte mitgelitten und sich viel seltener daran erfreut. Dass diese Stadt überhaupt entstanden war und wuchs, sich veränderte und doch gleich blieb, erfüllte sie mit Stolz. Nur hatte das Grauen überwogen. Immer nur für kurze Zeit, und für Libussa waren es lediglich Sekunden gewesen, waren die Prager glücklich und wohlgenährt; die Geschäfte gingen gut und die Bewohner hatten ihr Auskommen, lebten friedlich und mit der Welt und sich im Reinen. Allzu oft aber und viel zu lange griffen mächtige Hände nach der Stadt, besetzten fremde Truppen sie, quälten und unterdrückten die Prager. Menschen mit ausgemergelten Gesichtern und verzweifelten Augen schoben sich an Libussa vorbei, halb verhungerte, tod-

kranke Kinder. Lager hatte es in der Nähe der Stadt gegeben und Folterknechte hatten in den Gefängnissen und Kellern gewütet.

Libussa saß auf ihrem Felsen unterhalb des Vyšehrad und hoch über den Fluten der Moldau, die im Sommer träge dahinfloss, zufrieden mit sich und der Wärme. Gegenüber blitzten die Lichter der Stadt auf. Schön ist sie, schön sind die Stadt und die Burg, der Glanz der vergoldeten Dächer, der weiße Stein der Statuen, das Rauschen der Bäume im Sommerwind. Jetzt für den Bruchteil einer Sekunde ist es gut, jetzt blüht und sonnt sich die Stadt nach Zeiten des Entsetzens und der Morde. Nur war da etwas übrig geblieben, etwas, das keine Ruhe gab, das noch rumorte und verdarb. Vielleicht nur ein schwarzer Rest, ein dunkles, schmieriges Gebilde. Eine Erinnerung, ein Alb, der nach den Herzen griff. **Er** *hatte hier nichts zu suchen, sein Wollen und Wirken gehörte in die Vergangenheit. Nur wusste Libussa zu gut, dass alles blieb und nichts endgültig verging, dass sich Geschehenes in die Steine und die Mauern ritzt und die Seelen für lange Zeit verletzt. Auch wenn es in Libussas Welt keine Gesetze gab, weil alles, was an Erinnerung noch Gestalt hatte und durch die Stadt schwebte, gelassen und sich selbst genug war und keine Regeln brauchte. Aber eines galt doch unverrückbar: dass die Schatten niemals nach den Lebendigen griffen, dass sie sich niemals bemerkbar machten, außer in Träumen und Gesichten, welche die Lebendigen selbst hervorbrachten; nur dort lebten die Schatten in den Menschen weiter. Und das, was galt, seit Menschen sich erinnerten und mit der Erinnerung leben mussten, hatte* **er** *gebrochen. Hatte sich erdreistet, nach Lebendigen zu greifen, sich einzumischen, seinem körperlosen Wahn wieder Gestalt zu verleihen. Das aber konnte sie nicht zulassen, das stellte die Welt der Lebendigen und der Erinnerung auf den Kopf. Die Erinnerung durfte überall sein, in den Köpfen und in* *den Herzen, auf den Straßen und in den Häusern, aber zurückkommen, Gestalt annehmen durfte sie nicht. Deshalb musste Libussa nun handeln, etwas, das sie vielleicht noch nie getan hatte. Sie musste sich einmischen, musste die Schatten dazu bringen, einen Plan zu verfolgen. Aber das konnten sie nicht, auch Libussa nicht. Es war so schwer, sich zu konzentrieren, einen Gedanken an den anderen zu reihen, sich eine Taktik zu überlegen. Und die Schatten brachten immer alles durcheinander, führten diese jungen Menschen ständig in die Irre, brachten sie an die falschen Plätze, setzten sie Gefahren aus, anstatt sie zu schützen. Aber sie musste es wenigstens versuchen, musste diesen jungen Menschen den Weg zeigen, den sie gehen mussten, damit die Krone wieder an ihren Platz kam.*

Auf dem Vyšehrad

Vor dem Kongresszentrum wandten sich die sieben Freunde nach links und spazierten schweigend zur Ruine des Špička-Tores – einem Haufen Steine aus gotischer Zeit, der den Eingang zum Park markierte.

»Dieses Treffen mit wem auch immer wird nicht klappen«, sagte Marek in die Stille, und er war sehr glücklich, dass ihm doch noch etwas eingefallen war, nachdem sein Hinweis, dass die Krone wahrscheinlich gar nicht gestohlen sei, ungehört verhallt war. Er wollte verhindern, dass sich Pavla mit diesem Geist traf, nicht Pavla. Sie könnten, noch ehe sie den nächtlichen Park erreicht hätten, wieder umkehren und zur Moldau hinunterfahren und dort in einer hell erleuchteten Kneipe mit vielen fröhlichen und lebendigen Menschen etwas trinken. »Wir wissen nicht, wo Pavla auf das Gespenst oder wen auch immer warten soll. Der Park ist groß und erst der Friedhof …«

Der Friedhof scheide aus, erklärte Pavla. Sie klettere nicht mitten in der Nacht über eine Mauer und dringe in einen Friedhof ein, auf dem Smetana und Dvořák und Myslbek lägen. Das mache sie nicht. Aber sie habe sich schon einen Plan zurechtgelegt. Sie werde quer durch den Park gehen bis zu dem Aussichtspunkt an den alten gotischen Mauerresten. Dort unterhalb dieser Mauer habe Libussa ihr Bad in der Moldau genommen und dort habe sie

Prags Glanz und Elend vorausgesagt. Das sei ein guter Platz. Da werde Pavla hinüber zur anderen Seite der Moldau schauen und ein wenig warten und schließlich wieder zurückgehen. Vielleicht werde sie das Gespenst an Libussas Platz oder auf dem Weg ansprechen, und wenn nicht, könne man auch nichts machen.

Marek wünschte sich, dass man am besten sofort nichts machen könne, aber er sagte nichts mehr, und er spürte, dass es den anderen auch so ging, dass keiner von ihnen wirklich Lust hatte, sich hier nachts herumzutreiben, aber dass sie sich schon viel zu tief in diese seltsame Geschichte hatten hineinziehen lassen, als dass sie ausgerechnet jetzt aufgeben konnten.

Václav nickte gedankenverloren, und dann entwarf er eine Taktik, die Pavla jederzeit mit den Freunden verbinden und sie vor bösen Überraschungen schützen sollte. Alle sechs sollten Pavla folgen, und zwar so, dass der Erste Pavla im Blick behalten solle, der Zweite den Ersten, der Dritte den Zweiten und so fort. Ausgestattet waren alle mit Taschenlampen und Mobiltelefonen. Marek wollte unbedingt der Erste hinter Pavla sein, dann folgte Lukasch, schließlich Markéta, Aneta und Bara, und den Schluss wollte Václav bilden, sozusagen als Ritter, der sie alle aus der Gefahrenzone bringen würde, wenn wirklich etwas schiefliefe. Lukasch grinste spöttisch, aber das konnte man im Dunkeln nicht sehen.

Inzwischen waren sie am Leopoldstor angekommen. Pavla holte tief Luft und hob kurz die Hand.

»Wir sind bei dir«, sagte Václav.

»Ja«, erwiderte Pavla einfach, und es war nicht klar, ob sie diese Vorstellung wirklich beruhigte.

Dann wandte sie sich um und ging langsam den Weg

entlang, der sich schon nach wenigen Metern endgültig in der Finsternis verlor. Laternen gab es hier keine, nur das Licht der Scheinwerfer, welche die Kirche Peter und Paul anstrahlten, drang matt durch die Bäume, die den Weg säumten. Der Kies knirschte unter Pavlas flachen Turnschuhen und ein leichter Windhauch strich schmeichelnd durch die Äste und entlockte ihnen ein sanftes Rascheln. Pavla wandte sich nach links; die freie Sicht auf das nächtliche Prag, so glaubte sie, würde sie beruhigen. Und auf diesem Weg kam sie am schnellsten zu den Resten der alten gotischen Anlage, von deren Mauern sie über die Moldau auf die andere Seite der Stadt würde sehen können.

Bald tauchten links von ihr bröckelnde Mauerreste auf und im Westen konnte sie die Lichter der Siedlungen am gegenüberliegenden Ufer sehen. Aber an der nächsten Wegkreuzung bog Pavla doch nach rechts ab, weg von den Mauern, wieder tiefer in den Park hinein. Sie hätte nicht sagen können, was sie dorthin zog. Es war auch nur ein kleiner Umweg, und wo sie hier entlangschlenderte, war schließlich egal, da es keinen festen Treffpunkt gab. An der nächsten Gabelung wandte sie sich wieder nach links und dann war sie an ihrem Ziel angekommen. Viel konnte sie nicht erkennen, die Beleuchtung war zu schwach. Aber im silbernen Schein des Mondes hoben sich die Statuen von Libussa und Přemysl gegen den Nachthimmel ab. Und je länger Pavla versunken vor dem Denkmal stand, desto mehr konnte sie erkennen. Libussas Gesicht, so wie es sich der Bildhauer Myslbek vorgestellt hatte, wurde von einer Haube beschattet. Den linken Arm streckte sie einer ungewissen Zukunft entgegen, der rechte lag auf Přemysls Schulter, der neben ihr saß.

Pavla erinnerte sich an die Sage, die jedes Kind in der

Grundschule hörte oder schon vorher von den Eltern oder Großeltern während geruhsamer Sonntagsspaziergänge auf dem Vyšehrad erzählt bekam. Libussa hatte in sagenhafter Zeit die Tschechen weise regiert, bis die Männer unzufrieden wurden mit ihren Richtersprüchen und ihrer sanften Form der Herrschaft. Wütend hatte sie ihr Gefolge ausgeschickt, einen Mann für sie zu finden, der strenger mit den Menschen umging. Libussa wusste auch genau, wo dieser Mann zu finden war, denn sie konnte in die Zukunft sehen und auch, was an Orten vorging, an denen sie sich gar nicht befand. Beim Pflügen in der Nähe eines Dorfes würde ihr Gefolge den für sie bestimmten Gemahl finden. Tatsächlich hatten ihre Gesandten jenen Přemysl, auf dessen Schulter nun ihr Arm ruhte, ausfindig gemacht, und Libussa hatte ihn geheiratet.

Pavla seufzte leise und überlegte, wie es wohl sein mochte, wenn man in die Zukunft sehen konnte. Aber im Grunde wollte sie das gar nicht. Sie wollte gar nicht wissen, was kam. Sie wollte nicht einmal eine Zukunft haben, nur die Gegenwart. Am liebsten wäre ihr gewesen, alles ginge so weiter wie bisher. Sie sehnte sich gar nicht danach, die Schule zu verlassen oder von zu Hause auszuziehen. Am liebsten lag sie auf dem Bett in ihrem Zimmer und las oder beobachtete morgens, wenn sie nicht aufstehen musste, wie ein Sonnenstrahl helle Muster auf den Teppich malte.

Pavla zuckte mit den Schultern und schlenderte weiter. Als sie wieder nach links abbog, fiel ihr ein, warum sie hier mitten in der Nacht auf dem Vyšehrad herumstolperte, und ihr wurde doch etwas unheimlich zumute, obwohl sie bislang gar keine Angst gehabt hatte. Das wunderte sie, denn als besonders mutig oder verwegen hätte sie sich nicht eingeschätzt.

Pavla drehte sich um und blickte den Kiesweg hinunter, durchforstete mit ihren Blicken die Bäume am Wegrand und suchte die freien Flächen dazwischen ab. Ein Schatten tauchte auf und Pavla erkannte eine vertraute Silhouette.

»Marek?«, fragte sie sicherheitshalber. Der Schatten hob die Arme und flüsterte ziemlich laut: »Ich bin der Geist, der stets verneint. Ich bin die Kraft, die stets das Böse will und doch das Gute schafft.«

»Schon gut«, sagte Pavla und musste lachen. Mitten in der Nacht Goethe zu zitieren sah Marek eigentlich gar nicht ähnlich, Václav hätte sie das eher zugetraut. Ihr Herz klopfte wieder normal und sie lief weiter auf den Aussichtspunkt zu. Der Weg führte sanft bergauf, und dann musste sie unter einem Durchgang aus altem, bröckeligem Mauerwerk hindurch und stand auf einem kleinen, mit rotbraunen Fliesen ausgelegten Vorplatz, der mit einem niedrigen Gitter aus Eisenstangen eingezäunt war.

Von hier hatte sie einen wundervollen Blick auf die Moldau und die Stadt und, wenn sie sich nach links wandte, weit in das Land hinein. Aber natürlich sah Pavla nur die Lichter funkeln, die sich in der Moldau spiegelten. Gerade donnerte rechts unten ein Zug über die eiserne Eisenbahnbrücke. Die hellen Vierecke der Fenster wischten vorbei, und Pavla fragte sich ein wenig sehnsuchtsvoll, wohin die Reisenden wohl unterwegs waren.

Marek beobachtete, wie Pavla durch den Torbogen verschwand, und überlegte, wie er sie weiter im Auge behalten konnte. Ihr zu folgen war unsinnig. Der Platz hinter dem Bogen bestand nur aus einem kleinen Viereck. Dort konnte er sich nirgendwo verstecken. Er hätte sich genauso gut neben Pavla stellen können. Marek trat links vom Weg auf das nachtfeuchte Gras und hielt seine kleine Taschenlampe über seine Armbanduhr, wobei er den Lichtkegel mit der Hand abschirmte. Kurz vor zwölf. Wenn das Gespenst einigermaßen traditionsbewusst war, musste es um Mitternacht erscheinen. Andererseits machten Prager Gespenster, was sie wollten. Manche geisterten schon in der Dämmerung.

Marek nahm die Mauer in Augenschein, die neben dem Torbogen stand. Das konnte nicht schwer sein. Er war ein guter Kletterer, nur war es ziemlich dunkel. Wohin er Hände und Füße setzen musste, würde er nicht genau sehen. Marek griff zwischen den Steinen in eine Vertiefung, schwang sich nach oben und kletterte weiter. Es ging besser, als er geglaubt hatte. Der Vollmond warf silberne Bahnen auf die Erde und beschien die Mauervorsprünge. Marek legte sich flach auf die Steine, die über dem Torbogen gemauert waren, und schob sich vorsichtig nach rechts. Es war doch recht waghalsig, denn die Mauer war oben nicht sehr breit. Er setzte sich auf und saß nun rittlings auf den Steinen, kroch noch etwas weiter, bis er genau über dem Torbogen war. Unter ihm stand Pavla am Geländer und blickte über die Moldau, gelassen und ruhig. Dort lag die Stadt heiter und verträumt im Mondschein und funkelte und glitzerte und zeigte sich ein bisschen zu stolz in all ihrem Glanz und perlenden Licht, als ob ihr noch nie Grauenvolles widerfahren wäre.

Pavla war ganz ruhig, obwohl neben ihr jemand saß. Auf der dünnen Stange des Eisengitters. Ganz selbstverständlich, als ob es nicht steil viele Meter in die Tiefe ginge.

Pavla wandte vorsichtig den Kopf. Die weiß gekleidete Gestalt verschwamm vor ihren Augen, war diffus im Mondschein, wenngleich sie nur einen Meter von ihr entfernt saß. Das Gesicht konnte sie nicht erkennen, auch das

Gewand nicht deutlich. Trug das Wesen ein Kleid oder einen Umhang? Aber Pavla wusste sofort, wer das war. Kein Gespenst, kein Geist, der durch die Zeiten irrte, sondern Libussa, die Fürstin aus der Sage.

Pavla wandte sich wieder ab und sah auf die Moldau. Wenn sie versuchte Libussa anzublicken, flimmerte es vor ihren Augen. Es war gut, dass es Libussa war und kein Gespenst wie der Aschanti. Durch Prag geisterten noch genug andere gruselige Erscheinungen: Ertrunkene, Geköpfte, Erschlagene. Und so gerne Pavla Sagen, Märchen und Gespenstergeschichten las oder sich erzählen ließ, so wenig wollte sie all diesen Geschöpfen begegnen.

Pavla wagte nicht, etwas zu sagen. Auch wenn sie spürte, wie die Zeit verrann und dass die Fürstin sicher nicht lange hier neben ihr sitzen würde. Vielleicht hatte Libussa vergessen, dass Pavla neben ihr stand, vielleicht hatte sie vergessen, was sie sagen wollte.

Schließlich hörte Pavla doch etwas, eine Art Säuseln, zunächst fern, dann wieder etwas näher wie bei einer sehr schlechten Telefonverbindung, und die Wörter waren nicht deutlich voneinander zu unterscheiden. Sie musste sich sehr konzentrieren und genau hinhören.

»Ihr müsst auf euch achten«, hörte Pavla. »Er ist gefährlich. Er ist nicht so wie wir. Er gibt keine Ruhe. Er will noch etwas. Aber das darf er nicht. Er darf nichts mehr wollen.«

Pavla strengte sich so an, dass sie die Hände an die Schläfen presste, wie immer, wenn sie über etwas sehr Schwieriges nachdachte, wenn sie sich fest konzentrieren wollte. Die Worte Libussas hörte sie, nur begriff sie den Sinn nicht sofort. Aber das dauerte nicht lange; wie ein Messer fuhr das Begreifen in ihr Hirn und in ihr Herz. Heydrichs Gespenst war gemeint, was sonst. Pavla versuchte sich einzureden, dass Gespenster nur in Geschichten gefährlich waren, dass sie ihr und ihren Freunden nichts antun konnten. Es funktionierte nicht ganz. Und dann hörte Pavla wieder die Stimme der Fürstin.

»Die Krone. Ihr müsst die Krone zurückbringen. Die Krone ist …«

Pavla sah Libussa jetzt doch an, sie neigte sogar den Kopf, um besser zu hören, um ja kein Wort, keinen Laut zu versäumen. Aber das Wichtigste hörte Pavla nicht, weil es in diesem Augenblick hinter ihr knirschte. Ein Fußtritt. Sofort wurde Pavla wütend auf Marek; musste er ausgerechnet im entscheidenden Moment hinter ihr herschleichen? Ihr passierte hier ja nichts. Sie stand mit Libussa hoch über der Moldau und plauderte. Pavla wandte den Kopf nach hinten und erschrak. Neben ihr löste Libussa sich auf. Undeutlich, durchscheinend wurde die Fürstin und verblasste schließlich völlig. Nein, dachte Pavla, nein, nein, nein! Das darf nicht sein. Und sie öffnete schon den Mund, um Marek gehörig auszuschimpfen. Aber da war etwas vor ihrem Mund und vor ihrer Nase. Eine brutale Hand hielt ihren Kopf fest und presste ihr ein Tuch ins Gesicht, das entsetzlich stank. Pavla konnte nichts sagen, auch nicht schreien, sie konnte nicht einmal mehr denken und schließlich konnte sie auch nichts mehr fühlen.

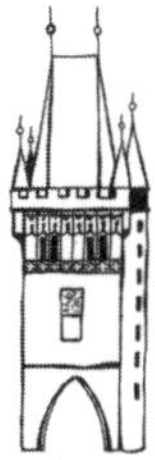

Die Entführung

Marek beobachtete Pavla, die sich kaum rührte, nur vor der Brüstung stand. Und er sah auch die weiße Gestalt, die langsam erschien, so als würde sie wie ein Foto auf einem Bildschirm Pixel für Pixel zusammengesetzt. Marek wagte kaum zu atmen, um die Gestalt nicht zu vertreiben. Er wusste auch sofort, wer da saß, und war wie Pavla beruhigt und glücklich, dass es die Fürstin war und nicht eines der gruseligen Gespenster. Hören konnte er nicht, was Libussa sagte, aber er begriff, dass sie sprach. Das sah er an Pavlas Haltung, die sich schräg der Fürstin entgegenneigte.

In dem Augenblick, in dem er den dunkel gekleideten Mann sah, der unter dem Torbogen hervortrat und auf Pavlas Rücken zuschlich, spürte er einen eisigen Lufthauch über sich hinwegziehen. Und obwohl er schreien wollte, schreien, so laut er konnte, um Pavla zu warnen, obwohl er am liebsten von dem Torbogen auf den Mann hinuntergesprungen wäre, konnte er weder einen Laut hervorbringen noch sich bewegen. Denn wieder griff die schaurige Eishand nach seinem Herzen und presste es brutal zusammen, so wie vor drei Tagen vor dem Café Vikadlo, so wie vor dem Dom, als er durch die Goldene Pforte geschlüpft war. Nicht jetzt, dachte Marek, nicht ausgerechnet jetzt! Er schnappte nach Luft und konzentrierte sich mit aller Kraft darauf, den Mund zu öffnen und zu brüllen und diesen

Mann dort unten anzuspringen, der gerade Pavla von hinten packte und ihr ein Tuch auf den Mund presste. Obwohl sich Marek mit allem, was sein Hirn und sein zusammengedrücktes Herz noch hergaben, gegen die Faust in seinem Innern wehrte, ließ der Druck nicht nach. Ihm war, als fahre eine spitze, eisige Nadel in seine Wirbelsäule und steche sich Millimeter für Millimeter in ihr nach unten. Marek biss die Zähne so fest aufeinander, dass er glaubte, sein Kiefer müsste brechen. Die Nadel in seiner Wirbelsäule und die Faust, die sein Herz umklammert hielt, verschwanden so plötzlich, wie sie gekommen waren, aber da hatte der Mann dort unten Pavla schon gepackt und durch den Bogen in den Park geschleppt, und weil Marek sich nicht bewegen konnte, sah er auch nicht, was weiter geschah.

Dann gab es unter ihm einen Tumult. Unterdrückte Rufe, einen dumpfen Schlag, etwas fiel zu Boden. Rechts unten. Marek holte tief Luft. Zwar brannte nichts mehr in seiner Lunge, aber sein Herz klopfte noch schmerzhaft gegen seine Rippen. Er bewegte den Kopf und sah unter sich eine Gestalt liegen. Auf dem Gras, sanft beschienen vom Mond. Das musste Lukasch sein, der als Zweiter hinter ihm gewesen war. Marek steckte automatisch die Finger in den Mund und pfiff gellend. Und dann sah er noch etwas auf dem Rasen, schemenhaft zwischen den Bäumen. Zwei Schatten – und von der Schulter des einen baumelte ein weißer, dünner Arm. Pavla.

Marek sprang von der Mauer herunter, obwohl sie dafür eigentlich zu hoch war, aber das war Marek in diesem Augenblick egal. Und ein Engel oder ein guter Geist musste ihn beschützt haben, denn er landete neben dem auf dem Boden hingestreckten Lukasch, ohne sich auch nur den Knöchel zu verstauchen.

Aus dem Park kamen jetzt vier Gestalten hervor, alle schreiend, aufgeschreckt von Mareks Pfiff. Aber darum sorgte er sich nicht, auch nicht um Lukasch. Er schrie nur Markéta zu, die als Erste den Weg zum Torbogen erreicht hatte, dass Lukasch hier liege und sie sich um ihn kümmern solle. Markéta schrie auf und stürzte auf Lukasch zu, aber das sah Marek nur noch aus den Augenwinkeln. Er rannte schon über den Rasen unter den Bäumen hindurch, an der Skulptur Libussas und Přemysls vorbei, weiter über die vom Mond schwach erhellte Rasenfläche. Dann machte es wieder »Klick«, so wie letzte Nacht im Dom, als die Beleuchtung außen erloschen war, und auch hier stellten die Scheinwerfer, welche die Peter-und-Paul-Kirche erleuchtet hatten, ihren Dienst ein. Aber Marek hatte noch gesehen, dass die beiden Männer und mit ihnen der weiße Arm an der Kirche und dem Friedhof entlangrannten und links in das Sträßchen einbogen, das nach unten in die Stadt und zum Moldauufer führte. Marek hastete nach links und musste aufpassen, denn der Weg war holprig und ungleichmäßig gepflastert und führte leicht bergab. Der weiße Arm verschwand hinter einer Rechtskurve, dann folgten schmale Treppen. Marek sah Pavlas blonden Haarschopf im Licht der gelben Lampen aufleuchten.

Zu einer anderen Zeit, in einer anderen Situation wäre es hier oben auf diesem abschüssigen Treppchen, beleuchtet von einer gelben, warmen Laterne, anheimelnd und romantisch gewesen, und man hätte sich unter dem Torbogen, der die Kasematten durchbrach, wunderbar küssen können. Marek fragte sich, wie er auf diesen unangebrachten Blödsinn kam und wen um alles in der Welt er hätte küssen sollen, obwohl er das im Grunde genau wusste. Spätestens seit fünf Minuten wusste er es ganz genau, seit er hinter den beiden Schurken herhechtete, die Pavla hatten. Pavla, die nichts mehr mitbekam, die sie mit irgendetwas Scheußlichem betäubt und dann weggeschleppt hatten.

Mareks Schritte hallten laut in dem Durchgang, und er überlegte sich, ob er nicht schreien sollte, laut schreien, um die Bewohner aufzuwecken – aber hier oben wohnte niemand. Er musste wohl noch zweihundert Meter laufen, dann würden rechts und links Wohnhäuser auftauchen, unterhalb der alten Festung, die nur noch aus Mauerresten und den Kasematten bestand, die jetzt bereits hinter ihm aufragten. Der Weg führte nach dem Durchgang wieder nach rechts und war nun eine richtige Straße. Die beiden hasteten mit ihrer Beute weiter, und Marek glaubte schon, er könne sie einholen, aber er hatte sich noch gar nicht überlegt, was er dann tun solle. Beide niederschlagen, dazu war er nicht in der Lage, zum Schreien, so fürchtete er, hatte er kaum noch Luft. Die Polizei rufen. Genau. Aber dazu hätte er stehen bleiben müssen und das ging auf gar keinen Fall. Er musste doch wissen, wo die Gauner Pavla hinbrachten, sonst nützte die Polizei gar nichts.

Sei es, dass Marek durch seine Überlegungen abgelenkt war, sei es, dass sich zwischen den Pflastersteinen Öl oder eine andere Flüssigkeit gesammelt hatte, Marek stolperte jedenfalls und schlitterte auf der abschüssigen Straße ein Stück nach unten, schürfte sich die Hände und Unterarme auf. Er schrie und fluchte und rappelte sich so schnell es ging wieder hoch, sah aber nur noch, dass Pavlas Kopf links in einem weiteren Torbogen verschwand. Marek stand wieder, aber das Laufen ging nicht mehr so gut wie zuvor, er keuchte, musste nach Luft schnappen und zog das rechte Bein etwas nach. Jetzt hatte er sich doch den Knöchel verstaucht.

Mühsam humpelte er weiter, kam durch die Unterführung und sah, dass einige Meter weiter vorne unter einer der wenigen Laternen in der stillen Straße ein weißer Umzugswagen stand.

Einer der beiden Männer stand hinten und hatte eine der Türen zum Laderaum aufgerissen. Marek sah, wie Pavlas Hand in die Luft geworfen wurde. Dann schlug die Tür zu, und der Gauner blickte sich kurz um, sein Blick traf Mareks, und obwohl Marek noch etwa zwanzig Meter entfernt war und die Lampe nicht allzu viel Licht gab, glaubte er doch Milosch zu erkennen. Marek war so verblüfft, dass er zögerte, und das raubte ihm wertvolle Sekunden. Schreien hätte jetzt nichts mehr genutzt, zumal der Transporter mit röhrendem Gebrüll startete, Milosch, wenn er es war, zur Beifahrerseite stürzte und hineinsprang.

Kennzeichen, dachte Marek, Kennzeichen. Er humpelte auf den Wagen zu, hinter dessen verschlossener Tür Pavla lag. Der setzte sich hüpfend in Bewegung. Aber da war kein Kennzeichen. Das Nummernschild war dreckverschmiert und deshalb nicht zu erkennen.

Dann sah Marek das Taxi. Es musste in den letzten Minuten die Straße von der Moldau hochgekommen sein und links vor dem Hotel Simuku gehalten haben. Aus dem Fond des Taxis wuchteten sich nun zwei schwankende Gestalten. Der Kastenwagen machte einen Satz und rumpelte an dem Taxi vorbei, die Straße zur Moldau hinunter. Marek stürzte, so schnell es mit seinem schmerzenden Knöchel ging, auf den gelben Škoda zu, nahm dem späten Fahrgast die Tür aus der Hand, an welcher der sich noch festklammerte, und warf sich auf den Rücksitz. Dann besann er sich auf seine Höflichkeit.

»Guten Abend, sind Sie noch frei?«

Der Taxifahrer, ein älterer Mann, musterte Marek im Rückspiegel.

»Seit ungefähr einer halben Sekunde.«

Marek drehte sich um und sah den Umzugswagen, der sich flott den Berg hinunterbewegte.

»Folgen Sie bitte dem Wagen da!«, rief Marek und zeigte mit dem Finger nach hinten.

»Wie belieben?«

»Dem Wagen«, stöhnte Marek verzweifelt. »Fahren Sie dem Wagen hinterher. Bitte!«

»Und warum?«

Marek gab auf.

»Da sitzt die Prinzessin drin. Sie wurde gerade entführt.«

»Aha«, sagte der Taxifahrer und wandte sich vom Rückspiegel ab und Marek direkt zu. »Und Exzellenz gedenken die Prinzessin nun zu befreien und anschließend auf einem hübschen, weißen Schloss Hochzeit zu halten.«

»Sie haben es erfasst«, erwiderte Marek und lächelte charmant.

»Ja dann«, erwiderte der Taxifahrer gleichmütig, wendete den Wagen und bretterte die abschüssige Straße hinunter.

Marek war der Blick des Taxifahrers unangenehm und er rutschte auf der ledernen Rückbank hin und her und wusste nicht so recht, wohin mit sich. Er wandte sich wieder um und sah durch die Heckscheibe. Die Rücklichter des Kastenwagens verschwanden gerade nach rechts.

»Gymnasiast?«, fragte der Taxifahrer.

»Bitte?« Marek wandte verwirrt den Kopf nach vorne. »Äh, ja.«

»Und sonst steht nichts an? Außer, die Prinzessin zu befreien?«

»Nein, nein, sonst ist alles in Ordnung«, erklärte Marek rasch. »Der Umzugswagen da, er ist gerade nach rechts abgebogen.«

»Habe ich auch gesehen«, brummte der Taxifahrer, schrammte nach links, bremste abrupt, sodass Marek nach vorne fiel, rammte den ersten Gang ins Getriebe und raste dem Wagen mit Pavla nach, der gerade unter der Bahnunterführung hindurchfuhr.

Marek ließ sich in den Sitz sinken. Es war ihm angenehmer, nach vorne zu schauen und dem prüfenden Blick des Taxifahrers nicht ausgesetzt zu sein. Alles in Ordnung ist gut, dachte er. Und er versuchte zu rekapitulieren, was in den letzten Tagen passiert war. Die Krone musste an ihrem Platz sein, davon war er überzeugt, andernfalls würden Tausende von Polizisten Prag auf den Kopf stellen, um sie zu finden. Auch wenn sein Vater ein Meister des Verschweigens war, so hätte Marek doch ein Zucken, irgendein Zeichen in seinem Gesicht bemerkt, das ihm gezeigt hätte, dass etwas mit der Krone nicht stimmte. Trotzdem rannten sie seit drei Nächten durch Prag, weil ein paar seltsame Gespenster und sonstige Erscheinungen ihnen einredeten, dass die Krone verschwunden sei und dass dies etwas mit Heydrichs Gespenst zu tun habe. Aber warum hatte Milosch, und Marek war sich sicher, dass einer der Entführer der Kellner gewesen sein musste, warum hatte er Pavla entführt? Und der zweite Mann? Wer war der zweite gewesen? Marek versuchte sich zu erinnern und rief sich jede Kleinigkeit der letzten Minuten ins Gedächtnis, aber er hatte den zweiten nur von hinten gesehen und es war dunkel gewesen.

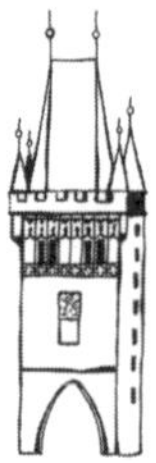

Zwischen den Bäumen

Václav sah Baras schlanke Gestalt über den Rasen tänzeln, sie hatte Aneta im Blick und die wiederum Markéta. Es konnte überhaupt nichts passieren. So groß war der Park auch nicht. Sie würden stets miteinander verbunden sein, und wenn wirklich etwas Unvorhergesehenes geschah, hatten sie immer noch ihre Mobiltelefone.

Die Nacht war warm, und Václav genoss den lauen Wind, den Duft des frisch gemähten Rasens und der Blumen, die Sterne, die über ihm funkelten, den matten Schein der Lampen rund um den Park mit den Skulpturen von Josef Myslbek.

Václav war überzeugt, dass die Krone nicht dort war, wo sie hingehörte. Er war sich sicher, dass irgendjemand sie hatte, der sie nicht haben durfte. Auch wenn Marek behauptete, sie könne nicht gestohlen worden sein, da dies ja hätte bemerkt werden müssen. Václav konnte sich das auch nicht erklären, aber anders als Pavla glaubte er nicht daran, dass Heydrichs Gespenst sie hatte, obwohl ihnen genau das die anderen Geister ständig einreden wollten. Es müssen Menschen etwas damit zu tun haben, dachte Václav, wieso hätte Heydrichs Gespenst sonst so lange gewartet? Es hatte über sechzig Jahre Zeit gehabt, die Krone zu stehlen, warum ausgerechnet jetzt? Andererseits hatte man die Krone seit Jahren nicht mehr gezeigt. Ob die sieben Herren ab und an nachsehen gingen, ob sie noch da war? Und wer wusste schon, welches Zeitempfinden diese Geister hatten. Aber dann schüttelte Václav den Kopf. Er wusste noch nicht wie, aber es mussten Finger aus Fleisch und Blut sein, die sich der Krone bemächtigt hatten.

Er schreckte hoch, weil rechts von ihm Schatten an der Mauer der Kirche auftauchten. Da haben wir doch gar nichts zu suchen, dachte Václav. Die Scheinwerfer, welche Peter und Paul anstrahlten, gaben genug Licht. Václav unterschied relativ deutlich zwei dunkle Gestalten. Er blickte unschlüssig nach links, dort schlenderte Bara langsam und elegant den Kiesweg entlang.

Was sollte schon schiefgehen? Er wollte wissen, wer sich dort mitten in der Nacht an der Mauer der Kirche herumtrieb.

Václav lief lautlos über den Rasen. Das frisch gemähte Gras war feucht vom Tau der Nacht und dämpfte seine Schritte. Einer der beiden Männer, denn im Näherkommen sah Václav ganz deutlich, dass es Männer waren, war für eine Nacht auf dem Vyšehrad recht ungewöhnlich gekleidet – obwohl man ja nicht eindeutig sagen konnte, was man um Mitternacht auf dem Vyšehrad tragen sollte –, aber der dreiteilige vornehme Anzug und die Lackschuhe schienen Václav doch recht deplatziert. Der zweite trug ein dunkles Shirt, dessen Kapuze er tief in die Stirn gezogen hatte, sodass Václav sein Gesicht nicht sehen konnte. Er war recht kräftig, fast zwei Köpfe größer als der erste und beugte sich zu diesem hinunter. Etwas an der Haltung, an der Figur des Großen erinnerte Václav an jemanden. Aber er kam nicht darauf, an wen. Wenn ich nur sein Gesicht sehen könnte, dachte Václav und wandte sich wieder dem elegant Gekleideten zu. Der redete weiter auf den Großen ein, und es schien nichts Angenehmes zu sein, was er ihm zu sagen hatte, denn der Kräftige senkte schuldbewusst den Kopf. Václav hätte zu gerne gehört, was die beiden da mitten in der Nacht zu bereden hatten, aber er stand viel zu weit entfernt und näher heran wagte er sich nicht.

Dann aber duckte sich Václav abrupt hinter einen Baum, denn rechts vom Tor hörte er den Kies knirschen. Er lugte hinter dem Stamm hervor und sah einen Mann auf die beiden Gestalten zurennen. Der Elegante löste sich von der Mauer und trat dem Herankeuchenden entgegen.

Und den erkannte Václav sofort, obwohl auch er ein dunkles Kapuzenshirt über seinem Kellnerdress trug – es war Milosch. Was soll das denn werden?, dachte Václav und ärgerte sich, dass er nichts, aber auch gar nichts von dem verstand, was da gesprochen wurde. Václav kauerte sich hinter dem Stamm zusammen, denn der Elegante hatte sich mit einer knappen Handbewegung von den beiden Kapuzenshirts verabschiedet und lief nun viel schneller, als es zu seinem Anzug passte, zurück zum Leopoldstor. Die beiden anderen setzten sich ebenso flott in die andere Richtung in Bewegung, genau auf die Mauerreste zu, hinter denen Pavla auf den Geist warten sollte.

Václav wusste im ersten Moment nicht, was er tun sollte. Was wollten die beiden Kerle an dem Platz, an dem Pavla sich mit dem Gespenst treffen sollte? Was hatte der Herr im Anzug damit zu tun?

Als sich Václav bewegte, waren die beiden Männer in der Dunkelheit verschwunden, und er hechtete nach links über den Rasen, um Baras Spur zu folgen. Das klappte auch, nach wenigen Minuten sah er ihre schlanke Gestalt leichtfüßig den Weg entlangtänzeln.

Und dann ertönte ein greller Pfiff, Bara begann zu rennen, weit vorne zwischen den Bäumen bewegte sich etwas schemenhaft, aber Václav konnte nicht genau erkennen, was es war. Er stürzte Bara hinterher, dann hörte er Markéta schreien, und als er endlich Bara und selbst Aneta eingeholt hatte, kniete Markéta auf dem Rasen. Vor ihr lag jemand.

»Lukasch!«, schrie Markéta. »Lukasch!«

Sie nahm seinen Kopf vorsichtig in die Hände und bettete ihn auf Anetas und Baras Jacken. Václav richtete den Strahl seiner Taschenlampe auf Lukasch und bemerkte entsetzt, dass Lukaschs Gesicht blutverschmiert war. Aneta schüttete ihren Rucksack aus, holte Jod und Taschentücher hervor und begann sanft Lukaschs Gesicht abzuwischen. Václav kauerte sich neben ihn und strich ihm über die Stoppeln auf seinem Kopf. Lukasch stöhnte und öffnete die Augen.

»Soll ich einen Krankenwagen rufen?«, fragte Václav. Lukasch schüttelte den Kopf und richtete sich auf.

»Pavla«, stieß er hervor, und dann erzählte er stockend und hastig von den beiden Männern, die an ihm vorbei in den Durchgang gestürzt seien. Einer der beiden habe auf dem Rückweg die ohnmächtige Pavla auf den Schultern weggetragen. Er habe sich ihnen in den Weg gestellt, und ohne dass ein Wort gefallen sei, habe ihn der eine, der recht Kräftige, einfach mit der Faust niedergeschlagen.

»Das war der Wirt«, fügte Lukasch noch hinzu.

»Welcher Wirt?«, fragte Václav verständnislos.

»Na, der aus dem Fischklub, der dir die Zeitung weggenommen hat!«

Jetzt begriff Václav, warum ihm irgendetwas an der Haltung, an der Gestalt des Großen bekannt vorgekommen war.

»Und wo ist Marek?«, fragte Václav.

Lukasch schüttelte den Kopf.

»Der ist den beiden Kerlen, die Pavla hatten, hinterher«, antwortete Markéta. »Sie sind quer über den Rasen zur Kirche, aber mehr habe ich nicht gesehen, weil ich mich um Lukasch kümmern musste.«

»Lukasch muss zum Arzt«, erklärte Aneta bestimmt. »Die Augenbraue muss genäht werden, die ist geplatzt, und auch die Lippe muss sich jemand ansehen.«

Václav nickte, während Lukasch den Kopf schüttelte. Aber das half ihm nichts. Aneta wollte Ärztin werden, und die Freunde glaubten ihr sofort, wenn sie sagte, dass jemand zum Arzt gebracht und dass dies oder jenes getan werden müsse.

Markéta beschloss, Lukasch mit Anetas Hilfe zum Kongresszentrum zu bringen und dort ein Taxi zu rufen. Václav wollte noch im Park bleiben und versuchen Mareks Spur zu finden.

»Ich bleibe bei dir«, sagte Bara, »vielleicht ruft Marek ja an, weil er Hilfe braucht.«

»Sollten wir nicht die Polizei holen?«, fragte Markéta.

Václav überlegte. Pavla war entführt worden. Krone hin oder her. Trotzdem – er wollte noch ein wenig ohne Polizei weitermachen. Er hatte das Gefühl, dass sie …

»Die kann auch nichts machen«, sagte er laut. »Die Polizisten wissen doch auch nicht, wo die beiden Schurken Pavla hingebracht haben.«

»Aber wir haben den Wirt erkannt«, konterte Markéta.

»Und ich Milosch«, ergänzte Václav.

Die übrigen vier starrten ihn verwundert an, und Václav erzählte rasch, dass er seinen Posten verlassen und die drei Männer vor der Kirche beobachtet habe.

»Wir warten, bis Marek sich gemeldet hat, dann können wir die Polizei immer noch anrufen.«

Markéta zuckte mit den Schultern und dann schleiften sie und Aneta den leise protestierenden Lukasch durch den Park zum Kongresszentrum.

»Und wer war der dritte Mann?«, fragte Bara.

Václav beschrieb ihn so gut es ging, und während er das tat, kam es ihm so vor, als kenne er den dritten Mann, aber das war ja unsinnig. Wieso sollte er ihm nun, da er ihn gar nicht sah, bekannt vorkommen?

Bara lief neben Václav her über den Rasen. Sie kamen zu der Straße, die am Friedhof vorbei unter den Kasematten hindurch zur Moldau führte, und beschlossen dort entlangzugehen. Es gab sowieso nur zwei Wege auf den Festungsberg. Entweder über das Kongresszentrum oder vom Moldauufer den alten Weg nach oben. Wie Marek folgten sie der Straße nach rechts, stolperten die schmale Treppe hinunter, durch das Tor unter den Kasematten hindurch, und schritten über das holprige Pflaster zu der Stelle, an der Marek gestürzt war.

»Sieh mal!«, rief Bara und bückte sich.

Václav ging neben ihr in die Hocke und starrte auf das Ding, das Bara inzwischen vom Boden aufgehoben hatte. Mareks Mobiltelefon.

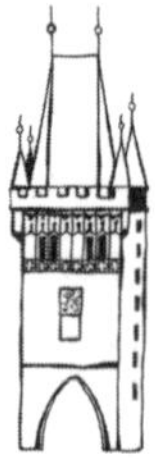

Das Turmzimmer

Der Zug dröhnte durch Pavlas Kopf. Die Wagen ratterten hindurch, rumpelten, Pavla spürte den Boden unter sich vibrieren. Sie fuhr in die Ferien nach Bulgarien, ans Schwarze Meer. Bestimmt saß sie in einem gepolsterten Waggon und schlief, schlief den freien, heißen Tagen am Strand entgegen. Aber dann war nur noch Stille, das Rauschen der Bahn verklang in der Ferne, doch Pavla lag immer noch da. Sie fasste mit der Hand an ihre Stirn. Ihre Hand war kühl, die Stirn heiß. Ich habe mich erkältet, dachte Pavla, ich liege in meinem Bett und bin krank. Und sie versuchte sich umzudrehen, aber das funktionierte nicht richtig. War sie so schwer geworden oder stimmte etwas mit dem Bett nicht? Ihr Rücken schmerzte, es gelang ihr nicht, sich zur Seite zu hieven. Das, was unter ihr lag, war hart und widerstand ihren Bewegungen. Aufwachen, befahl sich Pavla, aufwachen. Wenn du die Augen offen hast, wird es dir besser gehen. Millimeterweise, so kam es Pavla vor, ruckten ihre Lider nach oben, und es dauerte noch eine Weile, bis sie begriff, was sie im schemenhaften Licht sah.

Balken, weit über ihr, Holzbalken, Querverstrebungen, dickere und dünnere Balken. Ein Gewirr aus übereinander- und ineinandergeschobenem Holz, nach oben spitz zulaufend. In der Dunkelheit lösten sich die Konturen und weit über ihr war nur noch Schwärze. Dann kam der Zug wieder. Dröhnte, rumpelte, brachte den Boden zum Zittern. Ratterte weiter, aber das kannte Pavla schon, und verklang. Pavla bewegte den Kopf nach links, dort kam das Licht her. Ein Fenster, schräg in den Dachstuhl eingelassen, und am Himmel stand ein Mond, der seine Strahlen in das seltsame Zimmer sandte, in dem Pavla auf dem blanken Parkett lag. Das hatte sie nun begriffen. Pavla stützte sich mühsam mit dem rechten Arm ab und versuchte ihren Oberkörper aufzurichten. Es war schmerzhaft, jeder Wirbel tat weh, und in ihrem Gehirn dröhnte es, als ob sämtliche Vorortbahnen Prags hindurchrumpelten. Pavla keuchte und wollte zumindest auf die Knie kommen. Dann hockte sie minutenlang auf den gefleckten Bohlen und wartete darauf, dass die Schwärze vor ihren Augen verschwand. Sie atmete tief ein und aus, was in dieser Körperhaltung alles andere als einfach war. Aber dann gelang es ihr, sich aufzurichten, und schließlich stand sie, die Hand auf einen der vielen Balken gepresst.

Pavlas Augen hatten sich an das schemenhafte Licht gewöhnt, das der Mond und, wie sie nun begriff, auch eine Neonleuchte in das Balkenzimmer sandten. Einen Raum dieser Art hatte Pavla noch nie gesehen. Seine Form war schon kaum zu benennen. Achteckig oder doch eiförmig? Alles war aus Holz, der Boden und die Wände. Und überall diese Balken, als Pfeiler, als Säulen und Querverstrebungen. Der Raum musste unmittelbar unter einem Dach sein, ein ausgebauter Speicher. Vor Pavla ragte eine Art Schiffsbug dreieckig in den Raum und dort oben war wohl ein Balkon, ein Balkon mitten im Zimmer. Links von Pavla neben dem großen Fenster, in dessen Ausschnitt die Neonleuchte schaukelte, wand sich eine schmale Treppe in ein

Türmchen. Pavla schwankte auf die Treppe zu, dort war es heller. Sie blickte aus dem Fenster und begriff, dass die Neonleuchte über einer Straße schwebte. Das Treppchen führte in ein kreisrundes Zimmer, es war wirklich kreisrund, weder achteckig noch eiförmig. Rundherum gab es Fenster und es war fast taghell. Pavla blickte aus den Fenstern, die auf die Straße führten. Sie konnte weit über die Stadt blicken. Direkt vor dem Fenster führte die Eisenbahntrasse vorbei, und Pavla wusste jetzt, wie der Zug in ihren Kopf gekommen war. Weiter hinten, hinter dem Mond, ragte ein Gewirr von Stangen und Drähten empor. Wo sie war, wusste Pavla nun auch: in der Nähe des Prager Hauptbahnhofs.

Ihr fiel das Gespräch mit Libussa wieder ein, das so abrupt unterbrochen worden war, und die brutale Hand auf ihrem Mund, der widerliche Gestank, den sie eingeatmet hatte. Und dass Libussa ihr hatte sagen wollen, wo sich die Krone befand, aber dazu leider nicht mehr gekommen war.

Pavla fuhr sich über die Stirn, ihr Kopf schmerzte immer noch, auch ihr Rücken, aber sie fühlte sich kaum noch benommen und konnte nachdenken. Darüber, warum sie hier war, darüber, wer der Mann (oder waren es mehrere?) gewesen war. Darüber, was mit Marek und den Übrigen passiert sein mochte. Ihr Telefon. Pavla wühlte in ihrer Jeansjacke, aber das war sinnlos. Wer auch immer sie hier in dieses merkwürdige Holzzimmer gebracht hatte, hatte ihr bestimmt das Telefon abgenommen. Pavla überlegte, ob sie den unteren Raum durchsuchen sollte. Vielleicht hatten ihre Entführer es in eine Ecke geworfen, weil sie überzeugt davon waren, dass sie so bald nicht aufwachen würde. Wie spät war es überhaupt? Aber auch das wusste Pavla nicht, sie trug schließlich nie eine Uhr.

Das kreisrunde Turmzimmer gefiel ihr, auch wenn ihr in dieser Situation eigentlich überhaupt nichts gefallen durfte. Sie sah sich um. Es gab keine Möbel in dem Raum, nur ein Brett, das unterhalb der Fenster rundherumlief. Natürlich war es aus Holz wie der Boden. Es war so breit, dass man darauf schreiben oder auch essen konnte. Der einzige Gegenstand, den Pavla entdeckte, war ein Abfalleimer, der unter die Holzverkleidung des Fensterbretts geschoben war. Pavla holte ihn hervor, was hätte sie auch sonst in diesem leeren Raum tun sollen? Nach unten wollte sie nicht gehen, dort war es so dunkel.

Sie stellte den Eimer auf das Fensterbrett und räumte ihn aus. Der Kübel war aus Plastik, das Einzige in dieser seltsamen Wohnung, was nicht aus Holz war. Zum Vorschein kamen leere Bierflaschen der Marke Staropramen, Zigarettenkippen, gebrauchte Taschentücher und ein Stück Papier, noch ein Stück Papier, viele Stücke Papier. Insgesamt sechs. Jemand hatte einen größeren Bogen zerrissen und in den Abfalleimer gesteckt. Als Pavla sie aneinanderhielt, bemerkte sie, dass man sie leicht wieder zusammensetzen konnte und dass auf dem Papier eine Art Plan aufgezeichnet war. Es gab, soweit Pavla das mit ihrem noch immer dröhnenden Kopf und beim Schein des Mondes erkennen konnte, Treppen und Gänge, Türme und Zimmer. Ein Plan dieser Wohnung? Aber die Treppen und Gänge, die Säle und Türme erinnerten sie an etwas anderes. Sie kam nicht darauf, woran. Und weil sie ein Geräusch hörte, das wie das Schlagen einer Tür klang, stopfte sie die sechs Papierstücke in ihre Jeansjacke, räumte mit einer Bewegung ihres Arms den Abfall zurück in den Eimer und rutschte die Wendeltreppe nach unten.

Ein Taschenlampenkegel irrlichterte durch den Raum.

Holte Balken und Verstrebungen aus der Dunkelheit, untertassengroß, wanderte über den Boden. Der Lichtstrahl kam von der Balustrade, von jenem Schiffsvorderteil, das in den Raum ragte. Eine halblaute Stimme zischte Flüche und dann vernehmlicher: »He, wo bist du? Na los, gib Antwort!«

Pavla wusste, dass nur sie gemeint sein konnte und dass es nur noch Sekunden dauern würde, bis der Lichtstrahl sie erfasst hatte, aber trotzdem brachte sie keinen Laut hervor. Am liebsten wäre sie einfach auf der untersten Stufe der schmalen Wendeltreppe sitzen geblieben und hätte niemals mehr auch nur einen Ton von sich gegeben. Sie wünschte sich weg, weit weg von diesen Männern und dem, was sie von ihr wollten.

Ein Lichtstrahl traf Pavlas Stirn, sie blinzelte geblendet. Den Mann dort oben hatte sie im diffusen Licht des Mondes nicht erkennen können, auch die Stimme kam ihr nicht bekannt vor und nun sah sie ihn ohnehin nicht mehr. Pavla schloss die schmerzenden Augen.

»Was machst du da?«, ertönte die Stimme wieder, mit mühsam unterdrücktem Zorn. »Warum sagst du nichts?«

»Mir ist schlecht«, erwiderte Pavla und das war nicht gelogen.

Der Mann schnaubte. Pavla spürte, dass er weder Zeit noch Geduld hatte und dass seine Nerven blank lagen.

»Wir tun dir nichts«, sagte der Mann und seine Stimme sollte sanft klingen. »Wir wollen nur etwas von dir wissen.«

Wir? Ja klar, einer allein hätte sie wahrscheinlich nicht den Vyšehrad nach unten schleppen können. Obwohl? So schwer war sie auch wieder nicht. Und Marek und die anderen? Warum hatten sie nicht eingegriffen? Warum hatten ihre Freunde sie nicht befreit? Wie viele von diesen Kerlen waren denn an ihrer Entführung beteiligt gewesen? Hatte es eine Schlägerei gegeben? Hatten sich ihre Freunde dabei verletzt?

»Hör zu«, die Stimme vibrierte vor Ungeduld, »wir wollen nur eines wissen. Hörst du zu?«

»Ja«, krächzte Pavla.

Der Mann räusperte sich, ehe er wieder sprach.

»Wo ist die Krone?«

Pavla glaubte im ersten Moment, sie hätte sich verhört. Langsam kroch die Frage vom Gehörgang in ihr Gehirn. Was um alles in der Welt sollte das? Hatten diese Männer sie entführt, um ausgerechnet sie zu fragen, wo sich die Krone befand?

»Hast du mich verstanden?«, brüllte der Mann und fuchtelte mit der Taschenlampe herum.

»Ja, ich habe Sie verstanden!«, krächzte Pavla. Ihre Stimme hatte sich von all dem, was Pavla in den letzten Stunden – waren es Stunden? – widerfahren war, immer noch nicht erholt.

»Aber ich weiß es nicht. Ich weiß nicht, wo sie ist!«

»Ihr sollt sie doch zurückholen, oder?«

Woher wusste er das?

Und als hätte der Fremde ihre Gedanken gelesen, brüllte er zur Antwort: »Ihr habt Kontakt zu diesen, zu diesen … Und die haben euch erzählt, wo die Krone ist.«

Waren sie beschattet worden? Hatten die Männer ihre Gespräche mit den Gespenstern belauscht? Aber dann müssten sie doch gehört haben, dass Libussa die entscheidenden Sätze nicht gesagt hatte.

»Antworte!«

Ja doch, ja. Pavla überlegte fieberhaft. Irgendetwas musste ihr einfallen, irgendetwas, damit ihr der Choleriker dort oben auf der Balustrade glaubte, dass sie keine Ahnung davon hatte, wo sich die Krone befand. Wenn sie ihn davon überzeugen konnte, dann würde er vielleicht von ihr ablassen.

Was hatte Marek heute Abend von seinem Vater erzählt?

»Wir ...«, Pavla schluckte.

»Was?«, brüllte der Mann auf der Balustrade hysterisch.

»Wir gehen inzwischen davon aus ...« – wo hatte Pavla bloß diesen Satz her? Aber er kam gut aus ihr heraus und er beruhigte sie selbst.

»Wir gehen inzwischen davon aus«, wiederholte sie, weil ihr die Formulierung so gefiel, »dass die Krone nach wie vor an ihrem Platz in der Kronkammer ist. Mareks Vater ist bei der Polizei, und er ist überzeugt davon, dass die Krone nicht gestohlen wurde.«

»Polizei«, hörte sie noch. Es klang nicht mehr hysterisch, sondern ziemlich kleinlaut. Dann wurde eine Tür zugeschlagen.

Pavla rutschte von der letzten Stufe der Wendeltreppe auf den Boden, barg das Gesicht in den Händen und schluchzte.

Im Treppenhaus

Das Taxi hielt in einer unbeleuchteten Nebenstraße. Marek hatte den Fahrer gebeten, an dem weißen Kastenwagen vorbei und um die nächste Ecke zu fahren. Der schaltete nun die Innenbeleuchtung ein und musterte Marek im Rückspiegel.

»Alles in Ordnung, Exzellenz?«

»Bestens«, erwiderte Marek, »ausgezeichnet!«

Marek wandte sich ab, um sein Portemonnaie aus der Hosentasche zu ziehen.

Der Taxifahrer brummte und ließ Marek nicht aus den Augen.

»Hundertachtundvierzig Kronen, Exzellenz!«

Marek seufzte, die Summe hatte er gerade noch und sie hätte für die nächste Woche reichen sollen. Ohne ihn anzusehen, drückte er dem Fahrer einen Schein und eine Menge Münzen in die Hand.

»Soll ich bei der Befreiung der Prinzessin behilflich sein? Oder für eine weitere Fahrt zur Verfügung stehen?«

»Nein, nein«, sagte Marek schnell. »Das schaffe ich. Wir … wir kommen dann schon nach Hause.« Hoffentlich, dachte er.

Marek schwang sich aus dem Taxi und rannte zur Hauptstraße zurück. Hinter sich hörte er den Motor des gelben Škoda anspringen.

Vorsichtig lugte er um die Ecke. Der Kastenwagen stand direkt unter einer Neonleuchte, die über der Straße schaukelte. Kein Mensch weit und breit.

Das Haus, vor dem der Wagen geparkt hatte, war mehrere Stockwerke hoch und höchst auffällig gebaut. Erker und Balustraden, neben dem Dach ragte ein runder Turm in den sommerlichen Nachthimmel. Marek umrundete den Kastenwagen, aber das dreckverschmierte Kennzeichen konnte ihm egal sein. Er hatte die Adresse. Das heißt, nicht ganz. Marek spurtete die Straße hinunter zur nächsten Kreuzung, so schnell sein schmerzender Knöchel das zuließ, und starrte auf das Straßenschild. Ein Zug donnerte unmittelbar über ihm vorbei. Seltsame Gegend hier, hinter dem Bahnhof. Und das Haus lag zwischen zwei Eisenbahntrassen. Wer da nachts schlafen kann … Los jetzt, Polizei anrufen, Václav anrufen, fragen, wie es Lukasch geht, und dann auf die Polizisten warten. Oder sollte er seinen Vater anrufen? Unsinn! Erstens hatte Marek überhaupt keine Lust, diese Geschichte seinem Vater zu erzählen, zumindest nicht jetzt nachts um drei, außerdem war sein Vater zweihundert Kilometer von Prag entfernt auf der Datscha und schlief oder tapezierte oder reparierte das Dach oder flieste das Bad.

Marek griff in die rechte Innentasche seiner Lederjacke, dann in die linke, in die Außentaschen, in die Jeanstasche, schließlich wühlte er unter seinem Hemd herum, aber da war nichts, nur nackte Haut. Das war doch nicht möglich! Dann fiel ihm sein Sturz auf der Straße vom Vyšehrad zur Moldau wieder ein. Dort musste sein Mobiltelefon liegen.

Was jetzt? Er sah die Straße hinunter, keine Kneipe, nur geschlossene Läden, Eisengitter, nirgends eine Spielothek, obwohl die rund um den Bahnhof recht zahlreich waren, aber das hier war offensichtlich ein ziemlich totes Eck. Zum Bahnhof brauchte er zu Fuß mindestens zwanzig Minuten, wahrscheinlich länger mit seinem pochenden Knöchel. Es sei denn, er erwischte eine Nachtlinie, aber da musste er schon viel Glück haben, die fuhren nur im Stundentakt. Und anschließend müsste er wieder zurück. Aber er wollte von dem Haus nicht weg. Pavla war dort drin, und wer wusste schon, was diese Verrückten mit ihr anstellten. Was sollte das überhaupt? Mitten in Prag auf dem Vyšehrad ein Mädchen zu entführen?

Marek beschloss, in dieses Türmchen- und Erkerhaus zu gehen und Pavla da rauszuholen. Das wäre doch gelacht. Notfalls würde er schreien und Krach machen. Die Bewohner herausklingeln, die würden dann ohnehin die Polizei rufen.

Er lugte vorsichtshalber noch einmal in den Kastenwagen. Leuchtete mit seiner Taschenlampe hinein. Die hatte er nicht verloren. Alte Decken lagen im hinteren Teil, ein Kanister. Auf den Sitzen in der Kabine Brösel, benutzte Taschentücher, leere Coladosen.

Ein schmaler Weg führte von der Straße an dem Türmchenhaus vorbei. Auf der Vorderseite gab es keinen Eingang. Mit einer Hand deckte Marek seine Taschenlampe ab und beleuchtete die Klingelschilder. Sie waren weiß, ohne Namen, das Haus war unbewohnt. Marek holte Luft und drückte mit der Schulter gegen die grün gestrichene Tür. Sie schwang auf. In das Treppenhaus fiel das milchige Licht des Mondes und der Neonleuchte. Es roch nach Farbe und nach Lack. Die Treppenstufen waren zum Teil noch abgeklebt. Auf dem Boden standen Farbeimer und Werkzeuge.

Ein Geräusch wehte heran, dumpf, murmelnd. Marek

beugte sich vor und zuckte zusammen, ein Schlag donnerte durch das Treppenhaus.

Oben, dachte Marek, es kommt von ganz oben. Sacht setzte er einen Fuß vor den anderen und schlich die Treppen hoch. Erster Stock, zweiter Stock. Auf jedem Absatz das Fenster zur Straße, links und rechts Türen und jeweils noch ein Gang, der wohl in einen rückwärtigen Teil des Gebäudes führte. Marek blieb vor jedem Stockwerk auf dem Treppenabsatz stehen und lauschte, aber es war nichts mehr zu hören. Kein Rascheln, kein Murmeln, auch kein Türenschlagen.

Nach fünf Etagen ging es nicht mehr weiter. Das Fenster zur Straße, die Neonleuchte schaukelte davor, rechts eine Tür, links eine Tür. Marek blieb stehen und hielt sich am Geländer fest. Sein Herz pochte, Schweiß stand auf seiner Stirn. Hier konnte er nicht bleiben. Wahrscheinlich waren hinter einer der Türen Pavla und die Entführer. Sobald eine Tür aufging, stand er hier vom blassen Mondlicht beleuchtet wie auf einer Theaterbühne. Der Flur rechts oder links. Marek huschte nach rechts, es war stockdunkel, er stieß gegen etwas Hartes. Es schepperte. Steifgefroren blieb er stehen, biss sich die Lippen blutig, hielt sich das aufgeschlagene Schienbein, lauschte. Atmete hastig. Nichts. Marek tastete sorgsam um sich, Leiter, Eimer, Werkzeug. Vorsichtig ließ er sich auf den Boden nieder und kroch wieder zurück, duckte sich nach unten. So hatte er beide Wohnungstüren im Blick und hoffte nicht gesehen zu werden, falls sich eine öffnete.

Wie lange er dort mit pochendem Knöchel und brennendem Schienbein saß, wusste er später nicht mehr zu sagen. Als er aus seinem Versteck hervorkriechen und an einer der Türen lauschen wollte, klang Gemurmel an sein Ohr. Er duckte sich gerade noch rechtzeitig, als die linke Tür aufgerissen wurde.

Schritte, wieder ein Knall. Die fühlen sich hier wirklich ungestört. Aber dann erinnerte sich Marek an die weißen Klingelschilder. Hier lebte kein Mensch. Und sein Herz begann schneller zu schlagen. Zwei Männer trampelten die Treppe hinunter und zu Marek wehten Fetzen ihres Gesprächs herauf.

»Du hast es doch gehört«, schnaubte der eine. »Die Kleine weiß auch nicht, wo die Krone ist. Diese jungen Leute glauben, sie ist in der Kronkammer.«

»Dann hat Karel die Krone zurückgebracht!«

»Wie, zurückgebracht? Spinnst du jetzt?«

»Wir haben sie nicht. Karel hat sie nicht übergeben, sagt der Boss. Und Karel war der Einzige außer dem Boss, der den Gang kannte.«

»Denk gefälligst dran, was mit Karel passiert ist.«

»Daran denk ich die ganze Zeit, und ich denk auch daran, was der Boss gesagt hat ...«

Den Rest verstand Marek nicht, aber auch von dem, was er gehört hatte, hatte er nichts begriffen. Nur dass diese beiden Kerle, von denen einer Milosch war, den hatte er schließlich auf dem Vyšehrad erkannt, auch nicht wussten, wo die Krone war. Aber die Krone war ihm im Moment völlig egal. Er wollte zu Pavla, wollte wissen, ob es ihr gut ging. Was hatten diese beiden Widerlinge mit ihr angestellt? Unten schlug die Haustür zu, und Marek stürzte aus seinem Versteck auf die Wohnung zu, welche die beiden Schurken verlassen hatten. Aber die Tür hatte ein Schnappschloss und bewegte sich keinen Millimeter, so sehr er auch daran rüttelte.

Wenn ich doch nur mein Telefon hätte!

Marek warf sich gegen die Tür, aber außer dass er sich zu dem pochenden Knöchel und dem brennenden Schienbein noch eine geprellte Schulter zuzog, passierte nichts. Mit seinen Fäusten trommelte er gegen die Tür und schrie Pavlas Namen. Wenn die beiden Gauner mit Pavla geredet hatten, dann hieß das, dass die Betäubung nachgelassen hatte, dass sie wach war. Aber was, wenn die Kerle keine Zeugen wollten? Wenn sie Pavla, ehe sie die Wohnung verlassen hatten …

Marek schob den Gedanken beiseite und hämmerte weiter auf die weiß gestrichene Holztür ein und schrie so lange, bis die Tür aufgerissen wurde und eine schluchzende Pavla vor ihm stand.

Marek fing sie auf und drückte sie an sich, fuhr ihr mit den Händen über das Haar und redete wirres Zeug, küsste sie auch, aber das wusste er später nicht mehr so genau, und er ärgerte sich, dass er sich ausgerechnet daran nicht ganz genau erinnern konnte. Pavla streichelte sein Gesicht, weinte und redete ebenfalls wirres Zeug. Keiner von beiden begriff, was der andere sagte. Sie hielten sich umklammert und rutschten auf das frisch abgeschliffene Parkett. Dort blieben sie erst einmal sitzen und weinten, erschöpft und erleichtert.

Etwas später krochen sie durch die Wohnung und suchten ohne große Hoffnung Pavlas Mobiltelefon. Marek ließ den Strahl seiner Taschenlampe durch die leere Wohnung geistern, die so fremdartig geschnitten war, dass er sich mehrmals fragte, ob sie wirklich für Menschen gebaut worden war.

Pavla und Marek gingen geduckt durch drei Räume, von denen einer dreieckig, der andere fünfeckig war, durchleuchteten eine trapezförmige Küche, die schon fertig eingerichtet war, fanden den Zugang zu dem bugförmigen Balkon, der in den Raum hineinragte, in dem Pavla aufgewacht war. Dort oben unterhalb der hölzernen Brüstung holte der Strahl von Mareks Taschenlampe ein kleines, schwarzes Gerät aus der Dunkelheit. Vor den Bodenfenstern bleichte inzwischen die Nacht aus und die Sterne verloren ihre Leuchtkraft.

Pavla setzte sich neben ihr Telefon auf den Boden und strich mit den Händen darüber.

»Wir sollten die Polizei anrufen«, sagte Marek.

Pavla schüttelte den Kopf.

»Ich weiß nicht«, murmelte sie.

»Du bist entführt worden«, schrie Marek.

»Mir ist doch nichts passiert«, erwiderte Pavla sanft.

»Nichts passiert«, echote Marek und betastete nacheinander seinen Knöchel, sein Schienbein und seine Schulter.

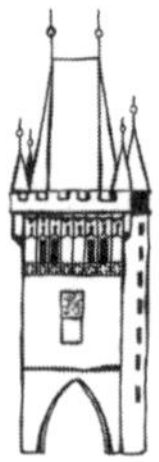

Im Keller

Draußen graute der Morgen, aber hier unten hielt sich noch die Nacht. Die schmalen Fenster unterhalb der Decke ließen kaum Licht in den Gastraum sickern. Die Tische waren trotz der sehr späten Stunde immer noch gut besetzt. Gespräche, Diskussionen, angeregtes Gelächter. Die drei Kellnerinnen schleppten Tabletts mit Biergläsern herum; Schälchen mit Nüssen wurden bestellt, in pikante Marinade eingelegter Käse. Die Musik war laut, aber das war Václav nur recht, so konnte sie kein Unberufener belauschen. Pavla hielt sich an einem Glas fest. Ihr war leicht und wohl, die dumpfe Benommenheit in ihrem Kopf war verschwunden, sie wollte nur noch schlafen, bald, wenn sie mit Marek und Václav das Rätsel der sechs Papierstücke gelöst hatte, die vor ihnen auf dem Tisch lagen.

Marek war nicht sehr daran interessiert, er saß mit halb geschlossenen Augen an der Stirnseite und grummelte vor sich hin. Nur mit Mühe hatte Pavla ihn dazu überreden können, Václavs Vorschlag zu folgen und sich noch in dieser Nacht, aber eigentlich war es schon Morgen, in einer Kneipe in der Innenstadt zu treffen. Zentral gelegen war sie, in einer Nebenstraße des Wenzelsplatzes. Aber dennoch wurde sie nur von Tschechen besucht, die Touristen hatten andere Treffpunkte. Václav hatte sich mit Mareks Mobiltelefon hierher zurückgezogen, nachdem er Bara nach Hause gebracht und sich bei Markéta nach Lukaschs Befinden erkundigt hatte. Dem gehe es gut, lautete Markétas Bericht, er sei im Krankenhaus behandelt worden, die aufgeplatzte Augenbraue sei genäht, die Wunden an der Wange versorgt, Gehirnerschütterung habe er keine. Markéta hatte sich davon überzeugen lassen, wie die übrigen Mädchen und Lukasch nach Hause zu gehen. Aber schlafen könne sie nicht, hatte sie behauptet, bevor sie nicht wisse, was mit Pavla und Marek sei. Nach Pavlas Anruf hatte Václav eine Rund-SMS an die Freunde geschickt und die lagen nun beruhigt in ihren Betten und schliefen sich die Aufregung und Anspannung dieser Nacht von der Seele.

Nur Václav wollte nicht schlafen. Elektrisiert schob er die sechs Papierstücke hin und her, so lange, bis sie seiner Meinung nach richtig lagen. Ausgebreitet bedeckten sie fast vollständig die Länge und Breite des Kneipentisches und der maß mindestens zwei Meter auf einen Meter vierzig. Václav forderte Pavla mit einer Handbewegung auf, mit ihm den Platz zu tauschen, die wankte gehorsam auf Václavs Stuhl zu und ließ sich dort nieder. Václav versank wieder in dumpfes Brüten. Marek überlegte, ob er nicht gleich in dieser Gaststätte seinen fehlenden Schlaf nachholen sollte, lehnte sich zurück und schloss die Augen.

»Der Plan zeigt den St.-Veits-Dom«, sagte Václav schließlich. Marek fand das nicht aufregend genug, um die Augen zu öffnen, aber Pavla folgte fasziniert Václavs Hand, die über die getuschten Linien auf den Blättern huschte und einzelne Teile des Doms bezeichnete. Pavla stand auf und stellte sich hinter Václavs Stuhl, so konnte sie den Erklärungen des Freundes besser folgen.

Hier sei die St.-Wenzels-Kapelle, erläuterte Václav, und

hier die Tür zur Kronkammer. Jene Tür, die nur mit sieben Schlüsseln geöffnet werden kann. Dahinter führe eine Wendeltreppe direkt in den Raum, in dem die Krone, der Reichsapfel und das Schwert der Könige aufbewahrt würden.

»Aber hier!«, rief Václav, und seine Hände flatterten aufgeregt über den Papieren. »Hier ist eine rote Linie, die eigentlich nicht da sein dürfte, und das ist ein Gang, der in das Treppenhaus zur Kronkammer führt. Das heißt, dieser Weg umgeht die Tür mit den sieben Schlössern!«

Pavlas Augen irrten über den Plan, und sie versuchte mit dem Rest von Konzentration, der ihr nach dieser Nacht noch geblieben war, nachzuvollziehen, was Václav meinte. Marek hatte jetzt die Augen aufgeschlagen, war aufgesprungen, hatte sich neben Pavla gestellt und blickte über Václavs linke Schulter auf den Plan.

»Da!«, rief Pavla. »Dieser rote Strich zieht sich hier nach links und führt wieder hinunter. Was bedeutet das?«

Václav beugte sich über die Blätter, versank wieder in tiefes Nachdenken.

»Seht ihr«, murmelte er nach einer Weile. »Hier ist das Treppenhaus, das in die Kronkammer führt. Gegenüber, also auf der anderen Seite der Goldenen Pforte, ist noch ein Treppenhaus. In dieses Treppenhaus, das ich noch nie gesehen habe, ist die rote Linie eingezeichnet, die windet sich nach oben und dann diesen Gang entlang. Der Gang führt in das Treppenhaus, das die Wenzelskapelle mit der Kronkammer verbindet. Aber wenn man diesem Gang folgt, kann man die Tür mit den sieben Schlössern umgehen und trotzdem zur Krone gelangen.«

Alle drei atmeten ein und aus und ein und aus, nahmen einen Schluck, versuchten weiter zu atmen und zu begreifen, was dieser Plan bedeutete. Das war nicht allzu schwer, schwer war nur, es zu glauben. Zu glauben, dass es einen Weg gab, an die Krone zu kommen, ohne mit den sieben Schlüsseln die sieben Schlösser zu öffnen. Aber nur so ließ sich erklären, dass noch niemand das Fehlen der Krone bemerkt hatte. Die Tür war unversehrt, es gab keine Spuren eines Einbruchs. Nicht zu erklären war dagegen, warum die Verbrecher hinter ihnen her waren, warum sie geglaubt hatten, dass Pavla wusste, wo die Krone versteckt war.

In Mareks Kopf hallte das Wort »Gang« wieder. Er bat Pavla um einen Stift, die hatte keinen, aber Václav kramte einen aus seiner Jacke. Marek griff nach einem Bierdeckel und schrieb in fliegender Hast das Gespräch zwischen Milosch und dem Wirt auf. Denn dass der zweite Mann, der Pavla entführt hatte, der Wirt aus dem Fischklub war, hatte Václav ihm erzählt. Lukasch hatte ihn schließlich erkannt, ehe er niedergeschlagen worden war.

Václav starrte auf Mareks etwas krakelige Schrift und stieß einen Pfiff aus.

Pavla strich sich über die Stirn; sie kam nicht mehr ganz mit. Das Betäubungsmittel, die Müdigkeit, die überstandene Angst; Mareks Buchstaben auf dem Bierdeckel tanzten vor ihren Augen, die Striche auf dem Plan bewegten sich nach links und nach rechts. Marek packte sie und setzte sie auf seinen Stuhl, strich ihr über das Haar und fragte, ob er Kaffee bestellen sollte. Pavla schüttelte den Kopf; es gehe ihr schon wieder gut, aber sie verstehe nichts mehr.

Václav nickte verständnisvoll und erklärte, wie Mareks Erzählung mit dem Plan zusammenhing. Ein Karel habe von dem Geheimgang gewusst, der habe wohl die Krone gestohlen, aber sie offensichtlich nicht seinem Auftraggeber, dem Boss, überstellt. Die beiden Helfershelfer versuchten nun, herauszufinden, wo die Krone war. Einer von ihnen hatte vermutet, dass jener Karel die Krone wieder an ihren Platz zurückgebracht habe.

Wieder hallte ein Wort in Mareks Gehirn nach, dieses Mal war es ein Vorname.

»Hast du die Zeitung noch?«, fragte er Václav.

Nun kam der nicht mehr mit.

»Welche Zeitung?«

Aber da huschte ein Zeichen des Verstehens über Václavs Gesicht.

»Der tote Wachmann«, murmelte Václav, und ihn schauderte. »Der tote Wachmann hieß Karel, sein Nachname stand natürlich nicht in dem Artikel. Die Rede war von einem Karel P.«

»Das muss nichts heißen«, erwiderte Marek, »Karels gibt es viele.«

Aber selbst er mochte nicht an Zufall glauben, auch Václav nicht, vor allem weil beide an einen Satz dachten, den einer der beiden Komplizen im Treppenhaus des Türmchengebäudes gesagt hatte: Denk gefälligst dran, was mit Karel passiert ist.

Da passt etwas nicht zusammen, dachte Václav, da passt etwas ganz und gar nicht zusammen. Ein Karel stiehlt die Krone, er hat Komplizen, die den Gang nicht kennen, und einen Auftraggeber. Die Krone kommt nicht beim Boss an, und jener Karel wird tot im Hirschgraben gefunden. Der Auftraggeber!

»Der dritte Mann«, murmelte Václav. »Der dritte Mann war der Boss. Der Mann mit den Lackschuhen und dem Abendanzug auf dem Vyšehrad.«

Marek und Pavla nickten, so weit konnten sie folgen,

auch wenn die Geschichte immer noch keinen rechten Sinn ergab.

»Der Plan«, sagte Pavla langsam, »wieso lag der Plan in diesem Turmzimmer und die beiden Kerle wussten nichts davon?«

»Die Wohnung oder wahrscheinlich das ganze Haus gehört bestimmt nicht den beiden Handlangern, sondern dem Boss, und der hat den Plan, als er glaubte ihn nicht mehr zu brauchen, eben zerrissen und in den Abfalleimer gestopft«, vermutete Václav.

»Sehr leichtsinnig, oder?«, warf Marek ein.

Václav zuckte mit den Schultern. Der fühlte sich halt sicher, dachte er, sicher in seinem Haus, unbewohnt, wie es war. Wer sollte da seine Abfalleimer durchsuchen?

»Eines verstehe ich aber immer noch nicht«, murmelte Pavla. »Woher wussten Milosch und dieser Wirt, dass wir die Krone suchen, dass wir mit den Gespenstern zu tun haben, zumindest klang das so, was mir der Wirt gesagt hat.«

Pavla vermutete, dass der Wirt mit ihr gesprochen hatte und nicht Milosch. Václav und Marek neigten die Köpfe und starrten auf die Tischplatte.

»Wer war in der Nacht vom Mittwoch auf Donnerstag dabei, als der Indianer uns die Zeitung brachte? Als wir erfuhren, dass die Krone verschwunden war?«, fragte Václav laut.

Die drei starrten übermüdet in ihre Gläser.

»Pan Klíček«, sagte Marek tonlos.

Das kann nicht sein, dachte Pavla. Wieso sollte ausgerechnet ein so lieber und von seiner Heimatstadt und ihrer Geschichte so faszinierter Mann wie Pan Klíček mit drei Verbrechern unter einer Decke stecken?

Václav trommelte mit den Fingern auf einen Rest brauner Tischplatte, der nicht von dem Plan des St.-Veits-Doms bedeckt war.

»Der Graf«, murmelte er.

Pavla und Marek schüttelten den Kopf, ebenfalls unvorstellbar. Václav dagegen sah nicht so aus, als ob er diese Möglichkeit für völlig unwahrscheinlich hielt. Pavla erinnerte sich daran, wie Václav die tausend Kronen des Grafen ablehnen wollte, weil dessen Familie vor vierhundert Jahren mit den Habsburgern zusammengearbeitet hatte. Erst nach der Theateraufführung war Václav aufgetaut und hatte sich angeregt mit dem Grafen über Prag und seine Geschichte unterhalten. Aber seine aufeinandergepressten Kiefer zeigten jetzt, dass er dem Grafen alles zutraute.

Pavla erinnerte Marek und Václav daran, dass sie an diesem Sonntagnachmittag den Grafen in seinem Palais besuchen sollten.

»Das werden wir«, knurrte Václav düster, und dann glitt sein Blick wieder über den Plan, und sein Finger folgte der roten Linie von der Goldenen Pforte bis zum Treppenhaus, das in die Kronkammer führte.

»Und noch etwas werden wir tun«, erklärte Václav bestimmt. »Wir werden nachsehen, ob die Krone nun da ist oder nicht. Ob dieser Karel sie zurückgebracht hat.«

»Nein, nein, nein«, widersprach Marek. »Ich geh nicht noch einmal nachts in den Dom. Du weißt doch überhaupt nicht, wie man an die Tür kommt, die noch niemand gesehen hat und die angeblich in dieses zweite Treppenhaus führt. Von innen kommst du nicht aus dem Dom, normalerweise ist die Pforte verschlossen, und von außen auch nicht, da ist das Gitter.«

Václav wischte den Einwand mit einer Handbewegung beiseite.

»Das Gitter ist kein Problem, da sind wir schon einmal drübergeklettert, und da muss links diese Tür sein. Es gibt sicher einen Mechanismus, mit dem man sie aufbekommt.«

»Den wir aber nicht kennen!«, schrie Marek.

»Scht«, machte Pavla, aber es ging ihr nicht um die Lautstärke des Gesprächs. Die beiden hätten auch brüllen können. Kein Mensch in dieser Kneipe hätte sie verstanden. Die Musik war ohrenbetäubend. Pavla wollte nur einen Streit zwischen Václav und Marek vermeiden.

»Wir gehen jetzt schlafen«, bestimmte sie. »Und morgen treffen wir uns auf der Burg im Palais des Grafen.«

Lubomira

Libussa hatte sie gelobt. Sie habe alles richtig gemacht. Und sie war stolz darauf, soweit ein Wesen wie sie Stolz empfinden konnte. Auf jeden Fall war ihr warm geworden, richtig warm. Und sie konnte sich nicht daran erinnern, dass ihr jemals richtig warm gewesen war. Als Gespenst sowieso nicht, und auch zu ihren Lebzeiten, so glaubte sie nun, hatte sie nur gefroren. Vor allem in ihren letzten Lebensminuten, als sie in den tiefen Brunnen gefallen war und das eiskalte Wasser über ihr zusammenschlug. Kurz hatte sie ihren Kopf noch einmal an die Oberfläche gebracht, da hatte sie sehr weit weg einen Streifen blauen Winterhimmels gesehen und vor diesem Streifen ein wutverzerrtes Gesicht, aus dessen Mundhöhle Gebrüll drang, aber das konnte sie nicht mehr hören. Ihr Dienstherr machte keine Anstalten, ihr zu helfen, ein Seil herunterzulassen, seine kräftigen Diener zu rufen, um sie vielleicht an einem Strick an die Oberfläche zu ziehen. Er war nur wütend, weil sie in den Brunnen gefallen war und er sich ein neues Dienstmädchen suchen und die Reinigung des Brunnens zahlen musste. Dafür zahlen musste, dass man ihre Leiche heraushievte und den Schacht tüchtig putzte, damit das Wasser wieder sauber und klar wurde, nicht mehr verunreinigt von ihrem Kadaver. Und dabei löste sich ein Stein aus der Brunnenverkleidung und darunter rieselten Goldstücke hervor, die ihren Dienstherrn sehr reich machten. Aber das hatte sie nicht mehr interessiert. Sie schwebte seit ihrem Tod durch die Karlsstraße, triefte vor Nässe und fror. Fror sommers wie winters, schwebte auf und ab, verkroch sich immer öfter in dem Brunnen, der ihrem Leben allzu rasch ein Ende gesetzt hatte und der ihr in diesem Dasein im Laufe der Zeit zum Schutz wurde. Zum Schutz vor dem Lärm und dem Gestank der Straßen, vor all den fremden Maschinen, welche die Stadt anzufüllen begannen, vor den Schüssen, vor dem Geschrei, dem Leid und dem Tod, der immer wieder in den Straßen und auf den Plätzen ihrer Heimatstadt wütete. Nur noch nachts verließ sie den Schacht und schlängelte sich an den vertrauten gelben Laternen auf und ab. Die liebte sie, weil ihr Schein Wärme verhieß und sie an ihr Leben erinnerte, dessen Einzelheiten aber schon längst verblasst waren.

Einfach war es nicht gewesen, was Libussa von ihr verlangt hatte. Papiere sollte sie zusammensuchen an einem fremden, düsteren Ort. Der Weg war sehr weit gewesen für sie, die es nicht mehr gewohnt war, Richtungen einzuhalten, Plätze anzupeilen. Dann hatte sie diese Blätter zusammensuchen und auch noch zählen müssen. Sechs Stück mussten es sein, hatte Libussa ihr übermittelt, keines mehr, keines weniger. Als sie alle zusammenhatte, dort unter dem Gebilde aus Metall, das sie sich überhaupt nicht erklären konnte – aber sie konnte sich das meiste, was es in dieser Stadt gab, nicht mehr erklären –, musste sie die Papiere in ein Haus bringen. Durch Prag musste sie schweben, wieder die Richtung halten, einen ganz bestimmten Ort anpeilen und durfte keinesfalls die sechs Blätter verlieren. In dem Haus sollte sie einen Platz für die Papiere suchen, aber so, dass Lebendige sie nicht sofort sehen würden, nur eine junge Frau sollte sie finden, nur sie, hatte ihr Libussa eingeschärft. Wie sollte das gehen? Sie konnte doch keine Schubladen öffnen, auch keine Schranktüren, das war viel zu schwer für ein Wesen, wie sie eines war. Aber in dem Haus hatte es sowieso weder

Schränke noch Kommoden gegeben. Dann war sie in das Turmzimmer gelangt. Das hatte ihr gefallen, rundum die Fenster und der Blick über das nächtliche Prag. Nur der vorbeidonnernde Zug hätte beinahe bewirkt, dass sie sich vor Schreck aufgelöst hätte. Und schließlich hatte sie den Kübel entdeckt und die Papiere in ihn gestopft. Und das Mädchen hatte die Blätter gefunden. Wunderbar, hatte Libussa gehaucht, wunderbar. Wir haben **ihn** *überlistet. Es wird uns doch gelingen, die Krone zurückzubringen. Aber die jungen Lebendigen dürfen unter keinen Umständen in den Geheimgang, bevor es Zeit ist. Jetzt ist es gefährlich.* **Er** *hat zu viel Macht,* **er** *kann ihnen schaden, noch kann* **er** *ihnen schaden. Noch ist es nicht Zeit, hatte Libussa gesäuselt, aber Lubomira hatte sie schon nicht mehr richtig verstanden, weil auch Libussa sich nicht mehr konzentrieren konnte, weil auch sie sich nicht mehr an einem Ort halten konnte. Lubomira sollte verhindern, dass die jungen Menschen den Geheimgang betreten, ehe es Zeit ist, das hatte Libussa noch gesagt, ehe sie sich aufgelöst hatte. Aber wie sollte Lubomira das bewerkstelligen? Auch sie konnte sich schon längst nicht mehr konzentrieren. So verkroch sie sich in ihren Brunnen und vergaß erst einmal alles, was sie erlebt hatte und tun sollte.*

Im Palais

Gesund und erholt sahen sie nicht aus, die sieben Freunde, als sie sich am Sonntagnachmittag vor dem Palais trafen. Sie waren übermüdet und hatten dunkle Ringe unter den Augen. Lukasch wirkte, als sei er unter einen Lastwagen gekommen, mit seiner genähten Augenbraue, die immer noch blutunterlaufen war, und den Schrammen auf beiden Wangen.

Am ausgeruhtesten schienen Markéta, Bara und Aneta zu sein, aber auch die drei Mädchen hatten kaum geschlafen in dieser Nacht, zumindest nicht, bis sie Václavs SMS erhalten hatten, die ihnen versicherte, dass Marek und Pavla wohlauf waren.

Wortkarg und erschöpft schlichen sie in die großzügig gestaltete Eingangshalle des Palais. Eine lange Kassentheke baute sich vor ihnen auf, eine Tür führte zum Museumsladen, ein Durchgang zur Garderobe und zu den Toiletten. Befangen und verunsichert standen sie zwischen älteren Touristen, die sich meist auf Englisch unterhielten und sich gegenseitig versicherten, wie großartig das Palais sei. Die Eintrittspreise waren für Prager Verhältnisse extrem hoch, und keiner der sieben hatte genug Geld dabei, um auch nur ein Ticket zu erwerben. Durch die hohen, vergitterten Fenster fiel das Licht eines strahlenden Sommertages. Wir sollten uns in den Park legen und ein bisschen schlafen, dachte Marek. Der Graf hat sicher vergessen, dass er uns in sein Palais eingeladen hat.

Aber da schritt er schon die Treppe herunter, die in den ersten Stock des frisch renovierten Palastes führte. Lächelnd, ihnen zuwinkend. Lässig und sportlich gekleidet, in Jeans und kurzärmeligem Hemd. Der Graf fragte, ob er Englisch sprechen könne. Die sieben nickten benommen. Und Lukasch grinste, weil er davon überzeugt war, dass er mit seinem dröhnenden Schädel auch das schönste Tschechisch nicht verstanden hätte. Der Graf hätte auch Chinesisch reden können, das hätte den gleichen Effekt gehabt.

Der Graf bat die sieben jungen Menschen mit weit ausholenden Gebärden die Treppe hinauf und in einen hohen Saal, dessen Wände behängt waren mit alten, dunklen Gemälden, die seine Vorfahren zeigten. Obwohl Václav zunächst verbissen seine Kiefer aufeinandergepresst hatte, lockerten sich seine Gesichtszüge nun, und er lauschte aufmerksam den Ausführungen des gut aussehenden jungen Mannes und ließ sich tief hineinsinken in die Geschichte seines Landes und seiner Stadt. Lukasch lehnte sich in jedem Saal an einen Türrahmen, hielt die Augen halb geschlossen und lächelte verträumt. Wenn ihn die Angst in dunklen, engen Räumen nicht in ihren Würgegriff nahm oder wenn nachts nicht farbenfrohe Bilder durch seine Seele tanzten, dann konnte er überall schlafen, selbst an einem Türrahmen im Stehen. Und nach dieser Nacht hätte er sowieso Stunden um Stunden im Reich der Träume verbringen können.

Marek nahm die Stimme des Grafen wie durch Watte wahr, sein Hirn knobelte immer noch an den Rätseln der letzten Nacht herum. Er hörte nicht richtig zu, aber er beobachtete die Bewegungen des Grafen sehr genau, seine großzügigen Gesten, sein professionelles Lächeln, seine selbstbewusste Haltung. Den Stolz auf seine Vorfahren und auf seine eigene Leistung bei der Renovierung der geerbten Kunstwerke registrierte Marek sehr wohl, auch wenn er nicht jedes Wort verstand. Das lag nicht an seinen Englischkenntnissen, sondern daran, dass er seine Aufmerksamkeit nicht auf das richtete, was der Graf sagte, sondern wie er das tat. Dass der Graf aber so deutlich hervorhob, dass seine Familie die Bilder, das Porzellan und die Möbel sorgfältig und mit hohem finanziellem Aufwand erneuern hatte lassen und dafür auch im Ausland Geld gesammelt hatte, das drang sogar in Mareks Gehirn. Als ob wir unsere Kunstschätze jahrzehntelang hätten vergammeln lassen, dachte Marek, und er blinzelte zu Václav hinüber. Dessen Kiefer hatten sich wieder ineinander verhakt und aus seinen braunen Augen blitzten wütende Pfeile, zumal der Graf nun mit unverhohlener Sympathie darüber berichtete, dass seine Familie auch zu Zeiten des Prager Fenstersturzes* aufseiten der katholischen Habsburger gestanden und mit diesen die aufständischen Protestanten – der Graf bezeichnete sie als Mob – bekämpft hätte. Das hielt Václav nicht mehr aus, er machte den Grafen höflich darauf aufmerksam, dass das Wort »Mob« für den Winterkönig und seine Anhänger wohl doch nicht passe, zumal diese böhmischen Protestanten nur ihre alten, vom Kaiser verbrieften Rechte wiedererhalten und vom Habsburger Reich unabhängig sein wollten. Und vor allem – fuhr Václav nun mit erhobener Stimme fort – könne man doch unmöglich die siebenundzwanzig protestantischen Adeligen, die ihren Widerstand gegen den österreichischen Kaiser und die aufgezwungene katholische Religion mit ihrem Leben bezahlt hätten und an deren Ermordung die siebenundzwanzig Kreuze auf dem Altstädter Ring erinnerten, als »Mob« bezeichnen.

Das Lächeln des Grafen wirkte nun wie eingefroren, er sagte »Hm« und »Natürlich« und flocht hin und wieder ein kleinlautes »Interessant« ein. Václav hätte gerne weitergesprochen, er hätte gerne erwähnt, dass die den Habsburgern treuen Adeligen mit den Besitztümern der getöteten oder geflohenen Protestanten belohnt worden waren. Aber in diesem Augenblick wurden sie von einem jungen Mann unterbrochen, der wie der Graf gekleidet war, rasch den Saal durchschritt und den Hausherrn beiseitenahm, was diesem angesichts von Václavs Ausführungen zur Geschichte seiner Familie offensichtlich nicht unangenehm war. Der junge Mann flüsterte aufgeregt auf den Grafen ein, der nickte mit gerunzelter Stirn und gewichtiger Miene, wandte sich dann an die sieben jungen Menschen und erklärte, er müsse sie für eine Weile verlassen, er habe etwas sehr Wichtiges zu erledigen, werde aber seine Frau herunterschicken, die werde die jungen Schauspieler weiter durch die Räume führen. Er nickte ihnen lächelnd zu und verschwand erleichtert aus Václavs Einflussbereich.

Da standen sie nun in einem Saal mit Vitrinen, in denen sich Porzellan und Silberschüsseln stapelten, und blickten sich ernüchtert um. Marek, der neben Lukasch an der Tür gelehnt hatte, schaute dem Grafen hinterher, der mit dem jungen Mann im Schlepptau den hinter ihnen liegenden Saal rasch durchquerte und durch eine Tür, auf der »Privat« stand, verschwand.

»Ich komme gleich wieder«, rief er den Freunden halblaut zu, aber die beachteten ihn nicht weiter. Lukasch schlief lächelnd am Türrahmen, Václav biss auf seiner Unterlippe herum und starrte auf das Parkett, als wolle er dort ein Loch hineinbrennen. Die Mädchen umstanden eine Vitrine mit blau bemaltem Porzellan und betrachteten das Dekor.

Marek lief an vier Touristinnen vorbei, die bewundernd vor den Gemälden mit den Vorfahren des Grafen standen, aber auch die beachteten ihn nicht. Er sah sich kurz um, dann öffnete er die Tür einen Spalt und huschte hindurch.

Dahinter lag ein langer, frisch gestrichener Flur. Die Fenster gingen auf den Garten des Palais hinaus und Marek blickte in einen strahlenden Sommertag. Unter ihm war alles grün, die lang gestreckten Wiesen und die sich im lauen Wind wiegenden Büsche und Bäume. Er konnte den Hang hinunter-, gegenüber auf die Petřin-Gärten und weit in die Stadt hineinsehen.

Marek blieb stehen und lauschte, vom Ende des Flurs her drangen halblaute Stimmen. Er glitt links an der Wand entlang auf die Stimmen zu, zögerte vor einem halbrunden Durchgang und duckte sich hinter den Mauervorsprung. Er hörte recht deutlich die Stimme des Grafen, dann die des jungen Mannes, anschließend sich entfernende Schritte und das Zufallen einer Tür. Marek spähte um die Ecke. Hinter dem Durchgang verlief ein Flur quer zu dem, in dem Marek stand, und schräg gegenüber stand der Flügel einer Tür ein wenig offen. Marek huschte über den Gang und linste durch den Spalt. Der Raum dahinter schien leer, er war wohl noch nicht ganz fertig renoviert, denn es türmten sich Farbeimer, zusammengerollte Tapeten, lange Tapeziertische, Leitern, Werkzeuge. Die üblichen Requisiten in Prag, überall dort, wo renoviert wurde, und es wurde überall renoviert.

Marek hörte wieder halblaute Stimmen, sie kamen von links.

Ich werde noch zum Cheflauscher unserer Theatergruppe, dachte er grinsend, als er quer durch den vollgestellten Raum schlich. Die Tür zum Nebenraum war angelehnt. Marek versteckte sich hinter dem rechten Flügel. Zwischen einem Stück Wand und einem an der Längsseite des Zimmers gelegenen Fenster ging er in die Hocke und beugte seinen Kopf nach links. Und nach einer Weile verstand er recht gut, was dort hinter der angelehnten Flügeltür gesprochen wurde.

Eine der Stimmen gehörte dem Grafen, die andere kannte er nicht. Aber die Muttersprache dieses Mannes war sicher nicht Englisch.

»Und ich sage Ihnen, verehrter Graf, Sie machen einen Fehler, wenn Sie meine Vorschläge einfach so wegwischen. Sie tragen einen alten, ehrwürdigen Namen, der bei vielen Menschen hier noch etwas gilt. Das zahlt sich aus in der Politik.«

»Und ich sage Ihnen, dass ich kein Interesse an Politik habe. Zumindest keines, das mich dazu bringen würde, mich in die Politik dieses Landes einzumischen. Ich bin glücklich, hier zu sein, die Besitzungen unserer Familie zu verwalten und wieder zu erneuern.«

»Ich rede nicht von einem dieser erbärmlichen demokratischen Politiker, die sich zwischen Parteipolitik, Intrigen, Wahlkampf und Korruption aufreiben. Ich rede von einer Position, die über den Parteien steht, von einer Position, die mit Ihrem Namen, mit der Geschichte Ihrer Familie verknüpft ist. Denn wenn man geschickt argumentiert, könnte man mit Fug und Recht behaupten, dass Ihre Familie ein Anrecht auf die Krone hat.«

»Die Krone, die Krone. Was haben Sie denn immer mit der Krone! Ich habe Ihnen doch schon erzählt, dass ich am

Mittwochabend nach der Vorstellung der jungen Leute diese seltsame Figur mit der Zeitung gesehen habe. Und in dieser Zeitung stand, dass die Krone verschwunden ist.«

»Ja, davon habe ich auch gehört. Und es heißt …« Der Sprecher machte eine kurze Pause, und Marek fand, dass es verschlagen klang, als er weitersprach. »Es heißt, dass Heydrichs Gespenst die Krone hat.«

»Also, das ist ja nun wirklich völliger Unsinn. Heydrichs Gespenst …«

Sakra, sakra, dachte Marek, aber dann hörte er nichts mehr, weil die Tür zum Flur aufgerissen wurde und zwei Handwerker hereineilten, die sich lautstark unterhielten und mit Eimern, Leitern und Papierrollen herumfuhrwerkten. Marek duckte sich tiefer in seine Nische. Nach wenigen Minuten verschwanden die beiden Männer, aber so dicht Marek auch sein Ohr an den Türrahmen presste, er vernahm keinen Laut mehr. Entweder hatten der Graf und sein unbekannter Besucher den Raum verlassen oder sie sprachen zu leise. Ehe Marek das Zimmer verließ, spähte er noch einmal vorsichtig umher, aber es war nichts Ungewöhnliches zu sehen, und zu hören war nun gar nichts mehr, außer dem Summen einer Fliege, die immer wieder gegen eine der mit Farbspritzern gesprenkelten Fensterscheiben flog.

Marek schlich über Pappstreifen und Parkett auf die Flügeltür zum Flur zu und schob sie langsam einen Spalt auf. Sonnenstrahlen sickerten in den frisch renovierten Gang und warfen Muster auf das Fischgrätenparkett. Zügig huschte Marek aus dem Zimmer, schlich zur nächsten Ecke, von welcher der Gang zu den Museumsräumen abzweigte, folgte diesem auf leisen Sohlen und äugte in den Saal mit den dunklen Gemälden der Vorfahren des Grafen.

Er war leer, keine Touristen, nur aus dem nächsten Raum drangen Stimmen. Rasch stieß Marek die Tür auf, schlüpfte durch den Spalt und ließ sie hinter sich ins Schloss schnappen. Eilig durchquerte er den Gemäldesaal, stand kurz darauf im Raum mit dem Porzellan. Dort schlief Lukasch immer noch selig lächelnd im Türrahmen. Marek nahm ihn sacht am Ärmel, Lukasch brummelte ein wenig, ließ sich aber brav mitführen.

Zwei Säle weiter, dazwischen alte Säbel, Kanonen, Fahnen, eiserne Rüstungen, Helme und Schilde, stieß Marek auf die Freunde, die sich um eine junge, blonde Frau scharten. Die Gräfin war ebenso sportlich gekleidet wie ihr Mann, und sie bedachte die jungen Tschechen mit einem freundlichen Lächeln, während sie die Bilder an den Wänden erklärte. Marek stellte Lukasch vorsichtig am nächsten Türrahmen ab.

Die Gräfin war so in die Beschreibung der Bilder vertieft, dass sie den Zuwachs in ihrer Gruppe gar nicht bemerkte. Und Marek brauchte eine ganze Weile, bis er begriff, wovon sie sprach. Sie redete von Hunden, und nun bemerkte Marek auch, dass der Saal über und über mit Bildern von Hunden bedeckt war. Und die Wörter der jungen Frau setzten sich in Mareks Gehirn langsam zu sinnvollen Sätzen zusammen. Abgebildet waren hier all die Hunde, welche die Familie des Grafen in den vergangenen Jahrhunderten gehalten hatte. Nein, natürlich nicht alle, verbesserte sich die Gräfin lächelnd, in den Magazinen lagerten noch weitere Hundebilder, man habe nur noch nicht alle restaurieren und für eine Ausstellung herrichten können.

Marek starrte die Hunde auf den Bildern an: Jagdhunde, Schoßhündchen, Dalmatiner, Arten, die er nicht kannte oder die es vielleicht auch nicht mehr gab, und mit einem

Arm stützte er Lukasch, der drohte den Türrahmen hinunterzurutschen und sich auf dem Boden eine bequemere Stellung für seinen Schlaf zu suchen.

Aus den Bemerkungen der Gräfin war zu schließen, dass sie die Führung nun als beendet betrachtete, sie wünschte den jungen Künstlern noch einen schönen Sonntag und viel Erfolg bei ihrer nächsten Vorstellung. Die Freunde klatschten höflich, und Václav bedankte sich artig für die interessante Führung und dafür, dass sich die Gräfin liebenswürdigerweise Zeit für sie genommen hatte. Marek hielt Lukasch fest und mit der anderen Hand erwischte er Václav am Ärmel. Der begriff sofort, hakte Lukasch auf der anderen Seite unter und so machten sie sich an den Abstieg aus dem ersten Stock. Die Gräfin war schon verschwunden und konnte die merkwürdige Dreierkonstellation zum Glück nicht mehr die Treppe hinunterschwanken sehen.

Draußen wurde Lukasch etwas munterer und Václav und Marek konnten den Griff lockern, Lukasch lief fast von alleine. Die Mädchen wollten den Rest dieses strahlenden Sommertages in einem Park verbringen und so entschieden sich die Freunde für den Königsgarten. Das sei aber weit, maulte Lukasch, der nicht nur wieder gehen, sondern auch wieder reden konnte. Aber Markéta nahm ihn an der Hand und zerrte ihn einfach weiter die Georgsgasse hinauf und anschließend über den Georgsplatz. Den Weg, den sie in der Nacht zum Freitag vom Dom zum Schwarzen Turm in fliegender Hast zurückgelegt hatten, nachdem jene Faust aus Eisen und Schnee sie alle in ihrer Gewalt gehabt hatte und sie an der Moldau dem Wassermann und dem Aschanti begegnet waren und jenem geheimnisvollen Wirt, der Václav die Zeitung aus der Hand gerissen hatte und der dann an Pavlas Entführung beteiligt gewesen war.

Vor der Goldenen Pforte blieb Václav stehen, schlenderte die Treppenstufen empor und äugte durch das Gitter nach links. Dort müsste nach dem zerrissenen Plan, den Pavla im Abfalleimer des Türmchens gefunden hatte, eine Tür und hinter der Tür eine Wendeltreppe sein, die zu einem Geheimgang führte, von dem man direkt in ein weiteres Treppenhaus gelangte und von dort in die Kronkammer.

»Václav, lass das, bitte. Es ist Wahnsinn. Wir kommen da nicht hinein!« Marek zupfte seinen Freund ungeduldig am Ärmel. Er kannte ihn gut genug, um zu wissen, dass dieser sich umso stärker in ein Vorhaben verbiss, je mehr er sich damit beschäftigte.

»Sieh mal«, murmelte Václav, »wenn man die Maserung der Steine ganz genau betrachtet, dann kann man erkennen, dass hier und da senkrechte Linien verlaufen, und oben ist eine, welche die beiden senkrechten miteinander verbindet. Das könnte die Tür sein.«

Marek stöhnte.

»Du wirst nicht einfach nur dagegendrücken müssen. Es gibt sicherlich einen Schlüssel oder einen Mechanismus, den wir nicht kennen.«

Václav zuckte mit den Schultern. »Versuchen kann man es allemal. Wenn wir nicht hineinkommen, gehen wir halt wieder.«

Er wandte sich gleichmütig ab und Marek trottete hinter ihm her. Sie mussten sich etwas schneller bewegen, damit sie die Freunde einholen konnten. Die drängten sich durch Gruppen von Touristen, Familien mit quengelnden Kindern, Reisegruppen, die den bunten Plastikblumen ihrer Reiseleiter hinterherstolperten. Sie schoben sich in den

Durchgang zum zweiten Burghof, anschließend nach rechts durch einen weiteren Gang, der auf die Pulverbrücke führte. Das Gedränge ließ hinter der Brücke etwas nach und schon konnten sie nach rechts in den Schatten des Königsgartens. Sie schlenderten die gepflegten Wege entlang, bewunderten die alten Laubbäume und ließen sich auf der Wiese vor dem singenden Brunnen nieder.

Lukasch wurde in Markétas Schoß gebettet und schlief glücklich ein. Und Bara, Aneta und Pavla machten sich auf, um das Singen des Brunnens zu hören. Der Brunnen besteht aus einem kleinen und einem größeren Bronzebecken. Fallen Tropfen aus der kleinen in die große Schale, so erklingen Töne. Aber man muss sich schon sehr tief in den Brunnen beugen, um sie zu hören. Wenn man sich sehr konzentriert, so glaubt man, dass die Töne Melodien bilden. Sternenmusik. Den drei Mädchen gelang dies, und sie freuten sich an den Klängen, die aus einer anderen Welt zu kommen schienen.

»Wohin warst du eigentlich während der Führung verschwunden?«, fragte Václav. Marek wartete ab, bis die Mädchen wieder aus den Sphärenklängen aufgetaucht waren, und berichtete, dass er dem Grafen gefolgt war und ein merkwürdiges Gespräch belauscht hatte. Václav biss wieder auf seiner Unterlippe herum.

»Aber das heißt nicht, dass der Graf die Krone hat, er weiß nur wie wir, dass sie verschwunden ist«, murmelte Pavla.

»Ja, schon«, warf Václav ein, »aber er hat offensichtlich dem Unbekannten erzählt, dass wir im Café Vikadlo diese geheimnisvolle Zeitung gelesen haben. Und das würde erklären, warum Milosch und der Wirt hinter uns her waren. Wie sah der Mann denn aus?«

Marek machte eine unwillige Handbewegung.

»Ich stand hinter der Tür, Vaschek. Sehen konnte ich ihn nicht, ich habe nur seine Stimme gehört.«

Václav nickte, rupfte einige Grashalme aus, die vor seinen Füßen wuchsen, und versank in tiefes Brüten.

»Der dritte Mann im Park und der Unbekannte im Palais könnten ein und dieselbe Person gewesen sein«, sinnierte er nach einer Weile.

»Könnten«, wiederholte Marek. »Könnten, aber das wissen wir nicht!«

»Aber wir haben den Plan«, erklärte Václav halsstarrig.

Nicht nur Marek, auch die Mädchen schüttelten den Kopf. Nur Lukasch lächelte, er schlief.

Václav lenkte ein.

»Wir müssen ja nicht heute Nacht versuchen, in den Dom zu kommen. Ich werde erst einmal ein bisschen recherchieren. Auf alten Plänen. Vielleicht finde ich dort die Tür eingezeichnet. Womöglich gibt es sogar einen Hinweis auf den Geheimgang.«

Aber auch Václav war klar, dass das unwahrscheinlich war. Schließlich wäre der Gang kein Geheimgang, wenn er in den Plänen eingezeichnet wäre.

»Und wie kommen wir nachts zum Dom? Die Burganlage wird abends abgeschlossen«, warf Pavla ein.

»Wir sind schon einmal nachts in den Dom gekommen«, erwiderte Václav, »da wird es uns ein Leichtes sein, uns nachts irgendwo in dieser riesigen Anlage zu verstecken.«

»Das müssen wir uns aber schon noch genauer überlegen«, murmelte Pavla.

»Ja, ja, machen wir«, brummte Václav. »Außerdem«, und er blickte die Mädchen nicht an, als er das sagte,

»müssen nicht alle dabei sein. Uns zu siebt auf einer Wendeltreppe herumzudrängen hat keinen Sinn. Und du, Pavla, du hast schon genug mitgemacht. Das reicht, finde ich.«

Ehe Pavla protestieren konnte, sprang Marek Václav bei. Man wisse gar nicht, welche Folgen ein so traumatisches Erlebnis haben könne. Und auch wenn Pavla behaupte, es gehe ihr gut, so könnten sie später immer noch Träume verfolgen, böse Träume, und deshalb brauche Pavla Erholung und Ruhe. Pavla schüttelte den Kopf, aber sie lächelte dabei Marek zu und dem wurde sehr warm bei diesem Lächeln.

Die nächsten Tage jedoch, erklärte Marek, und er wirkte dabei sehr bestimmt, werde überhaupt nichts unternommen. Schließlich hätten sie noch Schule und die letzten Nächte hätten sie ohnehin kaum geschlafen.

»Schule, Schule«, brummelte Václav, »morgen und am Dienstag machen wir Ausflüge und am Mittwoch gibt es eine entsetzlich anstrengende Zeugnisübergabe.«

Aber selbst Václav fügte sich. Auch er war müde und er wollte in die Bibliothek und dort in alten Büchern nach Plänen des Doms fahnden. Er war sich sicher, dass er dabei etwas herausfinden würde. Schließlich ließ er sich wie seine Freunde nach hinten ins Gras sinken und blinzelte durch die Blätter der Bäume nach oben in einen tiefblauen Himmel. Die Sonnenstrahlen sickerten hindurch und tanzten auf dem grünen Teppich.

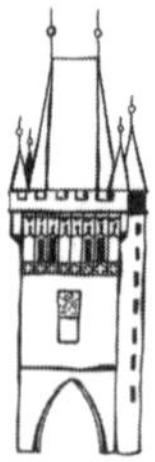

Zwei Tote

Mit der gepackten Tasche trat Marek in die Küche und legte sie geräuschlos auf einen Stuhl. Dann zuckte er zusammen. Sein Vater stand mit dem Rücken zu ihm am Fenster, in der rechten Hand eine Kaffeetasse. Draußen kündigte sich wieder ein strahlender Sommermorgen an.

»Kommst du oder gehst du?«, fragte Marek.

»Das wüsste ich auch gerne«, murmelte Herr Novak und drehte sich zu seinem Sohn um. Marek erschrak, als er das übermüdete, graue Gesicht sah. Tiefe Ringe unter den Augen, unrasiert und hoffnungslos übernächtigt. Ihn packte das schlechte Gewissen. Das hatte geschlafen so wie er in den letzten zwei Tagen. Sonntag und Montag hatte er seinen Vater nicht gesehen, der war wohl sofort nach seiner Rückkehr von der Datscha wieder im Dienst gewesen, und deshalb hatte Marek nicht darüber nachdenken müssen, ob er seinem Vater nicht doch von Pavlas Entführung und den merkwürdigen Gesprächen im Haus mit dem Türmchen und im Palais des Grafen hätte erzählen sollen. Aber jetzt war das schlechte Gewissen wieder da, und nicht nur das schlechte Gewissen, auch die Angst vor jenen unbekannten Kräften, zwischen die er und seine Freunde geraten waren und von denen sie nicht wussten, wer sich dahinter verbarg und was sie vorhatten.

Herr Novak musterte seinen Sohn. Marek wischte sich

mit einer Hand über die Stirn und räusperte sich. Aber dann war der Moment vorbei, der Moment, in dem er hätte reden müssen, denn sein Vater lächelte ihn an, mühsam zwar, aber er lächelte und fragte ihn, wie es so laufe während der letzten Schultage, ob die Ausflüge schön seien, wo es heute hingehe. Marek nickte und brummte und antwortete, aber wohl war ihm dabei nicht.

»Und bei dir?«, fragte er schließlich, weil er sich einredete, dass er sich bei seinem Vater danach erkundigen müsse, wie es ihm gehe, anstatt ihm zu erzählen, was er in den letzten Tagen erlebt hatte.

Die Mimik seines Vaters wurde starr und seine Augen fixierten einen Punkt hinter Marek. Aber da war nichts, das wusste Marek, nur die weiß gestrichene Küchenwand.

»Zwei Tote.«

Die Stimme seines Vaters war nur ein Hauch. Und ehe Marek sich auch nur fragen konnte, ob er sich verhört habe, glätteten sich die Züge seines Vaters, er lächelte wieder und wischte mit einer Handbewegung die zwei Wörter weg.

»Soll ich dich fahren?«

Marek hatte natürlich nichts dagegen. Angenehmer war es auf jeden Fall, von der Plattenbausiedlung in die Innenstadt gefahren zu werden, als sich mit Bus und U-Bahn und Straßenbahn fast eine Stunde lang quer durch Prag zu quälen. Zeit hätte er nun genug gehabt, seinem Vater von Pavlas Entführung zu erzählen; er hätte sogar noch einmal nach dem toten Wachmann fragen können, aber das würde zu nichts führen, das wusste er nur zu genau. Auch nach den beiden Toten hätte er sich erkundigen können, aber auf diese Fragen hätte Marek keine Antwort erhalten. Und er war sich gar nicht mehr so sicher, ob die zwei Wörter überhaupt aus dem Mund seines Vaters in die morgendliche Küche geschlüpft waren. Sein Vater war zum Reden ebenfalls nicht aufgelegt und so schwiegen die beiden die meiste Zeit auf dem Weg durch den immer dichter werdenden Verkehr ihrer Stadt.

Es sollte ein kurzer Ausflug werden. In den Zoo würden sie fahren mit U-Bahn und Bus. Gegen Mittag würden sie wieder zurück sein. Und am nächsten Tag würde es Zeugnisse geben und das Schuljahr wäre vorbei.

Nur noch eines, dachte Marek, nur noch ein Jahr. Und dann? Er wusste es nicht genau. Studieren, ja, aber was? Marek verscheuchte auch diese Überlegungen. Alles, worüber er an diesem frühen Morgen nachdachte, war zu anstrengend und er bekam keine Klarheit in seine Gedanken. Marek beschloss, das Denken sein zu lassen, den Sommermorgen zu genießen und sich auf die Ferien zu freuen. Auf zwei Monate ausschlafen und tun, wozu er Lust hatte. Das würde nicht für alle Tage dieser Ferien gelten. Vier Wochen wollte er arbeiten und sich etwas Geld verdienen für sieben Tage Urlaub mit den Freunden in Italien.

Marek war viel zu früh dran. Er winkte seinem Vater nach und dabei durchbohrte ihn ein kleiner, scharfer Pfeil. Eine Ahnung davon, dass es für ihn und seine Freunde besser gewesen wäre, wenn ein Erwachsener, ein Polizist von ihren Erlebnissen gewusst hätte. Aber als das Auto seines Vaters außer Sicht war, beschloss Marek, dass er dieses elende nagende Tierchen in ihm endgültig ruhigstellen würde. Nun war ohnehin nichts mehr zu machen. Und Marek setzte sich auf eine der grünen Holzbänke vor der Schule, breitete die Arme auf der Banklehne aus, schlug ein Bein über das andere und ließ den Kopf nach hinten sinken.

Müde war er zwar nicht mehr; er hatte zwei Nächte lang tief und fest geschlafen, aber es war einfach wundervoll, auf einer Bank im Freien zu sitzen und sich die Morgensonne ins Gesicht scheinen zu lassen.

Aufgeschreckt wurde er von einem mürrischen »Guten Morgen« von Lukasch. Marek öffnete die Augen und sah einen zwar immer noch lädierten Freund neben sich sitzen, aber die Wunde über der Augenbraue war schon etwas verblasst und die Schrammen auf den Wangen waren nur noch dünne Striche. Seine Verletzungen konnten Lukasch also nicht in diese schlechte Laune versetzt haben.

»Was ist los mit dir?«, fragte Marek und blickte gespannt in Lukaschs vor Unwillen verzerrtes Gesicht.

Lukasch bewegte seine Hand auf und ab. Ein Zeichen, dass er nicht darüber reden wollte. Aber Marek gab nicht auf, er sagte zwar nichts, blickte Lukasch jedoch teilnahmsvoll ins Gesicht. Lukasch brummelte ein wenig, dann erzählte er von seinem Onkel, der gestern bei ihm aufgetaucht war und ihm unbedingt einen Job anbieten wollte. Jetzt sofort. In den letzten Ferien hätte Lukasch liebend gern in einem der vielen Betriebe seines Onkels gearbeitet, er hätte das Geld gut gebrauchen können, aber da hatte es geheißen, keine Stelle frei, weder in Prag noch irgendwo anders.

»Und jetzt soll ich nach Brünn. Heute Abend noch. Dabei gibt es morgen Zeugnisse. Wie er sich das vorstellt?«

»Das verstehe ich sowieso nicht«, murmelte Marek. »Dein Onkel ist anscheinend so reich, und deine Familie ...«

... muss sehen, wie sie mühsam über die Runden kommt, ergänzte Lukasch in Gedanken. Aussprechen musste er das nicht. Sie verstanden sich schon, Marek und er. Und seit seine Eltern sich getrennt hatten, waren die Runden noch mühsamer als früher. Wenn es nur das Geld wäre, dachte Lukasch, aber da bemerkte er Mareks forschenden Blick. Also gut.

»Radek ist nicht mein richtiger Onkel, er ist der Cousin meiner Mutter oder der Großcousin. Ich weiß es nicht genau. Ziemlich weitläufige Verwandtschaft. Mein Vater konnte ihn nie ausstehen, auch meine Mutter im Grunde nicht, aber er hat meiner Familie mal geholfen. Früher, als er noch beim Geheimdienst war.«

Marek hätte am liebsten noch mehr gehört, einfach weil er gerne anderer Leute Familiengeschichten hörte. Vielleicht sollte er doch Polizist werden wie sein Vater. Darüber hatte er überhaupt noch nie nachgedacht. Und er konnte das auch jetzt nicht tun, weil sich eine schluchzende Pavla zwischen die beiden warf.

Fast gleichzeitig legten Lukasch und Marek je einen Arm um Pavla und versuchten herauszubekommen, was mit ihr los war. Marek machte sofort ihre Erlebnisse im Türmchenhaus dafür verantwortlich, die Pavla doch nicht einfach so weggesteckt hatte. So etwas wirkt nach, da war sich Marek sicher, monatelang, manchmal jahrelang. Der Mensch ist keine Maschine. Überleben ist das eine, und weiterleben ist harte Arbeit.

Aus Pavla jedoch war nichts herauszubekommen, sie schluchzte und schluchzte und hielt sich krampfhaft an einer Zeitung fest. In der blätterte und raschelte sie nun. Marek war schon versucht, ihr die von ihren Tränen und den schweißnassen Händen durchtränkten Blätter wegzunehmen und sie in den nächsten Abfalleimer zu stopfen, da er glaubte, dieses Zeitungsdings lenke Pavla nur davon ab, endlich zu erzählen, was mit ihr los sei. Aber es war anders. Pavla suchte eine ganz bestimmte Seite, und als sie diese endlich aufgeschlagen hatte, da zitterte ihr Zeigefinger auf eine Meldung hin, deren Überschrift rot verschmiert war.

»Zwei Tote auf der Autobahn«, las Marek, und in ihm hallte die Stimme seines Vaters nach. »Aus unbekannten Gründen geriet ein weißer VW-Kastenwagen in der Nacht von Sonntag auf Montag gegen 3 Uhr 30 auf der D5 Richtung Pilsen von der Fahrbahn ab und ging in Flammen auf. Der Fahrer Bohumil K. und der Beifahrer Milosch S. waren vermutlich sofort tot.«

Lukasch riss Marek die Zeitung aus der Hand und starrte auf die Meldung, als könne er noch weitere Informationen entdecken als die, welche Marek schon vorgelesen hatte. Aber da stand nichts mehr.

»Milosch«, murmelte Lukasch, und sein Gesicht verfärbte sich, »Milosch.«

Schon seit einigen Minuten waren die drei von ihren Freunden umringt, die Pavla gegen die neugierigen Blicke ihrer Klassenkameraden abschirmten. Václav nahm Lukasch die Zeitung aus der Hand und Markéta versorgte Pavla mit Taschentüchern und einem Schluck Wasser.

»Wo hast du denn die Zeitung her?«, fragte Václav.

»Gekauft wird Pavla sie haben«, brummte Marek.

Aber Pavla schüttelte den Kopf und schnaufte laut ein und aus, nahm noch einen tiefen Zug aus Markétas Plastikflasche und wischte sich die Tränen aus dem Gesicht.

»Ich habe sie nicht gekauft. Sie lag heute Morgen vor der Wohnungstür und die Meldung da war schon rot unterstrichen.«

Rot unterstrichen, dachte Marek und starrte auf das Geschmier unter der Überschrift. Das sah nicht so aus, als stamme es von einem normalen Kugelschreiber oder Füller. Es war auch kein dünner Strich, sondern ein dicker, verwischter Balken. Als hätte jemand einen Finger in eine Flüssigkeit getaucht und unter den Buchstaben herumgeschmiert. Und die Flüssigkeit sah aus wie … Marek warf Václav einen Blick zu, der schüttelte fast unmerklich den Kopf und nickte zu Pavla hin. Aber Marek hätte auch ohne Václavs stumme Warnung keinen Ton über seinen Verdacht verloren. Pavla war schon verzweifelt genug.

Václav warf nervöse Blicke über den kleinen Platz vor der Schule. Da drängten sich bereits fast hundert junge Menschen in Gruppen und Grüppchen, saßen auf dem Rasen und auf den Bänken, spielten mit Frisbeescheiben. Und eben bewegten sich mehrere Lehrer aus dem Schulgebäude die Treppen hinunter.

»Wir müssen«, murmelte Václav. »Heute Abend treffen wir uns um acht im Café Vikadlo.«

Marek hielt das für keine so gute Idee. Immerhin gehörte das Café Pan Klíček, und sie wussten immer noch nicht so genau, welche Rolle ihr Impresario in diesem Spiel hatte. Er oder der Graf hatte sie verraten. Zumindest musste der Verräter an jenem Abend im Café gewesen sein. Aber sie konnten das jetzt nicht mehr diskutieren, denn Frau Kaufmannová stand schon an der Ecke und winkte ihnen zu. Die Freunde nahmen Pavla in die Mitte, damit die Lehrerin nicht sah, was mit ihr los war, und sie noch Zeit hatte, sich zu beruhigen, ehe sie sich anderen Menschen präsentierte.

Café Vikadlo II

»Hier«, sagte Václav. »Auf diesem alten Plan ist die zweite Wendeltreppe ebenfalls eingezeichnet, nicht aber der Gang, der in das Treppenhaus zur Kronkammer mündet. Dieser Gang muss also später eingebaut worden sein oder selbst der Zeichner dieses Plans wusste nichts von dem Gang. Aber das ist unwahrscheinlich, schließlich stammt der Plan hier vom Baumeister selbst.«

»Und woher hast du diese Zeichnung?«, fragte Pavla.

»Aus der Bibliothek.«

»Du hast doch nicht ...!«, rief Pavla erschrocken.

»Nein! Natürlich nicht, was hältst du denn von mir. Ich durfte ihn kopieren, ausnahmsweise.«

»Lass mich raten«, sagte Markéta. »Die Bibliothekarin war jung und hübsch und du hast sie mit deinen unwiderstehlichen braunen Augen angehimmelt.«

»So jung war sie auch nicht«, brummte Václav.

Tschako flog mit heiserem Krächzen über die sieben hinweg und Marek versuchte wie immer ihn anzulocken. Diesmal ließ sich der Papagei tatsächlich herab und auf Mareks ausgestrecktem Arm nieder. Marek fütterte ihn mit Brotkrümeln und vergaß den Plan, das Blut auf der Zeitung, die Gespenster und die Krone für einige Minuten völlig.

»Guten Abend, die jungen Künstler. Überlegt ihr euch

ein neues Stück?« Pan Klíček deutete auf den Plan, der selbst aus der Entfernung auch nicht annähernd nach einem Theaterskript aussehen konnte. Václav schüttelte automatisch den Kopf. Da ihr Impresario nicht in seinem Café gewesen war, als sie vor einer halben Stunde hereingekommen waren, hatten sie nicht mehr erwartet, dass er noch auftauchen würde.

Václav überlegte, inwieweit er Pan Klíček trauen konnte. Nach dem, was Marek berichtet hatte, wusste jener geheimnisvolle dritte Mann, und Václav war sich sicher, dass der dritte Mann auf dem Vyšehrad und der geheimnisvolle Besucher im Palais identisch waren, vom Grafen, dass sie letzten Mittwoch die fremdartige Zeitung von einem Gespenst erhalten hatten, das man den Indianer nannte, und dass in dieser Zeitung das Verschwinden der Krone angezeigt war und gleichzeitig, wie man mehr über ihren Verbleib erfahren konnte. Auf jeden Fall war jener dritte Mann seither über jeden ihrer Schritte informiert gewesen. Das aber hieß nicht unbedingt, dass Pan Klíček nicht mit jenem dritten Mann zusammenarbeitete.

Václav faltete den Plan sorgfältig zusammen und erzählte Pan Klíček von einem neuen Theaterstück, das sie aber erst finden müssten, sie stellten sich da dieses und jenes vor. Pan Klíček empfand Václavs Geschwafel als so spannend, dass er sich einen Stuhl heranzog und sich zu seinen jungen Künstlern setzte und nicht bemerkte, dass die das nun ganz und gar nicht brauchen konnten.

Ein Gebimmel schreckte alle acht hoch und Lukasch zog sein Mobiltelefon aus der Hosentasche, besah die Nummer, stöhnte, rumpelte auf und verschwand in den hinteren Teil des Cafés zur Bühne hin. Markéta sah ihm sorgenvoll nach und beteiligte sich dann wieder am Geplänkel mit Pan Klíček, wobei sie ebenso angestrengt darüber nachdachte wie Václav, auf welche Weise sie den Besitzer des Theatercafés hinter seine Theke scheuchen könnten. Aber der hatte sich nun gemütlich eingerichtet und erzählte von vergangenen Aufführungen, als man hier Shakespeare und Thomas Bernhard gespielt habe und wie man mit der Technik zurechtgekommen sei. Die verbliebenen sechs mimten Interesse, und das hätten sie zu jedem anderen Zeitpunkt auch gehabt, nur an diesem Abend eben nicht, denn die zwei Toten lasteten auf ihren Seelen, auch wenn die beiden Männer, als sie noch lebten, Pavla nichts Gutes getan hatten. Aber dass sie mit der verschwundenen Krone zu tun hatten und dass möglicherweise sie, die diese Krone ebenfalls suchten, ernsthaft in Gefahr waren, das hätten sie gerne miteinander besprochen.

Lukasch kam zurück, und man sah ihm an, dass er vor Wut schäumte.

»Was war?«, fragte Markéta.

Lukasch machte eine wegwerfende Handbewegung.

»Ach, mein Onkel. Du weißt schon, wegen des Jobs in Brünn. Mein Onkel will unbedingt, dass ich sofort losfahre. Er wollte mich sogar abholen lassen. Aber morgen gibt es schließlich Zeugnisse. Deshalb hat er sogar meinen Vater bequatscht, dass der meinem Schwesterchen eine Vollmacht mitgibt, damit sie mein Zeugnis abholen kann und mich für diesen Tag entschuldigt.«

»Und jetzt?«, fragte Markéta.

»Nichts und jetzt«, knurrte Lukasch. »Ich bleibe hier, bei euch. Ich will wissen, wie es weitergeht mit der Krone.«

»Apropos«, sagte Pan Klíček, den die sieben über Lukaschs Ausbruch vergessen hatten. »Es kann gut sein, dass es den Geheimgang gibt.« Und der Impresario blinzelte listig zu den beiden Plänen, die sorgsam zusammengelegt vor Václav lagen. »Kennt ihr die Geschichte von Karl Hermann Frank, dem Stellvertreter Heydrichs?«

Und ehe sich die Freunde von ihrer Überraschung erholen konnten, sprach Pan Klíček weiter.

»Kurz vor dem Ende des Krieges befahl Frank Häftlingen eines Konzentrationslagers, im alten Königspalast auf der Burg eine Geheimkammer einzubauen. Dorthin ließ er die Krone und die übrigen Insignien bringen und einmauern. Frank ordnete daraufhin an, die Häftlinge zu ermorden, damit sie niemandem erzählen konnten, wo die Krone war. Er glaubte, er könne sich mit der Krone sein Leben erkaufen. Aber es hat ihm nichts geholfen. Die Prager hatten die Geheimkammer schon gefunden und die Krone herausgeholt und im Dom ausgestellt, damit jeder sehen konnte, dass sie dort ist, wo sie hingehört. Frank wurde in Nürnberg zum Tode verurteilt.«

Pan Klíček machte eine Pause und sah in sieben aufgerissene Augenpaare. »Wenn es diese Geheimkammer gegeben hat«, fuhr er bedächtig fort, »kann es genauso gut im Dom einen Geheimgang geben. Vielleicht wollten sich die Nationalsozialisten den Zugang zur Krone für alle Zeiten sichern.«

Pan Klíček blinzelte Václav zu, stand auf und verschwand hinter seiner Theke.

»Was war jetzt das?«, fragte Marek.

»Schwer zu sagen«, murmelte Václav. Jedenfalls war ihm Pan Klíček unheimlich, aber er hätte nicht zu sagen gewusst, ob er ihm nun traute oder nicht.

»Wir sollten uns jetzt darauf konzentrieren, wie wir in den Dom kommen«, sagte Václav und breitete den Plan aus, den Pavla im Turmzimmer gefunden hatte. »Da ist noch etwas«, sagte Pavla und holte die Zeitung vom Morgen hervor. Marek hätte ihr das blutverschmierte Ding am liebsten aus der Hand gerissen.

»Pavla«, sagte Václav begütigend, aber etwas ungeduldig. »Das haben wir doch schon besprochen. Da gibt es nichts Neues. Die beiden sind tot. Wir wissen nicht, was das mit uns oder mit der Krone zu tun hat. Aber am schnellsten bekommen wir das heraus, wenn wir nachsehen, ob es diesen Geheimgang wirklich gibt und wenn ja, ob die Krone an ihrem Platz ist. Wenn es so ist, können wir alles vergessen. Irgendjemand hat uns versehentlich im Visier und alles war ein blöder Zufall. Wenn nicht, dann …«

»Aber das meine ich doch nicht. In der Zeitung ist ein Inserat.«

»Pavla, bitte!«

»Nein, du hörst mir jetzt zu. Da ist ein Inserat, das sich ganz eindeutig auf uns bezieht.«

»Seit wann inserieren Gespenster in der Lidové Noviny?«

»Das ist egal. Du liest das jetzt!«

Den sieben jungen Freunden

Unter bronzenen Ästen,
abgebrochen und verdorrt,
liegt in einer weißen Schatulle,
was dort nicht hingehört.
Nahebei, zwanzig Schritt nach Westen
liegt begraben, der als lebende Fackel
sich und der Freiheit
ewiges Gedenken gab.

Václav stöhnte.

»Was soll das heißen?«

Pavla wusste es auch nicht, aber sie hatte gehofft, zusammen mit den Freunden eine Antwort zu finden. Sie war sicher, dass mit dem, was in der weißen Schatulle lag, die Krone gemeint war. Und dass man, wenn man lange und sorgfältig genug nachdachte, herausbekommen würde, welcher Platz gemeint war.

Václav nahm die Zeitung nochmals zur Hand und studierte den Text genauer. So ungehalten er zu Pavla gewesen war, so war er doch wie sie davon überzeugt, dass die Nachricht für sie bestimmt war. Marek wurde die Geheimnistuerei dieser Gespenster zu viel, er verabschiedete sich mit einer Handbewegung, um auf die Toilette zu gehen.

Kurz darauf sprang die Tür oben an der Wendeltreppe auf und ein kalter Luftzug wehte durch das Lokal. Tschako stieg in die Luft, flatterte über Tische und Stühle hinweg und schimpfte kreischend.

Pavla hob den Kopf. Dort oben stand jemand in der offenen Eingangstür. Im schummrigen Licht wirkte die Gestalt unscharf und nicht ganz real. Wieder trug sie einen langen Kapuzenmantel, aber ihr Gesicht war vollkommen verdeckt. Ein bronzefarbener Arm fuhr aus dem Umhang und eine Hand winkte ihnen zu. Pavla konnte nicht sprechen, sie stupste Václav an, der war schon längst ihrem Blick gefolgt, hatte aber seine Stimme auch noch nicht wiedergefunden. Die anderen Mädchen saßen paralysiert auf ihren Plätzen. Nur Lukasch, der sich nun auch der Wendeltreppe zugewandt hatte, blieb gleichgültig.

»Da schau einer an. Was will der denn?«

Zwei Finger der Indianerhand streckten sich nun in die Richtung ihres Tisches.

»Das Victoryzeichen!« Lukasch grinste. »Hat er die Weißen besiegt?«

Václav schluckte.

»Ich glaube, er will, dass wir ihm folgen. Zwei von uns.«

Die Hand des Indianers beschrieb eine herrische Bewegung, dabei drehte sich die Gestalt schon halb um und wollte in der nächsten Sekunde aus der Tür.

»Na dann, los!«, rief Lukasch, sprang auf und war in wenigen, langen Schritten am Fuß der Wendeltreppe. Der Indianer fuhr erschrocken zurück, als er Lukasch so unvermutet unter sich sah, und machte eine abwehrende Geste. Das aber beeindruckte den jungen Mann überhaupt nicht. Er schickte sich an, die Treppe nach oben zu sprinten, und rief noch: »Vaschek, jetzt komm schon!«

Václav zögerte einen Moment, während der Indianer oben durch die Tür nach draußen verschwand und Lukasch ihm nachsetzte. Pavla schob hektisch die Pläne auf dem Tisch zusammen, zog aus Mareks Jacke eine Taschenlampe und drückte Václav beides in die Hand.

»Ihr bleibt hier«, sagte Václav. »Telefone habt ihr. Wenn ihr in zwei Stunden nichts von uns hört, dann verständigt die Polizei. Oder sagt Marek, er soll seinen Vater anrufen.«

Václav blickte noch kurz in jedes der vier Mädchengesichter, dann gab er sich einen Ruck, rannte an der Theke vorbei, hinter der Pan Klíček stand und ungerührt Gläser wusch. Aber doch aufblickte, als Václav an ihm vorbeirauschte.

»Was ist denn mit dem los?«, rief Pan Klíček, kam hinter der Theke hervor und trug ein Bier für Lukasch an den Tisch der Mädchen.

»Wo sind denn eure Herren?«, fragte er erstaunt.

»Ich bin hier!«, erwiderte Marek, der eben aus dem hinteren Teils des Cafés von den Toiletten kam.

Die Mädchen erzählten rasch und immer noch schockiert, was geschehen war. Pan Klíček schüttelte nur den Kopf und erklärte, dass er den Indianer nicht gesehen hatte.

Pavla wusste nicht, was sie davon halten sollte. Als der Indianer in jener Nacht erschienen war, als er ihnen die Zeitung gebracht hatte, da hatte Pan Klíček ihn doch auch gesehen.

»Aber er stand doch eine ganze Weile oben im Eingang!«, erklärte Pavla.

Pan Klíček schüttelte erneut den Kopf und begab sich wieder hinter seine Theke.

Die fünf sahen sich verwundert an. Marek fand die ganze Sache höchst verdächtig. Zuerst wieder eines dieser Gespenster, das Lukasch und Václav mit sich gelockt hatte. Wohin überhaupt? Dann Pan Klíček, der den Indianer angeblich nicht gesehen hatte.

»Und woher wusste er von dem Geheimgang? Er kam erst dazu, als Václav die Pläne längst zusammengefaltet hatte, und der mit dem Geheimgang lag ohnehin nicht offen«, fragte Marek in die Runde.

»Du weißt nicht, wie lange er uns schon zugehört hat«, warf Markéta ein.

Pavla zog die Zeitung wieder hervor, faltete und glättete sie, bis die an sie bestimmte Botschaft vor ihnen lag. »Wir können jetzt ohnehin nichts machen«, murmelte sie. »Außer zu versuchen, dieses Rätsel zu lösen.«

Das wird überhaupt keinen Sinn ergeben, dachte Marek, aber dann beugte er sich doch mit den Mädchen über das Papier und begann sich das Gehirn zu zermartern.

Der Radfahrer

Man müsse die jungen Menschen warnen, hatte **sie** *gesagt. Als ob das so einfach wäre. Und man müsse ihnen einen Hinweis geben, wo die Krone sei, damit die sieben sie endlich zurück an ihren Platz bringen könnten. Er sei doch noch nicht so lange Gespenst, er könne das wohl am besten bewerkstelligen. Und das stimmte ja, noch vor wenigen Jahren – waren es zwei oder drei, das wusste er selbst nicht mehr – war er auf einem echten Fahrrad aus Metall jeden Tag zur Arbeit gefahren und das war sein Verhängnis gewesen. Radfahrer waren in Prag gefährdet, weil es keine Radwege gab. Er hatte sich dafür eingesetzt, dass sich das änderte. Sogar eine kleine Demonstration mit zweihundert Radfahrern hatte er organisiert. Er wollte die Sicherheit an den Kreuzungen verbessern, wollte, dass Ampeln aufgestellt würden, dass sich die Prager Autofahrer an die Radfahrer gewöhnten und Rücksicht nahmen. Aber das war ein nahezu sinnloses Unterfangen, denn die Autofahrer erwarteten einfach nicht, dass sich Räder auf den Straßen bewegten. Und es gab ja auch kaum welche, einige Kurierfahrer und einige wie ihn, die Prag zu einer für Radfahrer angenehmen und ungefährlichen Stadt machen wollten. An der Kreuzung, die er als besonders gefährlich beschrieben und für die er Ampeln gefordert hatte, war er schließlich ums Leben gekommen. Ein Autofahrer hatte ihn beim Abbiegen übersehen und so schwer verletzt, dass er nach wenigen Stunden im Krankenhaus gestorben war. Diesem Auto-*

fahrer erschien er hin und wieder um Mitternacht auf seinem Gespensterrad und erschreckte ihn so sehr, dass er nicht mehr derselbe war, fahrig und nervös wurde und kaum noch Auto fuhr. Das genügte dem Radfahrer jedoch nicht, auch auf der Kreuzung tauchte er um Mitternacht auf und jagte den Autofahrern Entsetzen ein. All das würde er bald lassen, hatten ihm seine neuen Kollegen bedeutet. Er würde sich in den Ecken und Winkeln der Stadt oder unten an der Moldau in den Büschen verkriechen und vor sich hinträumen. Alles, was mit seinem Leben zu tun hatte, würde ihm bald völlig gleichgültig sein. Das meiste würde er ohnehin vergessen. Der Radfahrer hatte noch nicht herausbekommen, was die Gespenster unter »bald« verstanden, aber er bemerkte bereits, dass sich sein eigenes Zeitempfinden veränderte. Zwar konnte er noch Treffen pünktlich einhalten, denn er orientierte sich an den Kirchturm- und Metrouhren, aber ob seit einem Gespräch mit Libussa ein oder zwei Wochen vergangen waren, das wusste er häufig nicht mehr zu sagen.

Warnen sollte er die jungen Menschen, damit sie sich keinesfalls auf die Burg locken ließen, und gleichzeitig sollte er ihnen eine Nachricht übermitteln, aus der sie erfahren sollten, wo die Krone war. Und weil ja die erste Zeitung, in der gestanden hatte, dass die Krone verschwunden war, von ihm gemacht worden war, sollte er noch eine zweite anfertigen. Als der Radfahrer noch gelebt hatte, war er Computerspezialist gewesen, und es müsse ihm doch ein Leichtes sein, behauptete Libussa, eine weitere Zeitung zu verfassen. Allerdings hatte ihm Libussa den Text vorgesagt, den er setzen sollte. Und der Radfahrer war aus dem Gedicht oder was immer es war, überhaupt nicht schlau geworden. Was sollten die Jugendlichen damit anfangen?

Die Meldung über die beiden Toten auf der Autobahn war echt gewesen. Die stand in jeder Ausgabe der Zeitung. Das In-

serat jedoch fand sich nur in dem Exemplar, das er dem Mädchen mit dem halblangen aschblonden Haar vor die Tür gelegt hatte. Nur war es ein Problem gewesen, diese Meldung zu kennzeichnen, damit das Mädchen sie auch sofort sah. Er konnte keinen Stift in die Hand nehmen und etwas unterstreichen, für ihn war es schon mühevoll genug gewesen, die Sätze auf dem Computer in der Zeitungsredaktion einzutippen. Bald würde er auch das nicht mehr schaffen. Und beim zweiten Mal war es ungleich schwerer gewesen als beim ersten Mal. Da hatte er sich noch den Spaß machen können, ein Blatt vorne und hinten mit sinnlosen Buchstaben und Zeichen zu bedecken. Aber das war ihm jetzt schon nicht mehr möglich, und deshalb hatte er sich dafür entschieden, das Inserat in einer echten Zeitung zu verstecken. Auch weil er fürchtete, eine Zeitung, die es sonst nicht gab, sei zu auffällig und würde womöglich von jemand anderem als dem Mädchen gefunden und mitgenommen. Der Indianer als Bote schied zurzeit aus. Der war von seinem ersten Auftrag noch so erschöpft, dass er sich unten an der Moldau verkrochen hatte und dort von seiner Prärie träumte oder von dem, woran er sich noch erinnerte.

Einen Stift halten ging also nicht mehr, und so hatte er in der Redaktion, in der er das Inserat in das Exemplar eingepasst hatte, einfach in eine rote Farbkartusche gefasst und um die Meldung herumgeschmiert. Das Ergebnis war nicht überzeugend, aber besser konnte er es einfach nicht mehr. Schließlich hatte das Mädchen die Zeitung bekommen. Der Radfahrer war so lange im Treppenhaus geblieben, bis die junge Frau aus der Wohnung getreten war und die Zeitung aufgehoben hatte. Allerdings hatte er sie nicht so erschrecken wollen. Nicht sie. Nicht einen der sieben jungen Menschen, die versuchten die Krone zurückzuholen. Lieber den Autofahrer oder Autofahrer überhaupt. Und das würde er in der nächsten Nacht wieder tun, solange er noch Lust dazu hatte. Er spürte schon, dass das, was man als Konzentration bezeichnete, immer schwächer wurde. Der zweite Auftrag hatte ihn so viel Kraft gekostet, dass er wohl wie der Indianer für Libussas Vorhaben auch nicht mehr zu gebrauchen sein würde. Aber mit seinem Gespensterrad durch die Straßen Prags geistern, das ging noch, und das würde er tun.

Auf der Wendeltreppe

Václav stürzte auf die Straße und sah Lukasch auf dem Gehweg vor der Metro stehen.

»Wo ist unser Gespenst?«, fragte Václav.

»Das ist verschwunden. Es sagte noch, wir sollten mit der Metro auf die Burg fahren und dort vor dem Tor auf es warten.«

»Es sagte das? Es hat mit dir geredet?«, fragte Václav entgeistert.

Lukasch zuckte gleichmütig mit den Schultern.

»Was ist daran seltsam? Der Aschanti hat doch auch geredet. Er hat uns gefragt, ob einer von uns Metzger sei.«

Und Lukasch kicherte belustigt in sich hinein.

Václav schüttelte missmutig den Kopf, aber dann rannte er mit Lukasch die Treppen zur Metro hinunter.

Fünfzehn Minuten später standen sie vor der verschlossenen Burganlage, unter ihnen gleißte und glitzerte die Stadt in ihrem eigenen Licht.

Hier oben aber war es ziemlich schummrig. Die Laternen des alten Königsweges gaben nur wenig Helligkeit ab, und direkt vor dem Tor zur Burg war es fast dunkel. Václav schritt auf die beiden Türflügel zu, sah sich nervös um, aber da weit und breit niemand zu sehen war, drückte er mit der Schulter wie nebenbei gegen die massive Holztür, doch die bewegte sich keinen Millimeter. Unschlüssig sah er sich um. Lukasch stand hinter ihm und betrachtete die Mauern der Burg.

Da ertönte ein scharfes Zischen. Václav entdeckte den Indianer vor dem eisernen Tor zu den Gärten unterhalb der Burg. Das Gespenst hatte den Arm gehoben und winkte sie herrisch herbei. Václav und Lukasch bewegten sich zögernd auf den Indianer zu. Der öffnete wie selbstverständlich das Gitter und bedeutete ihnen, dem Kiesweg, der unterhalb der Burg verlief, zu folgen. Kurz darauf huschte der Indianer an ihnen vorbei, und sie mussten hinter ihm herrennen, um ihn nicht aus den Augen zu verlieren. Obwohl das so notwendig auch nicht gewesen wäre, schließlich wussten sowohl Lukasch als auch Václav, dass der Weg direkt zum alten Königspalast führte und sie das Gespenst wohl kaum verfehlen konnten.

Der Indianer hatte das Tor zum Königspalast erreicht und bereits die Tür für sie geöffnet. Aber ehe sie ihm nahe kommen konnten, war er schon im Inneren des Palastes verschwunden. Sie mussten eine schmale Treppe nach oben. Václav ahnte nun, wie es weitergehen würde. Oben angelangt, würden sie durch den Königssaal schreiten, dann weiter durch den Palast, von dort führte ein Tor zum dritten Burghof und da würden sie direkt vor der Goldenen Pforte stehen.

Hoch über ihnen wölbten sich die gotischen Bögen, das weiße Licht der Burgbeleuchtung fiel perlend in den dunklen Saal. Václav wäre zu gerne stehen geblieben und hätte sich in diesem mit Geschichte und Geschichten aufgeladenen weiten Raum länger aufgehalten, auch wenn er ihn schon oft genug bei Tag gesehen hatte. Nachts jedoch wirkte der Saal fantastisch und real zugleich, so als würden sich jeden Moment die Türen öffnen und Karl IV. mit seinem Gefolge hereinschreiten, seine Gemahlin elegant an der Hand führend.

Aber das Gespenst stand schon am Ende des Saales und winkte ihnen wieder ungeduldig zu, und als es sich umwandte, um weiterzulaufen, da knarrte das Parkett unter seinen Füßen.

Václav irritierte das, aber er hatte keine Zeit, darüber nachzudenken, denn nun mussten sie durch den Saal, wieder eine Treppe nach unten, die keine richtige Treppe war, sondern eine abschüssige Rutschbahn. Hier waren zur Zeit Karls IV. Pferde direkt in den Königssaal geführt worden. Und Václav begriff, dass sie nicht im dritten Burghof landen würden, sondern auf dem Vorhof zum alten Königspalast. Der Indianer scheuchte ihn und Lukasch von sich weg nach links. Sie mussten durch einen Durchgang, liefen gehorsam weiter auf den dritten Burghof und machten vor der Goldenen Pforte halt. Suchend wandten sie sich um, der Mantel des Indianers rauschte an ihnen vorbei und ein Arm deutete auf das Gitter der Goldenen Pforte. Und ehe sie ihn fragen konnten, was sie nun tun sollten, war er verschwunden. Lukasch und Václav sahen sich unsicher an und betrachteten schließlich das verschlungene schmiedeeiserne Gitter, über das sie nach ihrer Nacht im Dom geklettert waren.

»Hast du gehört, dass der Boden unter den Füßen des Indianers geknarrt hat?«, fragte Václav.

Lukasch zuckte unbeeindruckt mit den Schultern. Knarren oder nicht knarren, das sah er nicht als Problem. Von keiner der Gestalten, die ihnen in den letzten Nächten begegnet waren, hatte er geglaubt, dass es ein Gespenst war. Da er sich ihr Erscheinen aber auch nicht erklären konnte, hatte er den Mund gehalten. Und er sah ebenfalls keinen

Unterschied zwischen diesem Indianer und dem vom Donnerstagabend. Nur, was sollte das alles?

»Vielleicht«, sagte Lukasch vorsichtig, »vielleicht gibt es zwei Gruppen von Gespenstern oder Menschen. Die eine hat die Krone und will, dass wir sie zurückbringen. Die andere hatte sie vielleicht ursprünglich und will sie sich wieder aneignen, aber nicht, um sie zurückzubringen, sondern um sie für ihre Zwecke einzusetzen.«

»Der Graf?«, fragte Václav zögernd.

»Nicht unbedingt. Nach dem, was Marek erzählt hat, weiß der Graf auch nicht, wo die Krone ist«, murmelte Lukasch.

»Der Graf kann sich verstellen«, sinnierte Václav weiter. »Oder aber er gehört zu der Gruppe, die die Krone zurückbringen will.«

»Aber warum schickt er uns als Gespenster verkleidete Handlanger? Warum bringt er die Krone nicht einfach selbst zurück, wenn er weiß, wo sie ist?«

»Das ergibt alles keinen Sinn«, seufzte Václav und betrachtete gedankenvoll die verschlungenen Muster im Tor der Goldenen Pforte.

»Wir sollten es versuchen«, sagte Lukasch aufmunternd. »Womöglich finden wir den Geheimgang und sehen mit eigenen Augen, dass die Krone an ihrem Platz ist oder eben nicht.«

Václav gab sich einen Ruck und nickte Lukasch zu. Während Václav noch das Gitter betrachtete und überlegte, wie sie beide da am besten hinüberkommen könnten, hatte Lukasch schon gegen die Tür gedrückt, die in das Gitter eingelassen war, und die schwang lautlos auf. Václav starrte auf den einladend offenen Flügel und spürte dumpf, dass es nicht gut für sie war, hier zu sein und in den Dom einzudringen, um den Geheimgang zu suchen.

»Was ist?«, fragte Lukasch, und seine Stimme klang belegt.

»Wir sollten zumindest Bescheid geben, wo wir sind«, murmelte Václav und tippte eine Nachricht für Markéta und die Freunde im Café Vikadlo: »Wir sind auf der Burg und suchen den Geheimgang. Melden uns später. Denkt an die zwei Stunden.«

Václav trat durch das offen stehende Gitter auf die Goldene Pforte zu. Lautlos schloss Lukasch die Tür hinter ihnen. Václav ließ den Lichtstrahl von Mareks Taschenlampe über das Gemäuer gleiten. Da waren sie, die Rillen, die er am Sonntagnachmittag mehr geahnt als gesehen hatte, aber nun holte sie das grelle Licht der Lampe deutlich aus dem Mauerwerk. Zwei senkrechte Spalten, etwa zwei Meter umrahmend und in einer Höhe von ungefähr zwei Meter fünfzig durch einen horizontal verlaufenden Spalt verbunden. Václav leuchtete auf der Höhe, auf der sich üblicherweise Klinken oder Türknöpfe befanden, das Mauerwerk ab, aber da war nichts. Kein Loch, in dem sich ein Schloss verbarg, keine Öffnung, in die man hätte greifen können. Hilfe suchend wandte sich Václav nach Lukasch um, aber der war in das funkelnde Gewirr des Mosaiks über der Goldenen Pforte vertieft. Viel war im schummrigen Licht der Laternen auf dem dritten Burghof zwar nicht zu erkennen, aber Lukasch war dennoch fasziniert und überlegte, ob ein Mosaik aus farbigem Glas nicht jenes Licht ausstrahlen könnte, das er am letzten Freitagnachmittag gesehen hatte, als er durch den Dom geschlendert war, ehe er sich mit den Freunden in jener entsetzlich dumpfen und engen Krypta verstecken musste. Der Gedanke daran ließ sein Herz schneller schlagen, und er zwang sich, ruhig ein- und auszuatmen, um die Beklemmung loszuwerden.

Ein leiser Pfiff ließ Lukasch herumfahren. Václav winkte ihn mit einem Kopfnicken herbei. Lukasch stellte sich neben den Freund und betrachtete den Mauerausschnitt, den die Taschenlampe erhellte.

Lukasch betastete die Spalten in der Mauer, drückte mit der Handfläche links, drückte rechts, spürte, dass dort der Stein einige Zentimeter zurückwich, warf sich zu Václavs Entsetzen mit seinem ganzen Gewicht gegen die Mauer und stolperte mit der nachgebenden steinernen Tür in das Innere des Doms. Hinter Lukasch trat der immer noch verblüffte Václav in ein enges, höchstens zwei Quadratmeter messendes Gelass. Eine Wendeltreppe führte steil nach oben in eine undurchdringliche Finsternis. Václav leuchtete hinauf und holte staubbedeckte Stufen aus der Dunkelheit. Weder in dem winzigen Raum, in dem sie standen, noch im Treppenhaus gab es im Mauerwerk eine Öffnung, durch die bei Tage hätte Licht einfallen können.

»Hier müsste auch mal wieder geputzt werden«, brummte Lukasch.

»Wir sollten uns lieber die Tür genauer ansehen«, erwiderte Václav. »Damit wir wieder rauskommen.«

Die beiden untersuchten die Schmalseite der Tür, aber da ragte kein Türschnapper heraus, auf der Innenseite entdeckten sie weder Schloss noch Riegel. Lukasch nahm Václav die Lampe aus der Hand und schickte ihren Strahl zur Mauer neben der Tür. Dort waren unten und oben feste Eisenrahmen angebracht, sie fanden sich auch auf der anderen Seite der Tür. Václav begriff die Vorrichtung nicht ganz, und Lukasch erklärte ihm, dass schwere Bretter oben und unten durch die Eisenrahmen geschoben wurden und so die Tür verschlossen wurde.

»Und wo sind die?«, fragte Václav, nahm Lukasch die Lampe wieder weg und leuchtete den winzigen Raum ab. Aber zwei schwere Bretter hätten die beiden schon längst entdecken müssen.

»Das heißt, man kann die Tür nur von innen schließen, nicht von außen?«, fragte Václav.

Lukasch schüttelte den Kopf.

»Das kann ich mir nicht vorstellen. Es sei denn, es gibt einen Weg von der Wendeltreppe ins Innere des Doms, andernfalls kommt derjenige, der die Tür schließt, nicht mehr raus oder er muss die Tür offen lassen.«

Ratlos standen die beiden in dem winzigen Gelass, als sie über sich Stimmen hörten. Dumpf und sehr weit weg, aber sie kamen ganz eindeutig von oben aus dem Treppenhaus.

Václav und Lukasch sahen sich kurz verwirrt an, dann löschte Václav die Lampe und im Dunkeln begannen sie vorsichtig und möglichst geräuschlos Stufe für Stufe emporzuklettern. Der schwache Schein, der durch die offen stehende Tür in das winzige Kämmerchen fiel, war nach wenigen Schritten verschwunden. Es war völlig dunkel. Sie mussten sorgsam jede Stufe erst ertasten, ehe sie einen Fuß daraufsetzten. Die Hände stützten sie links an der Mauer und rechts an der steinernen Säule ab, an der sich die Wendeltreppe emporschraubte.

Lukaschs Atem ging in ein Keuchen über, aber das kam nicht vom Treppensteigen – Lukasch war sportlich und schlank –, sondern weil die Panik wieder in ihm aufstieg wie damals in der Krypta. Ein Irrsinn, dachte Lukasch, warum bin ich überhaupt mitgegangen? Habe ich meine Tabletten dabei?

In diesem Augenblick passierten zwei Dinge gleichzeitig. Von unten dröhnte das ohrenbetäubende Zuschlagen einer Tür. Von oben flammte ein Licht auf. Es musste ein Scheinwerfer sein, so blendend war die Helligkeit. Václav riss einen Arm hoch und legte ihn über die Augen. Lukasch war so überrascht und fast paralysiert von seiner Angst, dass er sekundenlang in das gleißende Licht starrte. Schließlich schloss er einfach die Augen und setzte sich mit dem Rücken zu dem Scheinwerfer auf eine Stufe.

Hinter dem blendenden Licht befand sich jemand, das spürte Václav, auch glaubte er, das Scharren von Schuhen zu hören, aber aus irgendeinem Grund wollte der Unbekannte noch nicht sprechen.

Schließlich hallte ein Räuspern durch das Treppenhaus, und die Frage, die der Mann hinter dem Scheinwerfer stellte, verblüffte Václav sehr.

»Wo ist der andere Junge, der Novak?«

Lukasch fasste sich als Erster; seine Panik schlief gerade noch, weil es sehr hell und er abgelenkt war durch den Unbekannten dort oben, und deshalb brüllte er durch das Treppenhaus: »Der ist noch auf dem Klo!«

»Sehr lustig«, tönte es von oben. »Aber ich will etwas anderes von euch wissen. Ohne Ausflüchte und dumme Sprüche: Wo ist die Krone?«

Václav glaubte zunächst, sich verhört zu haben, aber dann begriff er recht schnell, dass über ihnen der dritte Mann stehen musste, derjenige, der den Wirt und Milosch ausgeschickt hatte, Pavla einzufangen und nach der Krone zu fragen. Und nun waren Milosch und der Wirt auf der Autobahn Richtung Pilsen ums Leben gekommen. Vielleicht, so überlegte Václav, hatten sie fliehen wollen. Über die Grenze nach Deutschland.

Noch mehr beschäftigte Václav allerdings die Frage, warum dieser Mann, der offensichtlich der Boss der Bande war, sie so hartnäckig verfolgte, er musste doch eingesehen haben, dass sie nicht wussten, wo sich die Krone befand.

»Also, was ist? Ihr seid doch bestens informiert. Immerhin habt ihr Kontakt zu den Gespenstern, und die wissen ganz sicher, wo die Krone ist.«

Václav verschlug es die Sprache. Woher wusste dieser Mensch, dass ihnen die Gespenster dieser Stadt Nachrichten schickten? Aber dann waren jene Gestalten, denen sie begegnet waren, womöglich doch echt und keine Handlanger des Grafen, wie Lukasch und er noch vor Kurzem vermutet hatten. Nur dieser Indianer, der sie hierhergelockt hatte, der hatte im Auftrag des Mannes gehandelt, der hinter dem Scheinwerfer stand. Das begriff Václav nun auch. Kein Gespenst bringt das Parkett zum Knarren, über das es hinwegschwebt. Und der Graf? War damit klar, dass er mit dem Verschwinden der Krone nichts zu tun hatte? Oder hatte der Graf die Krone und der dort oben wollte sie ihm wieder abnehmen? Aber was hatten dann die Gespenster damit zu tun? Nur eines schien Václav klar: Die Krone war nicht mehr an ihrem Platz; das hatte der Mann hinter dem Scheinwerfer ganz sicher schon abgeklärt. Er musste den Geheimgang kennen. Schließlich hatte Pavla in seinem Haus den Plan entdeckt. Und mithilfe dieses Plans hatte der Wachmann die Krone aus der Burg gebracht. Aber die Krone war nicht beim Boss angekommen und der Wachmann hatte mit dem Leben dafür bezahlt. Aber wofür? Dafür, dass er die Krone gestohlen hatte, oder dafür, dass er sie nicht bei seinem Boss abgeliefert hatte?

Václav kam nicht mehr weiter, Lukaschs Überlegungen dagegen waren viel einfacher. Er dachte ausschließlich an die Stimme des Mannes, weil die ihm bekannt vorkam.

»Was ist jetzt, meine Herren? Ich habe nicht vor, mich hier die ganze Nacht aufzuhalten!«

Václav räusperte sich. Aber er wusste immer noch nicht, was er dem Mann erzählen sollte. Einfach die Wahrheit, dachte er. Damit konnte der dort oben am wenigsten anfangen.

»Sie wissen doch ganz genau, dass wir keine Ahnung haben, wo die Krone ist. Sonst wären wir doch gar nicht hier. Sie konnten uns durch den falschen Indianer nur hierherlocken, weil wir glaubten, er führe uns zur Krone.«

Der Mann schwieg einen Augenblick.

»Das mag schon sein. Aber eure Freundin hat auf dem Vyšehrad ein interessantes Gespräch mit Libussa geführt. Die Fürstin muss ihr erzählt haben, wo sich die Krone befindet, sonst hätte sie eure kleine Freundin dort oben nicht empfangen.«

Dass dieser Mensch über ihre Gespräche mit den Gespenstern so gut Bescheid wusste, war Václav unheimlich. Das Treffen auf dem Vyšehrad, das hatte Milosch ihm verraten, weil der gute Lukasch dem Kellner erzählt hatte, dass sie auf die alte Festung wollten. Daraufhin hatte Milosch den Boss informiert, der im Park den Wirt und Milosch auf Pavla angesetzt hatte. So weit, so realistisch. Aber woher wusste der Boss, dass Pavla mit Libussa geredet hatte? Das konnten ihm seine Handlanger nicht verraten haben, die hatten das sicher nicht mitbekommen, sonst hätten sie nicht im falschen Moment eingegriffen. Blieb nur die eine Möglichkeit, dass der Boss ebenfalls Kontakte zu den Gespenstern unterhielt. Entweder gab es einen Verräter unter den Geistern, was Václav aber für nicht sehr wahrscheinlich hielt, oder aber der Boss bezog seine Informationen von jenem einen, der schon zu seinen Lebzeiten hinter der Krone her gewesen war. Václav schauderte.

»Pavla hat auf dem Vyšehrad leider nichts erfahren, weil Ihre Mitarbeiter zu schnell waren. Bevor die Fürstin Pavla erklären konnte, wo die Krone ist, hatte sie ein Tuch mit einem Betäubungsmittel auf Mund und Nase.«

Wieder schwieg der Mann eine Weile, dann sprach er sehr gedehnt: »Tatsächlich? Ist das so gewesen?«

Und Václav begriff nun, warum Milosch und der Wirt hatten sterben müssen. Der Boss hatte ihnen nicht geglaubt, dass Pavla nichts über den Verbleib der Krone gewusst hatte. Er hatte wohl angenommen, dass Pavla seinen beiden Komplizen etwas verraten hatte und dass die nun diese Information für sich behalten und selbst die Krone an sich bringen wollten. Vielleicht hatten die beiden das ja auch erkannt und sich deshalb nach Deutschland absetzen wollen, aber da war es schon zu spät gewesen. Und ein Schauer fuhr durch Václavs Rückgrat. Die passten ja zusammen, der dort oben und Heydrichs Gespenst.

»Ja«, erwiderte Václav. »So ist das gewesen. Wir wissen nicht, wo die Krone ist. Sonst hätten wir sie schon längst geholt und sie dorthin gebracht, wo sie hingehört.«

Der Mann lachte, aber es war kein gutes Lachen.

»Und ihr glaubt wahrhaftig, dass das so einfach ist? Die Krone zu holen und an ihren Platz zu bringen? Vielleicht ist das gar nicht ihr Platz. Vielleicht gehört sie jemand anderem.«

Wen meinte er damit? Den Grafen? Handelte er doch im Auftrag des Grafen oder meinte er sich selbst? Abgesehen davon, sinnierte Václav weiter, gehört die Krone allen Tschechen, das ist ja das Wunderbare an ihr.

»Aber nun genug geplaudert«, fuhr der Mann fort. »Da ihr mir nicht sagen könnt oder wollt, wo sich die Krone befindet, muss ich mich an andere halten, die mir weiterhelfen werden, ohne das zu wollen. Eure Freunde sitzen ja gerade im Vikadlo und knobeln an einer interessanten Nachricht. Eigentlich hatte ich geglaubt, ihr könntet mir sofort sagen, was ihr wisst, aber nun muss ich anders vorgehen.«

Da war schon wieder etwas, das Václav nicht begriff. Der Mann wusste, dass ihre Freunde im Vikadlo saßen, das war klar, schließlich hatte er den falschen Indianer dorthin beordert, um sie hierherzulocken. Woher er diese Information hatte, war schon nicht mehr ganz klar. Wenn er sie aber, was wahrscheinlich war, beschatten ließ, dann war es sicher nicht schwer gewesen, einem von ihnen in das Café zu folgen. Aber wie hatte er von der Zeitung mit dem geheimnisvollen Inserat erfahren? Heydrichs Gespenst? Das wusste aber auch nicht alles, sonst hätte der Boss ja begriffen, dass Pavla auf dem Vyšehrad nichts Entscheidendes erfahren hatte. Ein Verräter in ihren Reihen? Václav schüttelte ungehalten den Kopf. Das konnte nicht sein, obwohl es einiges erklärt hätte. Oder doch Pan Klíček? Er hatte von dem Geheimgang gewusst, er hatte womöglich doch mitbekommen, dass sie das Inserat entschlüsselten.

»Ich darf dann um den Plan bitten, den die Herren von den Gespenstern bekommen haben!«

Václav zuckte zusammen. Da irrte er, der Herr Oberganove. Er selbst beziehungsweise sein Abfalleimer hatte ihnen den Weg gewiesen, aber das musste man ihm ja nicht auf die Nase binden.

Schweren Herzens nahm Václav den Plan aus der Innentasche seiner Jacke. Im Grunde hatte er den Weg zu dem Geheimgang in die Kronkammer im Kopf, aber das half ihm nun auch nichts mehr.

»Nun muss ich auch noch, so leid es mir tut, um die Mobiltelefone der Herren bitten. Um beide selbstverständlich.«

Fieberhaft suchte Václavs Hirn nach einem Ausweg. Er versuchte dem Gleißen des Scheinwerfers standzuhalten und die dahinter stehende Gestalt zu erkennen, aber das gelang ihm natürlich nicht, und ihm fiel auch nichts ein, was ihn und Lukasch aus dieser Zwickmühle herausgebracht hätte.

Er zog dem apathisch auf der Stufe hockenden Lukasch das Mobiltelefon aus der Hemdtasche, sein eigenes aus der Hosentasche und legte den Plan dazu, und für einen kurzen Moment dachte er daran, einen Notruf abzusetzen. Aber welchen Sinn sollte das haben, wenn er nicht erklären konnte, wo sie waren und was ihnen zugestoßen war?

Václav kroch zwei Stufen nach oben und versuchte dem gleißenden Licht auszuweichen und doch noch einen Blick auf den geheimnisvollen Sprecher zu erhaschen, aber das Einzige, was er sah, waren glänzende Lackschuhe. Neben die legte er die Telefone und den Plan und kroch wieder zurück.

Vielleicht sollte ich den Unbekannten noch etwas aufhalten, schließlich habe ich Markéta aufgetragen, die Polizei zu rufen, wenn wir uns in zwei Stunden nicht melden, überlegte er. Obwohl sein Zeitgefühl völlig durcheinander war, wusste er mit Sicherheit, dass er den Boss dort oben nicht so lange würde festquatschen können. Und noch ehe er, dem doch immer etwas einfiel, auch nur den Mund aufmachen konnte, erlosch der Scheinwerfer und ein ohrenbetäubender Schlag dröhnte von oben durch das Treppenhaus, ähnlich dem, der zuvor von unten heraufgehallt war.

Lukasch hatte während des Gesprächs regungslos auf seiner Stufe verharrt und der Stimme gelauscht, während er in dem engen Treppenhaus seine Panik niederkämpfte. Das ging einigermaßen, denn es war wenigstens taghell und das Gespräch hatte ihn abgelenkt, und am Schluss war er sich sicher, wem die Stimme gehörte. Aber in diesem Augenblick dröhnte der zweite Schlag über ihn hinweg, und Lukasch wusste nur zu genau, was das bedeutete. Sie waren eingeschlossen.

Die plötzliche Dunkelheit umklammerte ihn von allen Seiten und sein Herz begann wieder schmerzhaft gegen seinen Brustkorb zu hämmern. Er griff fahrig nach seinem Kopf, veränderte seine Haltung, drückte eine Hand an die Brust, versuchte, ruhig ein- und auszuatmen. Aber all das half nichts mehr. Lukasch sprang auf und schrie, schlug rechts und links gegen das Mauerwerk und spürte einen stechenden Schmerz in den Fingerknöcheln. Er raste panisch die enge Treppe hinunter. Wie aus weiter Ferne hörte er jemanden angstvoll seinen Namen rufen. Es war ein Wunder, dass er in der Finsternis die Treppe nicht hinunterstürzte und sich alle Knochen brach. Lukasch stürzte sich auf die Tür und hämmerte mit beiden Fäusten dagegen. Der rasende Schmerz, der durch seine Hände fuhr, brachte ihn nicht zur Besinnung, auch nicht, dass etwas Feuchtes an seinen Armen hinunterlief. Wie aus weiter Ferne drang eine Stimme an sein Ohr, aber er verstand den Sinn der Worte kaum.

Zwei Arme umfassten ihn von hinten, versuchten ihn von der Tür wegzuziehen und hielten ihn fest.

Die Gnome

Ausgerechnet wir sollen den jungen Menschen helfen. Wir, die wir nie lebten und immer nur geisterten und Schabernack trieben. Selbst Karl IV. erschreckten wir durch unser Kichern und Prusten. Eine ganze Nacht lang suchte er in seinem Schlafzimmer nach uns, aber natürlich fand er nichts. Als wir seinen schönsten Pokal in den Kamin warfen, brummte er nur noch und ging wieder zu Bett.

Wir versuchten es in der nächsten Nacht wieder und kicherten und polterten, aber der Kaiser war nicht zu beeindrucken, er wachte nicht einmal mehr auf. Das machte uns keinen Spaß.

Auf der Burg jedoch gibt es viele Räume und Kammern, in denen wir poltern und kichern und Unfug treiben können. Heutzutage allerdings ist es nicht mehr so lustig; die Menschen erschrecken zwar noch, was sehr komisch ist, aber dann rufen sie die Polizei oder den Kammerjäger oder beide, stellen das Zimmer auf den Kopf, räuchern es aus, streuen Gift. Nicht dass uns das etwas anhaben könnte, aber der Lärm, die Unruhe, der Gestank! Wenn jemand Chaos anrichtet, dann sind das doch wir, nicht die Menschen. Schon lange verkriechen wir uns deshalb auf Dachböden und in tiefen Kellern und kommen nur selten hervor. Nachts ist jedoch kaum noch jemand auf der Burg. Manchmal besuchen wir den Organisten im Dom; er spielt sehr schön auf der Orgel und gibt Konzerte für uns. Wir dürfen ihn sogar erschrecken, dann macht er »Huch« und lächelt melan-

cholisch und wir kichern. Aber besonders spaßig ist das auch nicht. Außerdem geistert seit Kurzem ein anderer um den Dom, der mit der Mütze und den Stiefeln. ***Er*** *war schon zu Lebzeiten widerlich. Als wir* ***ihn*** *damals ein wenig neckten, begann er sofort zu schießen und holte weitere Widerlinge in sein Zimmer, die auch schossen und einen Riesenwirbel veranstalteten, und wir flohen vor dem Gebrüll und dem Hackenzusammenschlagen bis in den obersten Winkel des Domgestühls. Merkwürdiges ging damals vor sich, auch als der Oberwiderling schon tot war. Da bauten Menschen im alten Königspalast Geheimkammern und auch im Dom wurde gehämmert und gemörtelt. Und Schüsse knallten durch die Burg. Es war entsetzlich. Aber* ***er****, der Widerling, gibt immer noch keine Ruhe, schleicht um den Dom, nähert sich der Kronkammer, aber da kann er nicht hinein, dorthin nicht. Die Krone schützt sich selbst vor* ***ihm****. Sie hat* ***ihn*** *schließlich getötet. Wir gehen* ***ihm*** *aus dem Weg, huschen fort, wenn sein Mützenschild in der Ferne aufblitzt.*

Und nun sollen wir die zwei jungen Herren befreien, die der Ganove mit seinen Komplizen eingesperrt hat. Überhaupt geschieht zurzeit wieder Seltsames. Da kommen nachts Menschen in den Dom und laufen darin umher, schleichen durch Gänge, die kein Mensch mehr betreten hat, seit die uniformierten Widerlinge abgezogen sind. Nur wir. Aber der Gang ist langweilig, da ist nichts los.

Wie sich Libussa das vorstellt? Die zwei jungen Herren befreien! Als ob wir etwas anderes könnten als kichern und Schabernack treiben. Wenn es wenigstens lustig wäre.

Das Inserat

Die Mobiltelefone lagen auf dem Holztisch, daneben leere Kaffeetassen und Wassergläser. Kurz nachdem Lukasch und Václav dem Indianer gefolgt waren, hatte Markéta eine Nachricht erreicht. Dass die beiden auf der Burg seien und den Geheimgang suchten und dass die anderen daran denken sollten, die Polizei zu benachrichtigen, falls sich Václav und Lukasch nach zwei Stunden nicht melden sollten. Tschako schaukelte auf seiner Stange im vorderen Teil des Cafés, knusperte an Erdnüssen und ließ die Schalen auf den Boden regnen. Pan Klíček saß hinter der Theke und plauderte mit einem Mann, der sich zu ihm an die Bar gestellt hatte. Drei Tische weiter saßen zwei junge Männer und spielten Schach. Als Marek an den beiden vorbeischlenderte, um bei Pan Klíček noch einen Kaffee für Pavla zu bestellen, warf er einen Blick auf die Partie und stellte fest, dass die zwei kräftigen Burschen vom Schachspiel wenig Ahnung hatten.

Auch Pavla fand die beiden merkwürdig; nicht dass sie Schach spielten, im Vikadlo saßen oft junge und alte Männer und spielten Schach, aber die beiden betrieben ihre Partie höchst unbeteiligt und ohne Schachuhr. Und sie tranken Wasser, kein Bier, nachts um elf in einer Kneipe.

Den Text des geheimnisvollen Inserats konnte Pavla inzwischen auswendig. Sie legte den Kopf nach hinten und dachte nach, ging jede Zeile, jedes Wort noch einmal durch. Ganz hinten in den tiefsten Windungen ihres Gehirns blitzte etwas auf wie Feuer.

»Die zwei Stunden sind um«, sagte Markéta tonlos, und in diesem Augenblick piepste eines der Telefone auf dem Tisch zum Zeichen, dass eine SMS eingegangen war. Markéta riss hastig ihr Gerät an sich, drückte auf eine Taste und starrte nervös auf den kleinen Bildschirm.

»Von Lukasch«, sagte sie erleichtert. »Uns geht es gut. Wir kommen bald.«

Pavla öffnete die Augen und sah Markéta an. Marek schüttelte bedächtig den Kopf.

Aus den Augenwinkeln beobachtete Marek die beiden Schachspieler und bemerkte, dass sie beim Piepsen von Markétas Telefon die Köpfe sofort ihnen zugewandt hatten und sie nun auffällig unauffällig betrachteten.

Da stimmt etwas nicht, dachte Marek, und mit dieser SMS stimmt auch etwas nicht. Wenn Václav und Lukasch den Geheimgang und die Krone gefunden hätten, hätten sie das doch geschrieben, und wenn nicht, ebenfalls. Marek sah den Mädchen an, dass sie dasselbe dachten. Man musste nichts aussprechen, zumal es recht ruhig in der Kneipe war und die beiden seltsamen Schachspieler wahrscheinlich jedes Wort mitbekommen hätten.

Markéta stand auf und wiegte sich langsam zur Theke. Kurz darauf ertönte laute Swingmusik und Markéta wippte und schnippte lächelnd zum Tisch zurück, als würde sie am liebsten die ganze Nacht durchtanzen. Die beiden Schachspieler warfen ihr wütende Blicke zu.

Inzwischen hatte Pavlas Gedankenblitz eindeutige Formen angenommen. Sie musste sich selbst bezwingen, um nicht laut herauszuschreien, was sie entdeckt hatte. Sie winkte mit den Augen die Freunde näher heran und murmelte: »Jan Palach.«

Vier Augenpaare starrten Pavla verständnislos an.

»Das Grabmal Jan Palachs, der sich und der Freiheit ein ewiges Zeichen setzte, indem er sich 1968 auf dem Wenzelsplatz selbst verbrannte, um damit gegen den Einmarsch der russischen Armee in Prag zu demonstrieren, ist auf dem Olšany-Friedhof. Dort in der Nähe ist ein merkwürdiges Grabmal, das aus Metall besteht. Es stellt einen umgestürzten Baum dar.«

Marek stieß einen Pfiff aus.

»Woher weißt du das?«, fragte Bara erstaunt.

»Meine Großmutter ist mit mir früher jeden Tag auf dem Friedhof spazieren gegangen. Ich habe wohl hundertmal vor diesen Gräbern gestanden.«

Marek glaubte nicht, dass es für die Entwicklung eines Kleinkindes sinnvoll war, mit ihm täglich auf einem Friedhof herumzulaufen. Vielleicht hatte Pavla deshalb diesen Gespensterfimmel.

»Wie kommen wir hier raus?«, fragte Markéta und schielte zum Tisch der Schachspieler.

»Alle auf einmal sowieso nicht«, brummte Marek.

Nach längeren Verhandlungen kamen die fünf überein, dass Pavla und Marek versuchen sollten, aus der Gaststätte zu kommen, während die übrigen Mädchen die beiden Schachspieler ablenken sollten.

»Die Hintertür«, sagte Bara, stand auf und stöckelte zum Durchgang, der zu den Toiletten führte.

Einer der beiden Schachspieler erhob sich halb, als er bemerkte, dass Bara aufgestanden war, aber der andere legte seine Hand auf dessen Arm und hielt ihn zurück, als er begriff, dass Bara nur aufs Klo wollte.

»Das wird nicht einfach«, knurrte Marek.

»Wir schaffen das!« Markétas Stimme klang sehr überzeugend.

»Marek und ich laufen zu Fuß«, sagte Pavla. »Es ist nicht so weit. Wir können nach der Kirche auf die Luxemburská und auf der immer geradeaus bis zum Friedhofsgelände.«

»Aber da ist kein Eingang«, warf Marek ein. »Da müssen wir um das riesige Areal herumlaufen.«

»Meine Güte, Marek«, rief Pavla, fast etwas zu laut. »Der Friedhof ist nachts sowieso abgeschlossen, was willst du da mit einem Eingang? Wir müssen auf jeden Fall über die Mauer klettern.«

»Oh, Jäscheschmaria«, brummte Marek.

Bara kam lächelnd zurück und verkündete, dass die Hintertür zum Hof und auch die vom Nachbarhaus auf die Seitenstraße nicht abgeschlossen seien.

»Dann geht's los«, murmelte Marek.

Markéta, Bara und Aneta erhoben sich und tänzelten auf die beiden verblüfften Schachspieler zu, und zwar so, dass den beiden die Sicht auf Marek und Pavla verstellt war. Dabei versuchten die Mädchen die beiden knurrigen Burschen in ein Gespräch zu verwickeln. Das funktionierte zwar nicht ganz, aber es reichte, dass Marek und Pavla durch die Hintertür auf den Hof und von dort aus ins Freie kamen. Und anschließend rannten sie so schnell sie konnten die abschüssige Seitenstraße hinunter.

Der Geheimgang

Es war Václav gelungen, Lukasch von der Tür wegzuziehen und festzuhalten. Der Freund hatte sich etwas beruhigt und aufgehört um sich zu schlagen.

»Wo sind deine Tabletten?«, fragte Václav heiser.

Lukasch griff sich an den Kopf, ein irrsinniger Schmerz pochte durch seine Hände und hielt ihn davon ab, weiter gegen die Tür zu schlagen. Er stieß einige undeutliche Worte aus, aber Václav begriff, was damit gemeint war. Vorsichtig tastete er Lukaschs Hose ab und zog seine Geldbörse aus einer Tasche. Dabei konnte er Lukasch nur noch mit einem Arm halten und der Freund sank stöhnend auf den kalten Steinboden. Mit zitternden Fingern öffnete Václav den Druckknopf des Portemonnaies und tastete darin herum. Einfacher wäre es gewesen, nach oben zu laufen und auf den Stufen nach Mareks Taschenlampe zu suchen, die er irgendwann hatte fallen lassen. Aber er wollte Lukasch nicht alleine lassen. Zwischen den Münzen spürte Václav ein kleines viereckiges Stück Plastik. Er legte die Geldbörse vor sich auf den Boden und versuchte die Hülle von der Tablette zu ziehen. In der völligen Finsternis und mit seinen vor Aufregung und Angst flatternden Händen war das alles andere als einfach. Außerdem musste er sich beeilen. Wer wusste schon, wie lange Lukasch benommen am Boden sitzen blieb, ehe er wieder anfing zu toben.

Erleichtert atmete Václav auf, als er eine runde Tablette in der Hand hielt, die sich zwischen seinen schweißnassen Fingern schon aufzulösen begann.

Mit einer Hand tastete er nach Lukaschs Gesicht.

»Ich habe sie, Lukasch, mach den Mund auf.«

Václav spürte, dass Lukasch gehorchte, und platzierte das Medikament auf seiner Zunge.

»Kannst du das ohne Wasser schlucken?«, fragte Václav besorgt.

»Hm«, machte Lukasch, der angestrengt versuchte, das bröselige Ding hinunterzubringen. Ein Schluck Wasser wäre wunderbar gewesen, aber es ging auch so.

»Hör zu«, sagte Václav eindringlich. »Bleib bitte ganz ruhig hier sitzen. Ich gehe nach oben und hole die Taschenlampe. Dann haben wir wenigstens etwas Licht, und anschließend können wir versuchen, hier rauszukommen. Wir schaffen das, ganz bestimmt schaffen wir das.«

Václav konnte sich zwar beim besten Willen nicht vorstellen, wie sie das anstellen sollten, aber er musste Lukasch aus diesem vermaledeiten Turm bringen. Eine Nacht in einem stockfinsteren engen Gelass würde er nicht überleben. Einem Menschen, der an schwerer Klaustrophobie litt, allerdings zu sagen, er solle in einer winzigen, stockfinsteren Kammer ganz ruhig sitzen bleiben, war völliger Blödsinn, das wusste Václav auch. Er konnte nur hoffen, dass die Tablette zu wirken begann.

So rasch es in der Dunkelheit ging, hastete Václav die Treppe hinauf und tastete jede Stufe sorgfältig nach der Taschenlampe ab. Ungefähr an der Stelle, an der sie der Scheinwerfer überrascht hatte, fand er sie und schaltete sie sofort ein. Sie funktionierte noch. Er leuchtete damit in die Höhe und bemerkte links eine Tür, die aus dem Treppenhaus hinausführte. Obwohl es sinnvoller gewesen wäre, auf der Stelle umzukehren und durch das schwache Licht Lukasch etwas zu beruhigen, rüttelte er an der Tür, aber die war natürlich abgeschlossen. Die Treppe schwang sich noch weiter in den fensterlosen Turm nach oben. Auch dort würde es keinen Ausgang geben.

Václav rannte die Treppe nach unten und hätte beinahe laut aufgeschrien, als der Lichtstrahl der Lampe den am Boden sitzenden Lukasch erfasste. Der lehnte mit dem Rücken an der Eingangstür, hielt den Kopf in die Hände gestützt, von denen Blut rann. Die weißen Steinfliesen um ihn herum waren mit roten, noch feuchten Spritzern übersät.

Václav kniete neben Lukasch nieder und zog ihm sanft die Hände vom Gesicht. Die Knöchel und die Handkanten waren aufgeschürft und blutrot. Die Haut hing in Fetzen von Lukaschs schlanken Händen.

Václav legte die Taschenlampe vor sich auf den Boden und wühlte in seinen Kleidungsstücken nach Taschentüchern. Man müsste immer Aneta dabei haben, dachte er. Aneta hatte stets Jod und Verbandsmaterial einstecken. Wenn wir wenigstens Wasser hätten, könnte ich die Wunden auswaschen.

Sehr vorsichtig legte Václav ein Papiertaschentuch auf Lukaschs linke Hand, das sich sofort vollsaugte. Arzt könnte ich nicht werden, dachte Václav, als es ihn bei diesem Anblick leicht würgte. Die Prozedur mit dem Taschentuch wiederholte Václav dreimal, dann schien das Blut so weit aufgesogen zu sein, dass die Haut oder das, was von ihr übrig war, wieder zum Vorschein kam. Mit der Taschenlampe tastete Václav die Steinplatten ab, hob Lukaschs Geldbörse auf und steckte sie ihm in die Hemdtasche. Gebrauchen konnte Lukasch seine Hände nicht. Dann fasste Václav ihn unter den Achseln und zog ihn hoch. Lukasch stöhnte, stand aber schließlich aufrecht und schlug auch nicht um sich.

»Was jetzt?«, fragte er, und seine Stimme klang relativ normal.

»Nach oben«, schlug Václav vor. Es gab ohnehin nur zwei Möglichkeiten und an der Tür hier unten hatte sich Lukasch bereits ausgetobt.

Václav stieg, die Stufen ausleuchtend, nach oben und Lukasch folgte ihm gehorsam. An der Tür, an der sie der Scheinwerfer überrascht hatte, blieb Lukasch stehen.

»Vergiss es«, murmelte Václav. »Die ist genau so massiv wie die unten.«

Aber Lukasch hatte gar nicht vor, sich an der Tür abzuarbeiten.

»Ich weiß, wer der dritte Mann ist«, sagte er tonlos.

Václav starrte ihn verwundert an.

»Ich habe seine Stimme erkannt«, erklärte Lukasch. Und er fügte kaum hörbar hinzu: »Es ist mein Onkel!«

» Rajský?«

Lukasch nickte, und nun begriff Václav auch, warum ihm der dritte Mann auf dem Vysehrad so bekannt vorgekommen war. Immerhin hatte er Lukaschs Onkel beziehungsweise Großonkel, oder wie auch immer sie miteinander verwandt sein mochten, ein paarmal gesehen. Das letzte Mal nach ihrer Vorstellung im Vikadlo.

»Und warum ist er hinter uns und der Krone her?«

»Woher soll ich das wissen?«, brummte Lukasch. »Ich habe ihn nicht allzu oft in meinem Leben gesehen. Meine Mutter hat den Kontakt zu ihm fast abgebrochen und mein Vater konnte ihn noch nie ausstehen. Es sind alte Geschichten. Er war ja beim Geheimdienst. Jetzt ist er sehr, sehr reich. Und ich habe ihn letzten Sommer angerufen, weil ich einen Job wollte.«

»Und in diesem Jahr hat er dir einen angeboten unter der Bedingung, dass du heute Abend Prag verlässt. Er wollte dich aus der Schusslinie haben, während er uns attackierte.«

Sie wussten also, wer hinter dem Verschwinden der Krone steckte, aber das nutzte ihnen nun auch nichts in diesem fensterlosen Turm. Und die Freunde saßen nichts ahnend im Café Vikadlo, knobelten an dem geheimnisvollen Inserat herum und wurden sicher bereits von Rajskýs Leuten beschattet.

Václav zog Lukasch die Stufen weiter nach oben. Er konnte sich zwar nicht vorstellen, dass sie hoch oben in diesem Turm irgendeinen Weg ins Freie fanden. Aber wenn ihn nicht alles täuschte, dann kam man ganz oben von der Wendeltreppe aus in den Geheimgang. Vielleicht fanden sie dann nach unten in das Kirchenschiff. Er hätte sich den Plan nochmals ansehen müssen, aber den hatte ihm Rajský abgenommen.

In diesem Augenblick wurde es stockdunkel um sie herum.

Nein, dachte Václav, nicht das auch noch. Nicht die Taschenlampe. Václav schüttelte und rüttelte an dem Gerät, hinter sich hörte er Lukasch keuchen. Sie steckten auf dieser entsetzlich engen Wendeltreppe fest und hatten kein Licht mehr, und Václav hatte nicht einmal eine Vorstellung davon, wie weit es noch bis nach oben war und ob es dort am Ende der Wendeltreppe wenigstens etwas Helligkeit gab, und sei es nur ein schwacher Schein von der Beleuchtungsanlage der Burg. Dann spürte Václav, wie jemand an seinen Haaren zog. Was sollte das denn? Lukasch machte oft blöde Scherze, aber doch nicht jetzt. Oder war das ein gutes Zeichen? Václav wollte sich schon umdrehen und nachfragen, was das sollte, als er hohe, leise Stimmen hörte: »Hihihi, hahaha!«

Das ist jetzt einfach nicht wahr, dachte Václav und griff sich an den Kopf. Das Kichern ertönte erneut, und dann hörte er Lukasch brummen: »He, ihr! Wenn ihr schon in meinen Ohren herumkrabbelt, könnt ihr dann nicht wenigstens Licht machen?«

»Hähä«, tönte es von allen Seiten. »Können wir!«

Und in diesem Augenblick flammten rund um die beiden Freunde schwache Lichtpunkte auf. Es war nicht wirklich hell, aber zumindest konnte Václav vor sich die Stufen und neben sich das Mauerwerk erkennen. Ihm graute es, obwohl er froh über das bisschen Licht war, gleichzeitig jedoch hatte er das Gefühl, dass ihm seine halblangen blonden Haare zu Berge standen und ihm die Augen aus den Höhlen quollen. Er sah wahrscheinlich aus wie ein Schauspieler in einem Horrorfilm, dem gerade ein Zombie erscheint. Lukasch dagegen schien überhaupt nicht beeindruckt, er schob Václav einfach zur Seite, übernahm die Führung und sprang immer zwei Stufen auf einmal nach oben, während er das, was da leuchtete, anherrschte.

»Und dass ihr ordentlich Licht macht, ja! Sonst setzt es was!«

»Hähä, es setzt was!«, kicherten und prusteten die unsichtbaren Wesen.

Václav schwankte hinter Lukasch her, während es rings um ihn herum flimmerte und flirrte, gickste und gackste.

Nach wenigen Minuten standen sie am Ende der Treppe, und vor ihnen war, wie sollte es anders sein, eine Mauer.

»Na los!«, knurrte Lukasch. »Zeigt uns, wie wir hier rauskommen.«

»Hihi, hähä«, machte es.

Die unsichtbaren Wesen leuchteten in eine Nische, die in der Mauer verborgen war, und zwischen den Steinen zog Lukasch einen alten, verrosteten Schlüssel heraus. Ratlos starrte Václav den Schlüssel an. Was sollte er damit vor einer Mauer?

»Hier, hier«, kicherten die unsichtbaren Leuchtdioden und strahlten einen Stein in der Mauer an.

»Hier drücken, hihi, drücken!«

Václav drückte gegen den Stein, der sich in nichts von den anderen unterschied. Knarrend ruckelte er nach innen und gab ein Schlüsselloch frei.

Zitternd fingerte Václav den verrosteten Schlüssel ins Schloss, und ihm war klar, dass er dabei möglichst vorsichtig und sanft vorgehen musste, damit er ihn nicht abbrach. Es quietschte und knarrte, aber dann schwang die Mauer auf und dahinter öffnete sich ein langer, dunkler Gang.

»So, ihr Leuchtdinger, jetzt zeigt uns mal, wie wir aus dem Dom kommen!«

»Hähä, hihi!«

Flimmernd und funkelnd flogen Glühpunkte vor ihnen durch die Luft, schaukelten, stiegen auf, sanken weiter nach unten.

»Wenn ihr hier keine klare Richtung hinbekommt, brech ich euch alle Knochen!«, brüllte Lukasch so laut, dass seine Worte in dem finsteren Flur widerhallten.

»Knochen«, grölten die Unsichtbaren begeistert. »Hat man so was schon gehört. Er bricht uns die Knochen! Hähä, haha! Ist der lustig!«

»Was auch immer«, knurrte Lukasch, und Václav sah ein Grinsen über sein Gesicht huschen. Der Gang war so breit, dass sie nebeneinandergehen konnten. Dem macht das Spaß, dachte Václav entgeistert. Sich in engen, dunklen Räumen fürchten, in denen absolut nichts ist, aber sich königlich amüsieren, wenn unsichtbare Wesen an einem herumzupfen, kichern und auch noch im Finstern leuchten. Die Angst ist ein seltsames Ding.

Die sprechenden und kichernden Glühwürmchen führten die beiden Freunde den Flur entlang bis an sein Ende, schließlich eine Treppe hinunter, um mehrere Ecken und Abzweigungen und dann standen sie vor einer Tür. Aber die war nur angelehnt, und als Václav sich niederbeugte, sah er, dass das Schloss aufgebrochen war, es war ein altes, einfaches Türschloss.

Er zog die Tür weiter auf und lugte in den Raum. Sagen konnte er nichts, auch wenn Lukasch ihn flüsternd fragte, was er denn sehe.

Václav blickte in die Kronkammer. Er hatte viele Fotos von ihr gesehen. Und das, was er nun vor sich hatte, sah genauso aus wie auf den Abbildungen. In der Mitte des kleinen, fensterlosen Raumes stand ein Tisch mit acht Stühlen. Dahinter ein Kasten, dessen Flügel offen standen. Das war auf den Bildern nicht so gewesen. Sehr vorsichtig setzte Václav einen Fuß in den Raum, wohl wissend, dass es einer Entweihung gleichkam, wenn er nun in dieses Zimmer latschte. Obwohl – er war Tscheche und es war auch seine Krone, sie gehörte schließlich allen, und da durfte er wohl nachsehen, ob sie noch an ihrem Platz war. War sie nicht! Das rote Samtkissen, auf dem sie zu liegen hatte, war leer. Daneben aufbewahrt wurden das Zepter, der Reichsapfel und das Schwert. Die Preziosen funkelten und glitzerten im Irrlicht der sprechenden Glühwürmchen.

Lukasch seufzte hörbar auf und möglichst geräuschlos traten sie den Rückzug an. Selbst die Gnome, es mussten Gnome sein, das war Václav inzwischen klar geworden, auch wenn ihn diese Erkenntnis nicht im Geringsten beruhigte, auch die Gnome hatten nicht das leiseste *Hi* von sich gegeben, während die beiden Freunde mit angehaltenem Atem die Kronkammer bewundert hatten. Dafür fanden sie zu ihrer alten Form zurück, kaum dass die beiden die Tür lautlos hinter sich zugezogen hatten.

Sie schwirrten kichernd und prustend um die beiden jungen Menschen herum, zwickten sie, zogen sie an den Haaren, bissen in ihre nackten Unterarme oder in die Finger, bis Lukasch brüllte: »Schluss! Ihr benehmt euch jetzt und bringt uns aus dem Dom, und zwar auf geradem Wege und ohne Schnickschnack!«

»Hähähä, hahaha, hihihi!«, quietschten die Irrlichter. »Der ist lustig, der ist ja richtig lustig!«

Die Gnome beleuchteten den Gang und führten sie zur Wendeltreppe zurück.

»He! Was soll das?«, brüllte Lukasch, und in seiner Stimme schwang wieder Panik mit. »Wir wollen hier raus, nicht zurück in den Turm!«

»Das geht nicht anders«, wisperten ihre knochenlosen Führer. »Es gibt nur diesen einen Weg oder ihr geht nach unten zur Wenzelskapelle, aber die Tür geht von innen nicht auf!«

»Aber wieso habt ihr uns dann überhaupt hierhergeführt und nicht sofort nach unten und hinaus?«, fragte Václav, der zu fürchten begann, dass sie nie wieder aus dem Dom kamen.

»Ihr wolltet doch wissen, ob die Krone noch da ist. Jetzt wisst ihr es!«

Jetzt wissen wir es, dachte Václav bitter, und er stolperte hinter den Glühwürmchen her, denen das ernsthafte Gespräch schon längst langweilig geworden war. Sie zupften und zwickten wieder an Lukasch und Václav herum, prusteten ihnen in die Ohren, verfingen sich in ihren Haaren, beleuchteten aber brav die Steinplatten auf dem Boden.

An der geheimen Tür in der Mauer blieb Václav stehen und überlegte, ob er den Zugang von der Wendeltreppe wieder verschließen sollte. Aber wozu? Außerdem irrlichterten die Würmchen bereits die Wendeltreppe nach unten, und Václav musste sich beeilen, damit er sie und Lukasch einholte.

Am Fuße der Treppe standen sie wieder vor der Tür, die Lukasch in seiner Angst und Verzweiflung bearbeitet hatte. Das wird nichts, dachte Václav. Wie soll die Tür aufgehen? Wir haben sie doch von oben bis unten untersucht.

Die Gnome beleuchteten das Mauerwerk links von der Tür und forderten Václav kichernd und prustend auf, wieder gegen einen Stein zu drücken. Der tat das und tatsächlich schwang die Tür lautlos nach innen auf, das Licht ihrer geisterhaften Begleiter erlosch, das letzte »Hihi« verklang und Lukasch sprang aus dem Turm, schrie erleichtert auf, breitete die Arme aus und drehte sich, alle Angst vergessend, um sich selbst. Václav dagegen war etwas missmutig.

»Wir haben vergessen, deine gut gelaunten Freunde zu fragen, wie wir aus der Burg kommen.«

Lukasch hörte auf sich zu drehen und winkte ab. »Das wird schon gehen. Beim letzten Mal hat es auch funktioniert. Wir rennen den Königsweg runter und aus dem Tor beim Schwarzen Turm.« Er breitete die Arme wieder aus und flog fast durch den dritten Burghof, über den St.-Georgs-Platz, am Lobkowitz-Palais vorbei. Und tatsächlich schwang das Tor zum Königsweg genauso schwerelos auf wie die Tür des Turmes und die beiden Freunde sprangen die Treppen hinunter.

Taxi, dachte Václav. Ein Taxi und dann sofort ins Vikadlo und nachsehen, was mit Marek und den Mädchen ist.

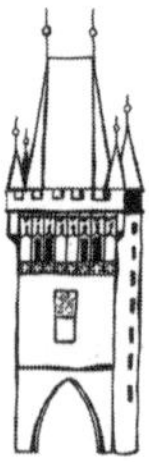

Die Krone

Marek spürte sein Herz gegen die Rippen hämmern und bekam kaum noch Luft, als Pavla endlich stehen blieb und atemlos auf eine kleine eiserne Tür in der Mauer zeigte.

»Da rüber?«, keuchte er.

Pavla nickte. Sie hatte keine Luft mehr für Worte.

Marek begutachtete die Tür. Darüber zu kommen, war kein Problem, aber dahinter lag der Friedhof, und ihm war ganz und gar nicht wohl bei dem Gedanken, nachts darauf herumzustolpern.

Ein Motorengeräusch ließ die beiden zusammenzucken, und obwohl es äußerst unwahrscheinlich war, dass die falschen Schachspieler aus dem Vikadlo sie schon aufgespürt hatten, spürten beide, dass es wohl sinnvoller wäre, so schnell wie möglich von der Straße zu verschwinden. Pavla stieg in Mareks ineinander verflochtene Hände und er beförderte sie möglichst sanft über die Tür, dann schwang er sich über das schwarze Gitter und landete auf einem Grabhügel. Marek seufzte. Das war genau der Ort, an dem er nachts gegen Mitternacht nicht sein wollte. Um ihn herum raschelte und knisterte es. Etwas Trockenes verfing sich in seinen Haaren. Von jenseits der Mauer fiel der schummrige Schein der Bogenlampen auf die Bäume und Büsche, beleuchtete die weißen Grabsteine gespenstisch.

Marek klopfte seine Jacke ab, wühlte in den Innentaschen.

»Was suchst du denn?«, fragte Pavla.

»Meine Taschenlampe«, flüsterte Marek nervös.

»Ach die«, murmelte Pavla, und es klang ein wenig schuldbewusst. »Die hat Markéta Václav mitgegeben, damit er sich im Dunkeln zurechtfindet.«

Ausgezeichnet, dachte Marek und wurde ein wenig wütend. Und wie soll ich mich nun zurechtfinden? Markéta ist schon sehr großzügig mit meiner Taschenlampe.

»Aber das macht nichts«, tröstete Pavla ihn. »Ich kenne mich hier so gut aus, ich finde den Weg auch im Dunkeln.«

Und sie reichte Marek eine Hand, die er gerne ergriff. Während er hinter Pavla hertorkelte, überlegte er, warum sie beide nicht in dieser lauen Sommernacht auf dem Petřin spazieren gehen konnten so wie andere Paare auch, anstatt hier zwischen den Gräbern umherzuirren. Denn Pavla hielt sich nicht an die Kieswege, sie lief quer über den Friedhof, vermied es aber sorgsam, auf die Grabhügel zu steigen.

Längst hatte Marek die Orientierung verloren, aber sie schienen wieder in der Nähe einer Friedhofsmauer angekommen zu sein, denn es wurde heller und er konnte einzelne Grabsteine, Büsche und Bäume unterscheiden, und er sah auch die Mauer, über die der Schein der Straßenlampen fiel.

»Hier«, flüsterte Pavla und blieb stehen. »Hier ist das Grab Jan Palachs. Siehst du?«

Marek nickte und betrachtete den Grabstein, der wohl auch tagsüber unheimlich wirkte, aber im diffusen Licht stockte ihm der Atem. Ein Mensch war hier abgebildet, wohl aus Metall auf die liegende Grabplatte aufgetragen.

Aber dieser Mensch bestand nur noch aus einzelnen Teilen. Marek erkannte die Umrisse der Beine, einen Teil des Rumpfes, der Kopf war nur angedeutet.

Sanft zog Pavla ihn weiter. Diesmal hielten sie sich auf einem Kiesweg, und es dauerte nur noch wenige Minuten, bis sie wieder stehen blieb. Sie deutete auf eine Art Gestrüpp, das sich auf einem Grabhügel ausbreitete, aber Marek erkannte, dass das vor ihm keine Pflanzen waren, sondern Metall. Ein umgestürzter Baum als Denkmal.

»Was bedeutet das?«, fragte Marek.

»Ich weiß es nicht«, erwiderte Pavla. »Unter dem Metallbaum ist eine Grabplatte, da stehen die Namen, sonst nichts.«

»Und wo soll sie sein?« Marek wagte nicht, das Wort »Krone« auszusprechen. Pavla zuckte mit den Schultern.

»Wahrscheinlich irgendwo zwischen den Zweigen dieses Eisenbaumes. Derjenige, der sie versteckt hat, wollte sicher nicht, dass man sie von außen sieht.«

Marek bückte sich, kroch ein Stück unter die ineinander verschlungenen Äste und passte darauf auf, nirgendwo anzustoßen. Diese Zweige ließen sich nicht zur Seite biegen. Pavla hatte sich ebenfalls auf den Boden gelegt und robbte hinter ihm her.

Jetzt brauchte ich aber wirklich die Taschenlampe, dachte Marek verzweifelt. Aber nach einer Weile hatten sich seine Augen an die Dunkelheit gewöhnt und er sah vor sich etwas Helles. Es schien viereckig zu sein und war wahrscheinlich aus Pappe.

»Das darf nicht wahr sein«, murmelte er. »Da hat jemand eine Chlebíčky-Schachtel in das Grabmal gesteckt.«

Chlebíčky sind kleine oder größere belegte Schnittchen, die man in Feinkostenläden kaufen kann. Erwirbt man mehrere, so werden sie in quadratische, weiße Schachteln gepackt und mit bunten Bändern verschnürt.

»Vielleicht ist sie da drin«, mutmaßte Pavla.

»Was?« Marek schrie fast und fuhr mit dem Kopf herum, dabei stieß er sich schmerzhaft an den eisernen Zweigen. Er legte sich flach auf den Boden und streckte seinen Arm so weit wie es ging nach vorne, und er hätte die Schachtel auch berühren können, wenn in diesem Augenblick nicht eine Hand aus Eis und Schnee sich um sein Herz gelegt und es so fest zusammengedrückt hätte, dass er aufstöhnte. Die spitzen, scharfen Nadeln, die ihn schon mehrmals gequält hatten, bohrten sich auch dieses Mal in seine Wirbelsäule. Sein Rücken fühlte sich an wie eine einzige eiternde offene Wunde. Und während er noch gepeinigt und mit schmerzverzerrtem Gesicht dalag und mit irrem Blick durch das eiserne Gezweig starrte, blitzte vor ihm ein Mützenschild auf und ein Mondstrahl ließ das tödliche Zeichen auf seiner Vorderseite grell aufleuchten.

Du nicht mehr, dachte Marek und biss die Zähne aufeinander, bis ihm auch die Kiefer schmerzten. Deine Zeit ist vorbei. Du wirst jetzt dorthin zurückkehren, wo du hingehörst, in dein Grab. Und alles, was von dir bleibt, ist eine grauenvolle Erinnerung, aber hier hast du nichts mehr verloren.

Marek schob seine Hand Millimeter um Millimeter nach vorne auf die Chlebíčky-Schachtel zu und mit jedem Millimeter wurde der Druck auf sein Herz stärker und die Nadeln in seiner Wirbelsäule wurden schmerzhafter. Seine Blutbahnen gefroren und er bekam kaum noch Luft. Dann spürte er Pavlas Hand auf seinem Arm. Sie hatte sich näher an ihn herangerobbt und lag nun fast auf seinem vor Schmerz bewegungsunfähigen Rücken. Marek fühlte eine sanfte Wärme, die sein vereistes Blut ein wenig auftaute. Und mit einer letzten Anstrengung, die ihm fast das Gehirn zerriss, schnellte Mareks Hand vor und berührte die Schachtel. In diesem Augenblick war die Faust aus Eis und Schnee, die sein Herz umklammert hielt, verschwunden. Ein bösartiges Zischen sirrte durch die Luft, und das blitzende Mützenschild im Gezweig löste sich auf.

Eine Weile blieben Marek und Pavla keuchend und dem Schmerz nachlauschend liegen, dann fingerte sich Marek näher an die Schachtel heran und versuchte sie zu sich heranzuziehen. Aber das war gar nicht so einfach. Sie war für eine Chlebíčky-Schachtel viel zu schwer.

»Meine Güte«, stöhnte Marek, der an dem viereckigen Ding herumzerrte. »Wie viel wiegt sie denn?«

»Über zwei Kilo«, antwortete Pavla trocken.

Gemeinsam zogen und schoben sie an der Schachtel, bugsierten sie und sich selbst unter dem gefährlich eisenharten Gezweig hindurch und krochen schließlich auf den Kiesweg. Dort verharrten sie sitzend, bis sich ihr Atem beruhigt hatte. Marek blickte Pavla unsicher an, die Schachtel lag zwischen ihnen und wurde matt von den Bogenlampen jenseits der Mauer beschienen.

»Mach die Schachtel auf«, sagte Pavla bestimmt. Aber ihre Stimme klang belegt.

Mareks Finger zitterten, als er an den unteren Rand der Schachtel griff und den Deckel Stückchen für Stückchen hochzog.

Das, was er dann sah, war nichts Bestimmtes. Es flirrte und funkelte und gleißte im Mondlicht und warf mit Strahlen um sich, sodass Marek den Blick abwenden musste. Erst nach einigen Sekunden erkannte er, was in der Schachtel lag. Sie war viel, viel schöner als auf jeder Abbildung. Die blauen, roten und grünen Edelsteine schimmerten in einem sanften, zarten Licht. Jeder Stein hatte eine andere Form. Manche waren oval, andere rechteckig, aber niemals war ihr Umriss gleichförmig perfekt. Jeder hatte seine Eigenheiten. Die vier Aufbauten, die sich über dem Reif der Krone erhoben, sahen aus wie dreiblättrige Kleeblätter und waren mit vier Steinen derselben Farbe geschmückt. Ganz oben saßen die Perlen, die vornehm glänzten. Über das Rund der Krone erhoben sich elegant zwei Bögen, die in der Mitte aufeinandertrafen, auf ihnen saß ein kleines Kreuz, ebenfalls aus Gold, und in seiner Mitte war ein blauer kreuzförmiger Edelstein. Abgeschlossen wurde das goldene Kreuz oben mit einem eiförmigen blauen Stein und an den beiden Armen mit länglichen hellroten Steinen.

Pavla griff nach Mareks Hand. Benommen und verzückt saßen sie mehrere Minuten lang im Funkeln der Krone. Weder Pavla noch Marek wäre auf die Idee gekommen, die Krone zu berühren. Es genügte völlig, auf dem Kiesweg zu sitzen und sie anzusehen, wie sie in all ihrer Pracht in der Chlebíčky-Schachtel lag.

»Komm«, flüsterte Pavla. »Wir müssen hier weg! Wir müssen sie zurückbringen.«

Marek nickte, erhob sich und starrte unsicher die offene Schachtel an. Was für ein Irrwitz, dachte er, die Krone in diesem Ding da zu transportieren. Aber sie hatten nichts anderes. Die Krone anzufassen und offen vor sich herzutragen, war völlig undenkbar.

Wieder zitterten ihm die Finger, als er den Deckel nach unten schob und das Paket vorsichtig hochnahm. Es musste mehr wiegen als etwas über zwei Kilo, aber das kam ihm wahrscheinlich nur so vor.

Pavla ging voran und führte ihn zurück zu der kleinen, eisernen Pforte. Hier kamen sie mit der Schachtel sicher am einfachsten aus dem Friedhof. Dieses Mal kletterte Pavla ohne Mareks Hilfe hinüber, denn der konnte sich nicht dazu überwinden, die Krone auf den Boden zu stellen. Er reichte ihr die Schachtel hinüber und schwang sich dann selbst über das Türchen.

Kaum standen sie nebeneinander auf dem Gehsteig, als von oben von der Haltestelle der Straßenbahn her ein bulliger Kerl auf sie zulief, auf sie deutete, sich dann umdrehte, winkte und brüllte. Marek wollte den Kerl gar nicht genauer in Augenschein nehmen, denn ihm war auch so schon klar geworden, dass es sich nur um einen der beiden Schachspieler aus dem Vikadlo handeln konnte. Pavla stand immer noch mit der Schachtel auf dem Bürgersteig, als Marek auf die Straße stürzte und ein Taxi anhielt, das gerade den Berg hinuntersauste. Der Fahrer bremste abrupt. Marek riss die hintere Tür auf und schob Pavla samt Schachtel in den Fond, donnerte die Tür zu, rannte hinten um das Taxi herum und warf sich neben Pavla auf den Rücksitz.

»Ah, Exzellenz«, ertönte eine bekannte Stimme. »Und was steht heute Nacht an?«

»Das ist die Prinzessin«, erwiderte Marek ungerührt und deutete auf Pavla. »Da ist die Krone drin.« Er zeigte auf die Chlebíčky-Schachtel. »Wir müssen auf die Burg und irgendwelche Gauner sind hinter uns her.«

Pavla warf abwechselnd dem Taxifahrer und Marek erstaunte Blicke zu.

»Alles klar«, sagte der Taxifahrer, rammte den Gang ins Getriebe und bretterte mit 80 Stundenkilometern den Berg hinunter.

»Sehr erfreut, Sie kennenzulernen, Prinzessin«, fuhr der Taxifahrer fort. »Ich nehme an, der Wagen hinter uns hat uns im Visier.«

Marek drehte sich um und sah riesige Scheinwerfer direkt hinter der Heckscheibe aufleuchten. Er schrie auf, weil ihm nun doch die Nerven durchgingen, aber da bog das Taxi scharf nach links ab und der Abstand zu den bösartigen Leuchten vergrößerte sich. Pavla und ihm hätte nichts Besseres passieren können, als ausgerechnet in diesem Taxi zu landen, denn der Fahrer verstand sein Geschäft, das wusste Marek noch von seiner letzten Fahrt.

»Wirklich, Prinzessin, das ist ein ausgesprochen aufregender junger Mann, den Sie sich da erwählt haben!«, sagte der Taxifahrer und zwinkerte Pavla im Rückspiegel zu. Pavla hatte sich wieder gefangen und lachte und dann legte sie ihre Hand auf Mareks Hand und beider Hände lagen auf der Chlebíčky-Schachtel.

»Sie haben ganz recht«, erwiderte Pavla zu Mareks freudiger Überraschung. »Er ist ein sehr aufregender junger Mann!«

Sakra, sakra, dachte Marek und lächelte beglückt.

Der Taxifahrer war mit allen Schleichwegen und Abkürzungen vertraut, denn er fuhr schon seit vielen, vielen Jahren Taxi und kannte die Straßen und Ampeln Prags wie kein Zweiter. Nur wäre es ihm in dieser Nacht wahrscheinlich dennoch nicht gelungen, die Verfolger abzuschütteln. Bei Tage funktionierten bestimmte Tricks. Etwa der, im letzten Moment über eine auf Gelb stehende Ampel zu rauschen und so den Wagen dahinter zu zwingen, bei Rot zu halten. Aber nachts herrschte kaum Verkehr und insofern scherten die Verfolger die roten Ampeln wenig, sie schienen weder Polizei noch Blitzgeräte zu scheuen und rasten dem Taxi mit nahezu 100 Kilometern pro Stunde hinterher.

»Vorsicht!«, schrie Marek.

Der Wagen, es war ein schwarzer Daimler, hatte aufgeholt und preschte neben dem Taxi her. Marek konnte nun deutlicher, als es ihm lieb war, das Gesicht des Beifahrers und eines der Männer im Fond erkennen. Es waren tatsächlich die beiden unbegabten Schachspieler aus dem Vikadlo. Der Daimler schwenkte nach rechts und versuchte das Taxi zu rammen, aber der Taxifahrer bog einfach nach rechts ab, obwohl da gar keine Straße war, sondern ein Grünstreifen, den er holpernd und schlitternd überquerte.

»Exzellenz, Sie sollten die Krone etwas abschirmen. Auf der Hutablage liegt eine Decke.«

Pavla drehte sich um und griff nach einer weichen, wolligen Decke, die sie mit Mareks Hilfe sorgsam um die Schachtel wickelte, während das Taxi eine Einbahnstraße in entgegengesetzter Richtung entlangfegte.

Aber all die verkehrswidrigen Manöver des erfahrenen Taxifahrers hätten den Daimler in dieser Nacht nicht abgeschüttelt, denn Rajský, er saß selbst am Steuer, scherte sich nicht im Geringsten um Einbahnstraßen, Grünstreifen oder Ampeln. Schließlich ging es um mehr, um viel, viel mehr als Verstöße gegen die Straßenverkehrsordnung.

Nur als Rajský das Taxi in die Einbahnstraße hinein verfolgte und sich anschickte, es von hinten zu rammen, da tauchte wie aus dem Nichts ein Radfahrer auf, direkt vor seiner Windschutzscheibe, so als ob er eine Straße überqueren wollte. Aber da war doch gar keine Kreuzung! Und als der Radfahrer unter seinem Wagen verschwand, schrien Rajskýs debile Leibwächter auf. Wozu engagiert man diese mit Kraftfutter gemästeten Kampfmaschinen, wenn sie wie blond bezopfte Teenager quietschen, nur weil ein Radfahrer unter dem Auto verschwindet? Rajský hatte kaum die Geschwindigkeit gedrosselt. Seine Kerle faselten etwas von Fahrerflucht und Totschlag, aber was sollte das denn in dieser Situation? Fahrerflucht und seinethalben auch Totschlag würde er schon deichseln. Wozu hatte er Freunde in höheren Positionen?

Es war ihm sogar gelungen, diesen Geheimgang zu entdecken. Zugegeben, dabei war es nicht mit rechten Dingen zugegangen. Nach der Wende hatte er versucht, wichtige Dokumente an sich zu bringen. Listen, die noch von den Nationalsozialisten stammten und die alle Besitzer wertvoller Kunstwerke und Preziosen verzeichneten und natürlich auch, wo und bei wem diese wertvollen Dinge heute aufbewahrt wurden. Auch andere Dokumente hatte er sich beschafft, über Fabriken und Personen. Und all das war hilfreich dabei gewesen, sich ein Vermögen und Einfluss aufzubauen. Eines Tages aber war er auf ein Phänomen gestoßen, das eine Information hatte, die noch viel wertvoller war als alles, was er sich bislang verschaffen konnte. Heydrichs Gespenst hatte ihm den Plan mit dem Geheimgang gezeigt. Er hatte all die Jahre auf einem Dachboden der Burg vor sich hingemodert. Rajský hätte die Krone schon vor Jahren holen können, aber er wollte keinesfalls selbst in dieses Verbrechen verstrickt sein. Er brauchte Handlanger. Und dieser Karel schien wirklich ideal. Wachmann auf der Burg. Ein naiver Kerl, der eine Menge Schulden hatte und eine junge Frau samt kleinem Kind. Karel hatte diese Schulden loswerden und seiner Familie ein angenehmes Leben bieten wollen.

Der Wachmann konnte auf der Burg aus und ein gehen, ohne dass Rajský seine Beziehungen hatte spielen lassen müssen. Ihm hatte er den Plan kopiert. Er sollte die Krone aus der Kronkammer über den Geheimgang nach draußen schaffen und sie Milosch und dem Wirt übergeben. Aber dabei war etwas schiefgelaufen. Die Krone war verschwunden und mit ihr die Kopie des Plans. Das Original lag sicher in Rajskýs Tresor. Karel hatte am nächsten Morgen tot im Hirschgraben gelegen. Völlig unklar blieb, wo er die Krone hingebracht hatte. Eine Weile hatte Rajský geglaubt, er stecke mit Milosch und dem Wirt unter einer Decke und alle drei hätten ihn um die Krone betrügen wollen.

Und dass die Kleine nichts gewusst hatte, das hatte er seinen Handlangern einfach nicht abgekauft. Jetzt sah er das anders, aber um die beiden Idioten war es nicht schade und ein Risiko einzugehen war bei dieser Sache absolut unmöglich gewesen. Schleierhaft blieb Rajský allerdings, wie diese jungen Idealisten samt seinem durchgeknallten Großneffen an diesen Plan gekommen waren. Sein Großneffe war auch so eine Nummer. Wenn seine Eltern etwas einsichtiger gewesen wären, damals und heute, hätte er viel mehr für sie und ihre Kinder tun können. Er war schließlich kein Unmensch. Aber was musste sich der Junge in diese Sache einmischen. Und dann war der Kerl, den er als Indianer verkleiden ließ, auch noch unfähig gewesen, zu verhindern, dass Lukasch mit in den Turm kam. Deshalb war er relativ sanft mit den beiden umgegangen. Ob sie allerdings je wieder rauskamen, das war eine andere Frage. Besser wäre es schon, wenn die zwei nie wieder ausplaudern konnten, worüber er mit ihnen geredet hatte, auch wenn er sich sicher war, dass Lukasch ihn nicht erkannt hatte.

Wo hatten Lukasch und seine Freunde diesen Plan her? Das ging ihm nicht mehr aus dem Kopf. Es mussten die anderen Gespenster gewesen sein, die Lukasch und seinen Freunden den Plan verschafft hatten. Obwohl ihm Heydrichs Gespenst mehrmals versichert hatte, dass mit den anderen Gespenstern nicht allzu viel los sei und dass man von ihnen nichts zu befürchten habe. Aber dafür, dass diese Gestalten angeblich so verträumt und unkonzentriert waren, hatten sie allerhand Unfug angestellt.

Und jetzt noch dieser Radfahrer, der war auch nicht echt. Das begriff Rajský, als seine muskelbepackten Schafsköpfe nun aufkreischten, weil der Radfahrer direkt neben dem Fahrersitz auftauchte und ins Innere des Wagens grinste. Er trug einen Helm, einen dieser modischen Fahrradhelme, aber das Gesicht war kein Gesicht, sondern ein Totenschädel. Das brachte Rajský nun doch aus der Fassung und er bremste ab. Was ihn noch weiter aus der Fassung brachte, war, dass sich der Radfahrer oder das, was von einem Körper nach zwei Jahren im Grab übrig geblieben war, auf seine Motorhaube schwang und mit seinen Knochenhänden auf das Blech einschlug. Dabei grinste der Schädel ihm direkt durch die Windschutzscheibe ins Gesicht, und das Skelett, an dem noch Fleisch- und Kleiderreste hingen, drosch auf den Wagen ein – ein völlig wahnsinnig gewordenes Gespenst. Weil Rajský nun auch nicht mehr sehen konnte, wohin er das Auto lenkte, bremste er und brachte das Gefährt zum Stehen. Da war das Taxi schon längst verschwunden. Aber im Grunde war das egal. Rajský wusste doch, wohin die beiden Jugendlichen die Krone bringen wollten. Nur spielte das seltsamerweise in diesem Moment auch keine Rolle mehr, denn er konnte nur noch paralysiert auf das Gespenst starren, das eine Art Tanz auf seiner Motorhaube aufführte. Rajskýs Leibwächter waren in Ohnmacht gefallen.

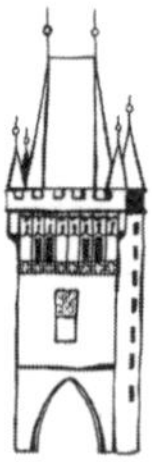

Die Rückkehr

Václav versuchte durch die dunklen Scheiben zu sehen, aber er konnte absolut nichts erkennen. Das Vikadlo war geschlossen.

»Das kann nicht sein«, brummte Lukasch. »Die würden doch nicht einfach nach Hause gehen, ohne uns zu benachrichtigen.«

Václav erinnerte Lukasch daran, dass sie keine Mobiltelefone mehr hatten.

Lukasch schickte sich an, mit der Schulter gegen die gläserne Eingangstür zu rennen, aber Václav erwischte ihn gerade noch am Ärmel und hielt ihn zurück. Für Václavs Geschmack hatte Lukasch in dieser Nacht genug Türen gerammt oder auf sie eingeschlagen. Václav drückte einfach auf die Klinke und die Tür schwang auf. Eine seltsame Nacht, dachte er, in der alle Türen und Tore quasi von selbst aufschwingen.

Zögernd traten die beiden auf die Empore der Wendeltreppe. Es war stockfinster im Vikadlo. Dann schraken sie zusammen, weil ein ohrenbetäubendes Krächzen und Kreischen anhob und etwas durch die Luft rauschte. Tschako! Er war offensichtlich unzufrieden und beschwerte sich lauthals darüber bei den späten Besuchern.

»Guten Abend«, rief Václav, als Tschakos Gekrächze etwas abgeebbt war. »Ist jemand da?«

Václav beugte sich über das Geländer und glaubte undeutlich dumpfe Laute wahrzunehmen. Lukasch hatte inzwischen mit seinen verletzten Händen die Wand neben der Tür abgetastet, wobei er bei jeder Berührung die Zähne zusammenbeißen musste, um nicht vor Schmerz aufzuschreien. Schließlich flammte das Deckenlicht auf, und beide brauchten einige Sekunden, ehe sie verstanden, was der Anblick bedeutete, der sich ihnen bot. Dann aber stürzten sie die Wendeltreppe in den Gaststättenraum hinunter auf die drei Mädchen zu, die irgendwelche Idioten auf ihren Stühlen festgebunden hatten. Außerdem hatten sie etwas im Mund und darüber hatte man ihnen ein Band geklebt. Den dreien quollen schon fast die Augen aus dem Kopf, weil sie kaum noch Luft bekamen und würgen mussten. Václav stürzte von einer zur anderen und riss ihnen erst einmal den Klebestreifen vom Mund. Lukasch, der seine Hände kaum gebrauchen konnte, versuchte mit den Zähnen Markétas Fesseln zu lösen. Auf der Suche nach einem Messer rannte Václav hinter die Theke und entdeckte dort einen gefesselten, sich auf dem Boden windenden Pan Klíček. Václav leistete stumme Abbitte für alle Verdächtigungen, die er gegen ihren Impresario gehegt hatte. In einer Schublade fand er ein scharfes Küchenmesser, schnitt in Windeseile dem älteren Herrn die Schnüre durch, die um seine Hände und Füße geknotet waren. Den Knebel konnte sich Pan Klíček selbst abnehmen. Václav sprang über die Theke und kniete hinter den Stühlen der Mädchen und säbelte ihre Fesseln durch. Die schnappten nach Luft, husteten, spuckten aus, weinten und schluchzten. Endlich waren alle drei die schmerzenden Schnüre los und rieben sich tränenüberströmt die brennenden Hand- und Fußgelenke.

Markéta schrie laut auf, als sie Lukaschs blutverkrustete Hände sah, fiel ihm um den Hals und weinte. Lukasch war das nicht unangenehm. Aneta, die sich bereits etwas erholt hatte, gönnte sich rasch einen Schluck Wasser, leerte ihren Rucksack auf einem Tisch aus, suchte Jod und Verbandszeug heraus und begann sowohl Lukasch als auch die Mädchen und Pan Klíček professionell zu verarzten. Sich selbst versorgte sie erst danach.

Während Aneta noch Wunden desinfizierte und Verbände anlegte, erzählten Markéta und Bara den beiden Jungen, was passiert war.

Die drei Mädchen hatten versucht die beiden falschen Schachspieler abzulenken, während Pavla und Marek durch die Hintertür geflohen waren. Aber das hatte nicht lange funktioniert. Die beiden ungehobelten Burschen hatten sie unsanft zur Seite geschoben und sehr rasch den Weg zum Ausgang bei den Toiletten entdeckt. Sie waren allerdings sofort wieder zurückgekommen und hatten die drei bedroht und geohrfeigt. Die Mädchen hatten geschrien wie am Spieß, aber im Vikadlo waren außer dem Mann an der Theke, der mit Pan Klíček geplaudert hatte, keine Gäste mehr, und der hatte sich zu ihrem Entsetzen auf Pan Klíček gestürzt, als er die Polizei rufen wollte. Dann hatten die drei Kerle die Mädchen an die Stühle gefesselt und geschlagen, bis sie ihnen sagten, wohin Pavla und Marek verschwunden waren. Sie hatten ihnen verraten, dass ihre Freunde zum Friedhof wollten, aber den Weg zum Grabmal hatten sie ihnen nicht beschrieben. Das hätten sie auch gar nicht gekonnt, selbst wenn sie es gewollt hätten. Denn nur Pavla kannte sich auf dem Friedhof so gut aus, dass sie die Wegbeschreibung der Gespenster begriffen hatte. Die drei Mädchen hatten noch mitbekommen, dass die Gauner sich um den Friedhof postieren wollten, um Pavla und Marek abzufangen, sobald die mit der Krone das Gelände verließen.

Schließlich saßen sie alle mit Pan Klíček erschöpft und geschunden um einen Tisch und hofften, dass die Schmerzen nachlassen würden.

»Was ich immer noch nicht verstehe«, murmelte Václav, »ist, wieso diese Kerle so genau über jeden unserer Schritte informiert waren.«

Pan Klíček senkte schuldbewusst den Blick und murmelte, dass das wohl seine Schuld sei. Gleich nach der Nacht, in der sie Theater gespielt hätten und in der auch der Indianer aufgetaucht sei, habe ihn am nächsten Morgen zufällig Milosch besucht, der habe früher mal bei ihm als Kellner gearbeitet, und er habe sich erkundigt, wie es denn so laufe und was so los sei, und da habe er Milosch eben dies und das erzählt, unter anderem auch von dem geheimnisvollen Indianer und der Gespensterzeitung. Er habe sich nichts dabei gedacht. Erst als Milosch auf der Autobahn ums Leben gekommen sei, habe er begriffen, dass irgendetwas wohl nicht in Ordnung sei.

Der ist nicht zufällig vorbeigekommen, dieser Milosch, dachte Václav bitter.

»Und woher wussten diese Verbrecher, dass wir auf dem Vyšehrad ein Treffen mit einem Gespenst hatten?«, fragte Bara.

»Das war bekanntlich meine Schuld«, brummte Lukasch und versuchte mit seinen von Aneta kunstvoll einbandagierten Händen einen Schluck aus einem Bierglas zu nehmen. Markéta half ihm dabei.

»Ich habe doch Milosch im Hausflur getroffen und der hat mich ausgefragt. Und den Rest hat mein Onkel mit seiner ihm eigenen Gründlichkeit erledigt. Schließlich war er in jener Nacht bei der Theateraufführung dabei und wusste genau, wer hier mitgespielt hatte.«

»Dein Onkel?«

Lukasch nickte grimmig.

»Der Mann, der hinter der Krone her ist, ist mein Onkel Radek Rajský!«

Lukasch erzählte rasch, was im Dom vorgefallen war und dass er die Stimme seines Onkels erkannt hatte.

Bevor die fünf sich fassen konnten, schrillte eines der Mobiltelefone. Die drei Kerle hatten sie ihnen gelassen, und das zeigte, dass sie eben doch nicht so gewieft waren wie ihr Chef.

Mareks Stimme ertönte aufgeregt aus dem Lautsprecher.

»Wir sind gleich auf der Burg. Wir haben die Krone, aber wir kennen den Weg zum Geheimgang nicht. Und die Kerle aus dem Vikadlo sind hinter uns her. Der Taxifahrer hat sie zwar abgehängt, aber die tauchen sicher noch einmal auf.«

Markéta versuchte Marek so kurz wie möglich zu erklären, was inzwischen passiert war, und Václav hatte sich Baras Telefon ausgeliehen und zwei Taxis geordert. Ehe Markéta noch zu Ende gesprochen hatte, standen die fünf bereits auf dem Bürgersteig.

Zwar erwischten sie keine Fahrer, die so schwungvoll fuhren wie Mareks, aber trotzdem standen die beiden Autos nach zehn Minuten oben auf der Pulverbrücke vor dem großen Tor zum zweiten Burghof. Nachts ist wenig Verkehr in Prag und die Ampeln stehen nur sehr selten tatsächlich auf Rot.

Václav bezahlte rasch die beiden Taxis – er war der Einzige, der noch Geld bei sich hatte. Dann rannte er auf ein weiteres Taxi zu, einen gelben Škoda, an dessen Fahrertür ein älterer Mann lehnte, eine Zigarette rauchte und ihm freundlich entgegenlächelte. Daneben hatten sich Pavla und Marek aufgebaut.

»Und?«, keuchte Václav. »Wo ist sie?«

Marek bückte sich in den Fond und schob sanft die Decke von der Schachtel, dann wuchtete er sie vom Rücksitz und drückte sie Václav in die Arme.

Václav starrte die Chlebíčky-Schachtel an und öffnete den Mund, aber ehe er losbrüllen konnte, legte ihm Pavla beschwichtigend die Hand auf die Schulter.

»Wir haben sie nicht in diese Schachtel gelegt, aber es ist im Moment nichts anderes da. Du solltest dich beeilen, ehe diese Verrückten hier sind.«

Václav drehte sich zu Lukasch um, aber der hob entschuldigend seine einbandagierten Hände. Und überhaupt war es wahrscheinlich keine gute Idee, ausgerechnet Lukasch noch einmal in die engen Gänge der Burg zu lotsen, auch wenn er sich mit diesen kichernden Gnomen so gut verstanden hatte. Wie auch immer, dachte Václav, wahrscheinlich ist es meine Aufgabe, die Krone zurückzubringen. Nur diese Chlebíčky-Schachtel. Das ist doch ein Irrwitz! Václav schritt auf das Tor zu, mühsam die Schachtel auf seinen Armen balancierend.

Der Zauber der Nacht hielt an, und Václav kam durch das große, geschlossene Holztor, ohne dass er recht wusste, wie. Die Gnome? Oder hatte die Krone die Kraft, Türen zu öffnen?

Kaum hatte er die geheime Pforte zur Wendeltreppe hinter sich, da hörte er es wieder kichern und prusten.

»Reißt euch zusammen!«, brüllte Václav. »Und leuchtet gefälligst so, dass ich etwas sehe. Und wehe, ihr zieht mich an den Haaren oder kneift mich. Das ist jetzt nicht der richtige Zeitpunkt dafür!«

»Och«, machte es an seinem linken Ohr. »Das ist aber nicht der, der so lustig ist. Der andere war viel lustiger.«

Aber die Gnome rissen sich doch am Riemen und erhellten die Stufen und Nischen und Gänge ganz ordentlich, sodass Václav ohne zu stolpern oder gar hinzufallen rasch vorankam. Nur hin und wieder prustete einer der kleinen Spaßmacher verhalten. Die Chlebíčky-Schachtel auf seinen Armen allerdings wurde immer schwerer. Sie bogen in den Geheimgang ein, und Václav war froh, dass er die Geheimtür nicht mehr abgeschlossen hatte. Das wäre nun doch allzu umständlich gewesen, die Tür noch einmal zu öffnen. Vielleicht wäre der altersschwache, verrostete Schlüssel abgebrochen. Nun ging es Treppen hinunter. Václav stand der Schweiß auf der Stirn, sein Herz pochte vor Anstrengung gegen seinen Brustkorb und seine Arme waren so schwer wie Blei. Er redete sich gut zu und zwang sich, die Arme ruhig zu halten, damit das, was in dieser unmöglichen Schachtel war, nicht hin und her rutschte.

Ein zweites Mal in dieser Nacht betrat er die Kronkammer. Alles war so, wie er sie vor einer Stunde – oder waren es zwei gewesen? – verlassen hatte.

Vorsichtig senkte er Zentimeter um Zentimeter die Arme und ließ die Schachtel sanft auf den Tisch gleiten. Dann blieb er einige Minuten keuchend stehen und starrte in den Schrank aus Holz, in dem der Reichsapfel, das Zepter und das Schwert im Licht lagen, das seine unsichtbaren Freunde in den fensterlosen Raum sandten.

Václav blies die Backen auf und atmete prustend aus. Dann berührte er mit den Fingerspitzen die Schachtel und zog den Deckel so vorsichtig wie möglich auf. Auch ihn blendete die Pracht, die ihm aus der Schachtel entgegenstrahlte. Wie Pavla und Marek auf dem Friedhof sah auch er in den ersten Sekunden nichts Bestimmtes, sondern nur das Gleißen und Funkeln des Goldes und farbige Schlieren. Nach einer Weile konnte er ebenfalls die einzelnen kleeblättrigen Aufbauten, die zierlichen Bögen über dem Rund der Krone, die blauen, roten, rosafarbenen und grünen Edelsteine, von denen jeder eine andere Größe und Form hat, unterscheiden. Lange stand er in den Anblick dieses wundervollen, jahrhundertealten Kunstwerks versunken, und da wurde er ganz ruhig und zufrieden. Die Anspannung der letzten Tage zerstob wie Staub und in diesem Augenblick wünschte und begehrte er überhaupt nichts mehr.

Du musst sie zurücklegen, meldete sich eine Stimme in seinem Kopf. Aber wie? Er konnte sie doch unmöglich anfassen. Suchend sah sich Václav im Raum um, aber da war natürlich nichts. Keine Serviette, kein Handtuch. Wie auch? Václav blickte wieder auf die Krone und seufzte.

»Macht mal bitte mehr Licht«, flüsterte er. Seine kichernden Leuchtdioden taten ihr Bestes und es wurde fast taghell in der Kronkammer.

»Jetzt«, sprach sich Václav Mut zu, »jetzt geht's los!«

Aber es ging eben nicht. Václav starrte seine Hände an, die nach dieser Nacht in den staubigen Fluren und Gängen des Doms verdreckt und von den Versuchen, Lukaschs Verletzungen zu versorgen, blutverschmiert waren. Wenigstens die Hände sollte ich mir waschen, dachte Václav. Und er wischte sie, weil nichts anderes möglich war, an seinem Hemd ab. Aber davon wurden sie auch nicht sauber.

Fürst Wenzel, hilf!

Zitternd schob Václav seine Fingerspitzen unter den goldenen Reif der Krone, aber so konnte er die zwei Kilogramm Gold nicht hochheben. Václav zerbiss sich vor Anspannung fast die Unterlippe, als er mit seinen Handflächen den unteren Teil der Krone umfasste und sie vorsichtig aus der Schachtel zog. Angestrengt hielt er die Krone von seinem schmutzigen Hemd weg und schritt langsam auf den Schrank zu. Behutsam senkte er sie auf ihr rotes Samtkissen hinab und zog erleichtert seine Hände unter ihrem Reif hervor.

Da lag die Krone nun wieder, wo sie hingehörte. Václav seufzte auf und blickte noch einmal auf die wertvollsten Kunstwerke seines Landes, dann schloss er die beiden Türen des Schrankes, ging aus der Kronkammer und zog lautlos die Tür hinter sich zu. Die Chlebíčky-Schachtel nahm er mit. Die hatte in der Kronkammer nichts verloren.

Während Václav die Krone an ihren Platz zurückgestellt hatte, hatten sich seine fröhlichen Glühwürmchen nicht gemuckst, sondern ausschließlich stumm geleuchtet, aber im Geheimgang war ihre Geduld zu Ende. Sie kicherten und prusteten wieder und zogen Václav an den Haaren, fingerten mit Geisterhändchen in seinen Ohrmuscheln herum, einer bohrte seine unsichtbaren Greifer sogar in seine Nase. Aber Václav hatte sich an all diesen Unfug gewöhnt und außerdem konnte ihn nun nichts mehr aus der Ruhe bringen. Nur als er am Ende des Geheimgangs angelangt war, an der Stelle, an welcher der Gang durch die immer noch offen stehende Geheimtür wieder auf die Wendeltreppe führte, blieb er stehen und sah zurück. Man müsste diesen Gang unbegehbar machen, dachte er. Rajský hatte noch den Plan, und Václav war sich sicher, dass das Exemplar, das er von ihm zurückgefordert hatte, nicht das einzige war.

Václav kratzte sich am Hals, weil da irgendeiner klebte,

der ihn dauernd ins Schlüsselbein zwickte, ein anderer hatte sich in seinen Haaren verfangen und flocht ihm dort anscheinend Zöpfchen, zumindest fühlte sich das so an.

»Hihihi«, tönte es an seinem Ohr. »Jetzt kommt was ganz Lustiges. Du musst hier in die Nische greifen und an dem Hebel ziehen.«

»Aha«, murmelte Václav gedankenverloren. »Und was dann?«

»Hähähä, das wird lustig!«

Na gut, dachte Václav, griff in die von seinen Glühwürmchen recht hübsch erhellte Nische und zog an einem eisernen Griff. Der Donner, der daraufhin durch den Gang hallte, machte ihn fast taub, und er warf sich instinktiv auf die Wendeltreppe und prellte sich die Rippen. Dort blieb er liegen und wartete, bis sich die Staubwolke verzogen hatte, die aus dem Gang ins Treppenhaus waberte. Hustend und sich die brennenden Augen reibend, erhob er sich wieder und brüllte: »Was war das, ihr Wichtel? Seid ihr jetzt völlig übergeschnappt!«

»Hihihi! War das nicht lustig? Das wollten wir schon lange mal sehen! Der Gang ist zu. Der Gang ist zu!«

Václav starrte benommen von seinem Platz auf der Treppe in die Richtung, in der vor wenigen Sekunden noch der Geheimgang gewesen war. Jetzt lag da ein Berg Geröll. Erst nach einer Weile begriff Václav, was das bedeutete. Der Gang war tatsächlich verschlossen. Nun gab es wieder nur einen Zugang zur Krone. Den über die Wenzelskapelle und ihre Tür mit den sieben Schlössern.

Václav schwankte das noch immer mit Staubschwaden geschwängerte Treppenhaus hinunter und versuchte sich die Explosion zu erklären. Währenddessen fummelten und krabbelten seine geisterhaften Leuchtdioden an ihm herum, erhellten dabei aber brav die Treppe, sodass Václav wenigstens ungefähr sah, wohin er trat.

Hatten die Nationalsozialisten diesen Mechanismus eingebaut, um den Gang notfalls wieder unbrauchbar zu machen? Aber woher wusste Rajský davon? Ganz sicher hatte Heydrichs Gespenst damit zu tun. Aber was war mit dem Wachmann? Warum hatte er Rajský die Krone nicht übergeben? Hatte er ein schlechtes Gewissen bekommen und sie deshalb auf dem Friedhof versteckt oder wollte er sie für sich selbst behalten und das Geschäft alleine machen? Oder hatte Heydrichs Gespenst sie dort untergebracht? Aber das konnte wohl nicht sein. Die Krone schützte sich anscheinend selbst vor Heydrich, sonst hätte sich das Gespenst schon längst ihrer bemächtigt. Es benötigte die Hilfe von Lebendigen und die hatte es von Rajský und seinen Handlangern erhalten. Und wer hatte den Wachmann getötet? Rajský? Aber das ergab keinen Sinn, schließlich hatte nur der Wachmann gewusst, wo er die Krone hingebracht hatte. Heydrichs Gespenst, weil der Wachmann seinen menschlichen Komplizen hintergangen hatte? Aber das war ein zu schauriger Gedanke. Ein Gespenst, das immer noch Macht über Leben und Tod hatte. Und Václav dachte an die Faust aus Eis und Schnee, von der Marek erzählt hatte und die er selbst gespürt hatte, als er mit den Freunden aus dem Dom gelaufen war.

Die Gnome zupften und stupsten und zwickten immer noch an ihm herum, als er sich am Fuß der Wendeltreppe wiederfand. Sie schnieften jetzt sogar.

»Komm bald wieder«, krähte es an seinem Ohr. »Du bist so lustig. Und bring den anderen mit, der ist noch lustiger.«

Sonst noch was, dachte Václav. Seine Angst vor den Gnomen hatte er verloren und sich an das Gekicher und

Gezupfe fast gewöhnt. Aber wiederkommen wollte er dann doch nicht. Trotzdem bedankte er sich herzlich bei seinen unsichtbaren Glühwürmchen für die Dienste, die sie ihm geleistet hatten. Die Geheimtür musste er nicht öffnen, sie schwang von selbst auf und gab ihm den Weg frei in den dritten Burghof. Die Nacht war warm und klar, Václav hustete, denn der Staub saß ihm immer noch im Hals, dann blieb er eine Weile stehen und sah hoch zu den Sternen. In diesem Augenblick bemerkte er, dass er die Chlebíčky-Schachtel verloren hatte. Wahrscheinlich war sie ihm bei der Explosion aus der Hand gerissen worden. Nicht dass es schade um sie war. Die Denkmalpfleger jedoch, die den Dom untersuchten, würden sich sicher wundern.

Als Václav aus dem Pacassitor auf die Pulverbrücke trat, bot sich ihm ein ungewöhnlicher Anblick. Der Platz war taghell erleuchtet, mehrere Polizeifahrzeuge schickten blaue Blitze in die Sommernacht. Václav drückte sich an der Mauer entlang und trat zu seinen Freunden, die sich von dem Spektakel etwas abseits hielten. Markéta schrie bei seinem Anblick leise auf und starrte ihn entgeistert an. Václav war über und über mit Staub und Dreck bedeckt und seine Haare standen zu zwanzig Zöpfchen geflochten von seinem Kopf ab.

»Erkläre ich dir später«, murmelte Václav. »Was ist hier los?«

Er erkannte Mareks Vater, der an einem Polizeiauto lehnte und mit einem elegant gekleideten Herrn sprach, der einem schweren Daimler entstiegen war. Václav schob die Freunde näher an das Geschehen heran und bemerkte, dass sich Pavla und Marek im Gleichschritt bewegten und Händchen hielten. Václav lächelte.

»Sie hatten es heute Nacht aber sehr eilig, Herr Rajský«, sagte Mareks Vater gerade, als sie nahe genug herangekommen waren, um zu verstehen, was gesprochen wurde.

»Ja, ja«, murmelte Lukaschs Onkel und starrte mit einem irren Blick die sieben Freunde an. »Dringende Geschäfte, Sie verstehen!«

»Aber natürlich«, erwiderte Jan Novak. »Nachts um halb zwei sind die Geschäfte immer dringend. Nur mussten wir Sie mit vier Polizeifahrzeugen hier kurz vor der Burg stoppen, um zu verhindern, dass sie mit ihrem Daimler das Tor durchbrechen.«

Rajský blickte immer noch wie ein Wahnsinniger um sich.

»Was ist eigentlich mit Ihrem Wagen passiert?«, fragte Herr Novak weiter und zeigte auf die faustgroßen Dellen in der Motorhaube des Daimlers.

»Ach, wissen Sie, das ist der reine Vandalismus. Es ist schon unglaublich, was seit dem Ende des Kommunismus an die Oberfläche unserer Gesellschaft gespült wurde.«

»Das ist wirklich ganz unglaublich, da gebe ich Ihnen recht«, entgegnete Herr Novak und zeigte Rajský die Zähne.

Eines Tages erwische ich dich, das verspreche ich dir, dachte Mareks Vater, und zwar nicht nur wegen überhöhter Geschwindigkeit und Nichtbeachtens polizeilicher Anweisungen. Vielleicht haben mir mein Sohn und seine neue Freundin ja noch einiges zu erzählen, womit ich dich festnageln kann, Herr Rajský.

Die Gespenster

Der Indianer schwebte gelassen um eine der Lampen unten am Moldauufer. Er mochte ihren gelben Schein und genoss die Stille der Nacht. Lubomira saß am Rand ihres Brunnens und kämmte sich mit den Fingern die nassen Haare. Sie fror gar nicht mehr und sie fühlte sich so wohl wie noch nie, aber sie hätte nicht erklären können, warum das so war.

Herr Karoubek saß im »Fischklub« und bestellte ein zweites Bier bei dem Kellner, der für den verunglückten Wirt eingesprungen war. Der junge Mann war fast so grün im Gesicht wie der Wassermann, als er mit zitternden Händen die Flasche auf den Tisch stellte. Karoubek gurgelte einen Dank und patschte mit den Füßen in der mit Moldauwasser gefüllten Wanne herum.

Auf einer Insel im Fluss lag der Aschanti auf dem Rücken und blinzelte in die Sterne. Er träumte von seiner letzten großen Liebe, die der Metzger so grauenvoll beendet hatte.

Sie alle waren erschöpft und ließen sich durch die zauberhafte Nacht treiben, in der die Krone ihren Platz wieder eingenommen hatte.

Nur die Gnome waren hellwach, hatten sie doch die seit Jahrhunderten lustigsten Stunden erlebt. Sie trollten sich glucksend und kichernd durch den Dom, blickten begeistert in den eingestürzten Gang und entdeckten zwischen den Trümmern, welche die Explosion herausgeschleudert hatte, die Chlebíčky-Schachtel. Ein wundervolles Spielzeug. Sie setzten sich hinein, zogen den Deckel zu und hopsten prustend und lachend über Treppen und steinerne Flure, bis die Sonne die ersten hellen Strahlen in das alte Gebäude schickte.

Der Radfahrer saß entspannt auf einer Mauer am Moldauufer und sinnierte über die silbernen Muster, die der Mond auf dem Wasser tanzen ließ. Fast hatte er schon vergessen, warum er so ruhig und gar nicht mehr verzweifelt und wütend war, als neben ihm eine weiße Gestalt erschien.

»Meinen herzlichsten Dank«, hauchte Libussa. »Ohne dich hätten unsere jungen Freunde die Krone wohl nicht so schnell zurückbringen können.«

»Es war mir ein Vergnügen, Fürstin«, erwiderte der Radfahrer.

Schweigend sahen sie über den Fluss auf die hell erleuchtete Burg.

»Kann man **ihn** *nicht aus der Welt schaffen?«, fragte der Radfahrer und deutete über die Moldau.*

»Solange **er** *keinen Lebendigen findet, der bereit ist, seinen dunklen Plänen zu dienen, wird* **er** *nicht mehr auftauchen. Aber nichts, woran sich Menschen erinnern, verschwindet. Nicht das Gute und nicht das Böse.«*

Der letzte Satz verwehte. Libussa war viel zu überanstrengt, als dass sie ihre Gestalt noch länger hätte zusammenhalten können, und auch der Radfahrer löste sich im silbernen Licht des Mondes langsam auf.

Glossar

Reinhard Heydrich (7.3.1904–4.6.1942): Seit 1933 war Heydrich Leiter des Sicherheitsdienstes (SD). 1941 wurde er »Stellvertretender Reichsprotektor in Böhmen und Mähren«. Damit war er verantwortlich für **die Besatzung in Tschechien, in das 1939 deutsche Truppen einmarschiert waren.** Die tschechischen Hochschulen wurden geschlossen und die Studenten, die sich gegen die Besatzung wehrten, in Konzentrationslager deportiert. Heydrichs Herrschaft in Tschechien war menschenverachtend und brutal, er ließ tschechische Intellektuelle verhaften und ermorden. In allen besetzten Gebieten organisierte Heydrich den Massenmord an Menschen jüdischer Herkunft. Am 27. Mai 1942 verübten tschechische Widerstandskämpfer ein Attentat auf Heydrich, an dessen Folgen er am 4. Juni 1942 starb. Die SS (Schutzstaffel) zerstörte daraufhin als »Vergeltungsmaßnahme« das Dorf Lidice, in dem etwa 500 Menschen lebten. Alle männlichen Einwohner über 16 Jahre wurden erschossen, die Frauen und Kinder in Konzentrationslager gebracht.

Jan Hus (um 1370–6.7.1415): Tschechischer Prediger, Universitätslehrer und Rektor der Prager Universität. Er schuf eine einheitliche tschechische Schriftsprache und begründete die tschechische Literatur. Mit der katholischen

Kirche geriet er in Konflikt, weil er ihren Reichtum kritisierte und für alle Gläubigen das Abendmahl in beiderlei Gestalt (mit Brot und Wein) forderte. Hus wurde aus der Kirche ausgeschlossen, aber zum Konzil in Konstanz (1414–1418) geladen, um dort seine Thesen zu vertreten. Obwohl ihm König Sigismund freies Geleit zugesichert hatte, wurde er von der katholischen Kirche als Ketzer verurteilt und verbrannt.

Karl IV. (Regierungszeit: 1346–1378): König und Kaiser des Heiligen Römischen Reiches. Er machte Prag zu seinem Regierungssitz und baute die Stadt prächtig aus (Karlsbrücke, Prager Neustadt, Ausbau der Prager Burg). Im Jahre 1348 gründete er die Prager Universität, die erste in Mitteleuropa. Unter Karl IV. wurde Prag zu einer reichen und glanzvollen Stadt.

Libussa (Libuše) und Přemysl: Nach der Sage herrschte Libussa weise und mild über die Tschechen. Libussa konnte in die Zukunft sehen und sagte die Gründung der Stadt Prag und ihren Glanz voraus. Die Männer jedoch waren unzufrieden mit ihrer Herrschaft und verlangten danach, von einem Mann angeführt zu werden. Libussa beugte sich ihrem Wunsch und schickte eine Gesandtschaft aus, die den von ihr ausgesuchten **Přemysl** finden und zum Herzog machen sollte. Libussa heiratete Přemysl. Das Geschlecht der Přemysliden beherrschte die tschechischen Länder vom 10. bis zum 14. Jahrhundert.

Jan Palach (11.8.1948–19.1.1969): Tschechischer Student, der sich aus Protest gegen den Einmarsch der sowjetischen Truppen auf dem Wenzelsplatz verbrannte.

Nach dem 2. Weltkrieg wurden das von der deutschen Besatzung befreite Tschechien und die Slowakei erneut zur Tschechoslowakei vereinigt. Ein demokratischer Staat mit einer gewählten Regierung entstand. Allerdings folgte im Februar 1948 ein kommunistischer Umsturz. Fortan wurde das Land von der Kommunistischen Partei regiert, die Industrie und Landwirtschaft verstaatlichte und die Planwirtschaft einführte. Gegner dieser Politik wurden verhaftet und zum Teil hingerichtet.

Im Januar 1968 übernahm Alexander Dubček die Führung der Kommunistischen Partei und versuchte, einen »Sozialismus mit menschlichem Antlitz« durchzusetzen. Er ließ die Pressefreiheit zu und wollte weitreichende Reformen einführen. Die sowjetische Führung unter Breschnew wollte dies mit allen Mitteln verhindern und setzte Dubček unter Druck. Als dies nichts nützte, marschierten **am 21. August 1968 sowjetische Truppen in Prag** ein. Panzer fuhren auf den Wenzelsplatz und schüchterten die Bevölkerung ein. Tschechen und Slowaken leisteten zunächst passiven Widerstand, konnten aber nicht verhindern, dass die Reformen nach und nach zurückgenommen wurden.

Aus Protest gegen diese Entwicklung und gegen den Einmarsch der sowjetischen Truppen verbrannte sich der Student **Jan Palach** am 16. Januar 1969 auf dem Wenzelsplatz in Prag. Sein Tod zog Demonstrationen und Proteste nach sich.

Um zu verhindern, dass Palachs Grab auf dem Olšany-Friedhof zum Treffpunkt für Regimegegner wurde, ließ die Regierung 1973 Palachs Leichnam heimlich einäschern und die Urne in Palachs Heimatstadt Všetaty bringen.

Im Jahr 1989 demonstrierten in Prag vor allem Studenten gegen die kommunistische Regierung (»samtene Revolution«) und beriefen sich auf Jan Palach (»Jan-Palach-Woche«). Nach der Einführung der Demokratie wurde eine Gedenkstelle für Jan Palach und Jan Zajíc (der am 25. Februar 1969 dem Beispiel Palachs gefolgt war, sich mit Benzin übergossen und angezündet hatte) auf dem Wenzelsplatz errichtet. Jan Palachs Asche wurde 1990 auf dem Olšany-Friedhof beigesetzt. Die bronzene Grabplatte, die den stilisierten, durch den Brand schwer verletzten Körper Palachs zeigt, stammt von dem Bildhauer Olbram Zoubek.

Prager Fenstersturz: Seit 1526 wurden die böhmischen Länder von einem Habsburger (österreichisches Königsgeschlecht) regiert. Die protestantischen Bewohner versuchten allerdings ihre Religion trotz der katholischen Herrschaft auszuüben. Dies wurde ihnen auch zeitweise von den habsburgischen Königen zugestanden. Die Spannungen nahmen jedoch zu, als die Habsburger die Religionsfreiheit wieder abschaffen wollten. Einige protestantische Adelige, die mit der Politik der Habsburger unzufrieden waren, warfen am 23.5.1618 zwei Vertreter des habsburgischen Kaisers aus einem Fenster der Prager Burg. Mit diesem Fenstersturz begann der Dreißigjährige Krieg (1618–1648), der fast alle Länder Europas erfasste. Die tschechischen Adeligen erklärten den habsburgischen König Ferdinand II. für abgesetzt und wählten den protestantischen Friedrich von der Pfalz zum neuen König. Da er nur einen Winter lang regierte, wird er auch als **Winterkönig** bezeichnet. Das Heer der Protestanten erlitt gegen die Katholiken am Weißen Berg eine vernichtende Niederlage. Ferdinand II. bestrafte die Rebellen grausam, er ließ die Anführer der Protestanten verhaften und **siebenund-**

zwanzig Adelige am 21.6.1621 auf dem Altstädter Ring in Prag hinrichten. Noch heute erinnern siebenundzwanzig Kreuze im Pflaster dieses Platzes an die Ermordeten. Die Besitzungen der Aufständischen wurden von Ferdinand II. konfisziert. Er belohnte mit diesen Ländereien ihm treu ergebene katholische Adelige.

Erst nach dem 1. Weltkrieg wurden die von Österreich beherrschten Gebiete wieder selbstständig. Tschechen und Slowaken gründeten 1919 einen unabhängigen demokratischen Staat, die tschechoslowakische Republik.

Fürst Wenzel (Václav): Der Fürst regierte im 10. Jahrhundert. Er gründete auf der Prager Burg die St.-Veits-Kirche, an deren Stelle später der St.-Veits-Dom gebaut wurde. Aus bis heute unbekannten Gründen entzweite sich Wenzel mit seinem jüngeren Bruder Boleslav, der ihn 929 (oder nach anderen Quellen 935) ermorden ließ und selbst die Herrschaft übernahm.

Wenzel wurde heiliggesprochen und zum Symbol des tschechischen Staates. Er wurde und wird als idealer Herrscher verehrt. Zahlreiche Legenden und Sagen ranken sich um seine Gestalt. Im **Berg Blaník** sollen die **Wenzelsritter** schlafen. Wenn Tschechien in Gefahr ist, so geht die Sage, werden sie mit dem Fürsten Wenzel aus dem Berg kommen und die Tschechen retten.

General Windischgraetz: Während der Märzrevolution 1848, die Frankreich, die deutschen Länder und auch die von Österreich, Russland und Preußen besetzten Gebiete in Polen und Ungarn ergriff, brachen am 12. Juni 1848 auch in Prag Unruhen aus. Gefordert wurde die Umwandlung des Habsburger Reiches in eine Konföderation, die auch die Rechte der slawischen Bevölkerung berücksichtigte. In Prag wurden Barrikaden gebaut, es kam zu Kämpfen gegen die österreichischen Truppen. General Windischgraetz ließ daraufhin Prag beschießen. Der Aufstand brach nach kurzer Zeit zusammen.

Danksagung

Beim Schreiben dieses Buches haben mir viele Menschen geholfen. Bedanken möchte ich mich besonders bei Michaela Andělová, Alena Felcmanová, Běla Hašková, Jan Hladil, Jan Lupoměský, Zuzana Pojerová, Martin Popelka, Zuzana Škapová, Alena Slípková, Dr. Marcela Ullmann und bei Lenka Jeriová, die mir die Sage von Heydrichs Gespenst erzählte.

Entschuldigen möchte ich mich bei allen Gespenstern Prags, die ich in diesem Roman auftreten ließ, ohne sie vorher um Erlaubnis zu fragen, und deren Geschichten und Taten ich teilweise etwas verändert habe. Vor allem möchte ich dafür um Verständnis bitten, dass ich eines der Gespenster schlichtweg erfunden habe.

Irmgard Lindner

Lindner, Irmgard:
Der Fluch der Krone
ISBN 978 3 522 20057 8

Einbandgestaltung: Niklas Schütte
unter Verwendung der iStockphotos 5369096/Kateryna Govorushchenko, 6006134/Peter Zurek, 7953924/Radu Razvan
Innenillustrationen: Anne Bernhardi
Einbandtypografie: Michael Kimmerle
Innentypografie: Kadja Gericke
Schrift: Stone Informal, BodoniRough
Satz: KCS GmbH, Buchholz/Hamburg
Reproduktion: Immedia 23, Stuttgart
Druck und Bindung: Friedrich Pustet, Regensburg

5 4 3 2 1° 09 10 11 12

www.thienemann.de

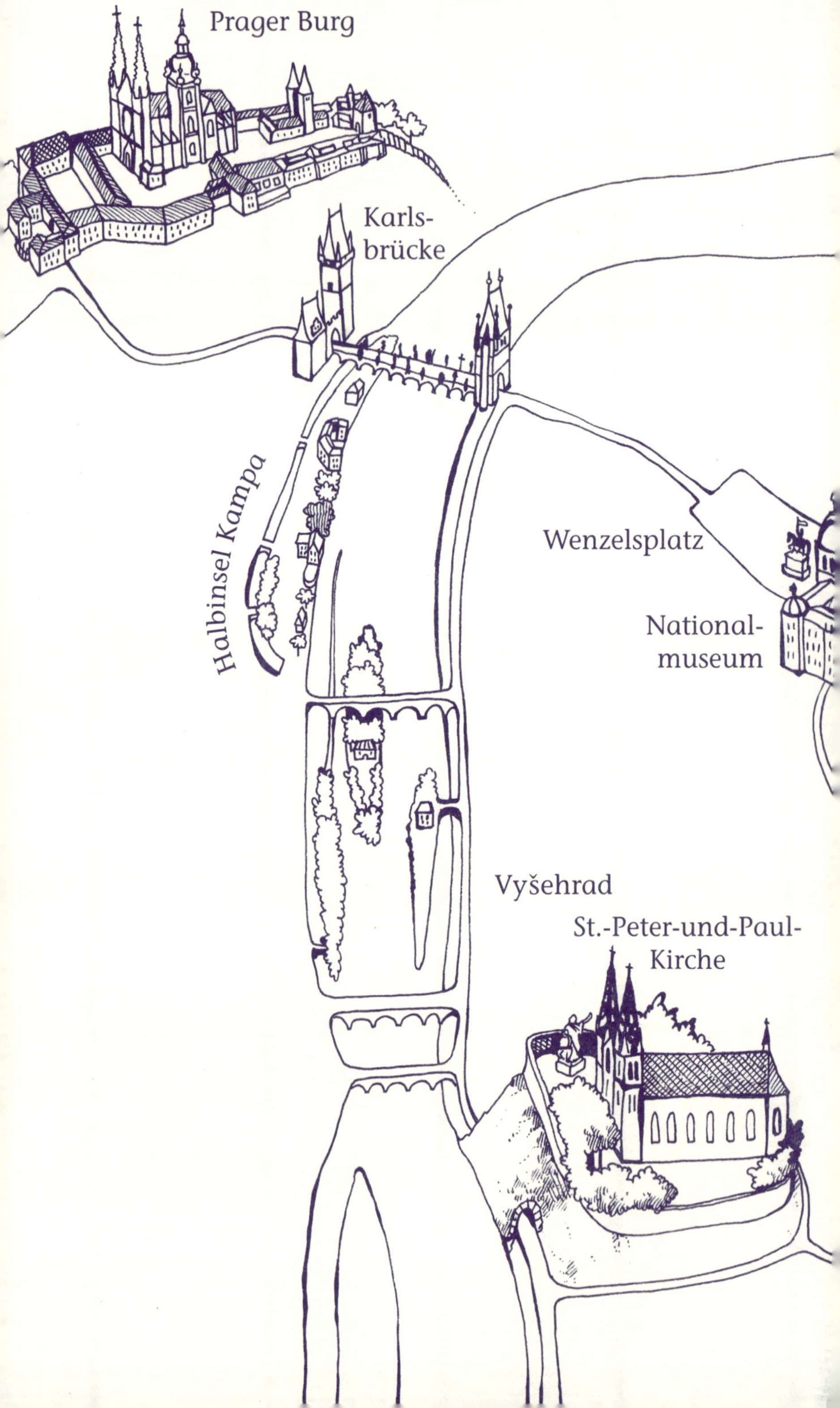
Prager Burg
Karls-
brücke
Halbinsel Kampa
Wenzelsplatz
National-
museum
Vyšehrad
St.-Peter-und-Paul-
Kirche